D0956718

FOLIO
JUNIOR

Pour la Forêt où j'ai grandi

Tobie Lolness

I. La vie suspendue
II. Les yeux d'Elisha

Timothée de Fombelle

Livre II
Les yeux d'Elisha

Illustrations de François Place

GALLIMARD JEUNESSE

Par les branches indécises
allait une demoiselle
qui était la vie.
Federico Garcia Lorca

Première partie

1

Les ailes coupées

Si la bêtise avait un poids, le major aurait déjà fait craquer la branche. Il était assis sur l'écorce, les pieds dans le vide, et il jetait des flèches vers une forme noire qui gesticulait juste en dessous.

Le major Krolo était bête, infiniment bête, et il mettait une très grande application dans sa bêtise. Dans cette discipline, c'était plus qu'un professionnel : c'était un génie.

Il faisait nuit dans l'arbre. Une nuit avec des paquets de brume et de vent glacé. En fait, l'obscurité s'était maintenue toute la journée. Depuis la veille, les cimes de l'arbre étaient plongées dans un ciel noir de fin du monde. L'humidité faisait monter des branches une lourde odeur de pain d'épices.

– Deux cent quarante-cinq, deux cent quarante-six...

En combien de flèches allait-il achever cette bestiole engluée dans la sève ? Emmitouflé dans un manteau à poil dur, Krolo comptait.

Il passa les pouces sous son manteau pour aller faire claquer ses bretelles.

– Deux cent cinquante…

Parcouru d'un frisson de satisfaction, il reboutonna son col.

Le major avait longtemps martyrisé ses semblables avec un talent reconnu. Après quelques soucis personnels, il avait refait sa vie, changé de nom, mis des bretelles à la place de sa ceinture pour qu'on ne le reconnaisse pas. Il s'était inventé le grade de major et, par prudence, il ne torturait plus que les animaux.

Il le faisait discrètement, la nuit, en se tenant un peu à l'écart, comme un vieux garçon qui va fumer la pipe en cachette de sa mère.

Plus bas, la pauvre créature releva une dernière fois la tête vers son bourreau. C'était un papillon. Un papillon aux ailes coupées… Le travail avait été grossièrement fait, avec une hache mal affûtée. On ne lui avait laissé sur le dos que deux crêtes ridicules qui battaient dans le vide. Du joli travail de barbare.

– Deux cent cinquante-neuf, compta Krolo en l'atteignant au flanc droit.

Soudain, derrière le major, dans l'épais brouillard, une ombre passa.

L'apparition ne fit aucun bruit. L'ombre agile arriva d'en haut, effleura l'écorce et disparut dans l'obscurité. Oui, quelqu'un surveillait la scène. Le major n'avait rien vu : la bêtise est une occupation à plein-temps.

La dernière flèche de Krolo s'était enfoncée dans la chair du papillon. La bête éclopée se cabra sans gémir.

L'ombre traversa à nouveau, en tournoyant sur elle-même avec une agilité extraordinaire. Mi-danseuse, mi-acrobate, l'ombre veillait. Cette fois un reflet passa dans l'œil du papillon.

Krolo se retourna, inquiet.
– Soldat ? C'est toi ?
Il se gratta nerveusement le crâne à travers le bonnet. Il avait le front bas et portait un bonnet en mailles d'où sortaient quelques boucles grasses.

Malgré sa petite tête et ses rares neurones, le major Krolo savait bien que l'ombre n'était pas celle d'un de ses soldats. Tout le monde en parlait : le soir, une ombre mystérieuse se faufilait dans les Cimes. On ignorait quel était cet être furtif qui semblait monter la garde.

En public, Krolo se défendait de croire à cette histoire. Il prenait un air encore plus niais qu'au naturel et il disait lamentablement :

– Quoi ? Une ombre ? La nuit ? Ha, ha !

Mais, depuis ses ennuis d'autrefois, le major avait peur de tout. Un matin, dans son lit, il s'était même arraché un doigt de pied qu'il avait pris pour un insecte dépassant des draps.

– Soldat, cria-t-il, pour se convaincre lui-même, je sais que c'est toi ! Si tu recommences, je te colle à la branche…

Un nuage de brouillard roula sur le major et, dans cette obscurité glacée, il sentit une main se poser sur son épaule.

– Hiiiiiiiiiiiiiiii !

Krolo poussa un hurlement de petite fille. Tournant la tête d'un mouvement brusque, il enfonça profondément ses dents dans la chair.

Le major Krolo se vantait de ses réflexes exceptionnels. C'est vrai qu'il n'avait pas perdu un instant pour riposter et attaquer la main de son agresseur. Admirable…

Il s'était juste trompé de côté et sentit ses incisives s'enfoncer dans sa propre épaule et buter sur l'os.

12

À ce niveau-là de bêtise, on peut bien parler de génie.

Cette fois, il laissa échapper un grand cri rauque, tandis qu'il sautait en l'air de douleur. Krolo atterrit aux pieds d'un curieux personnage en robe de chambre.

— C'est moi, sauf le respect de votre obligeance, c'est moi. Souffrez que je vous aie fait peur ?

Le nouveau venu fit une révérence en soulevant l'ourlet de sa robe de chambre. Il ajouta :

— C'est moi, c'est Patou.

Reconnaissant le langage inimitable de son soldat, Krolo montra les dents. Il éructa :

— Soldat Patate !

— N'ayez pas peur, mon major.

— Peur ? Qui a peur ? Moi, j'ai peur ?

— Je m'excuse de vous demander pardon de l'ingérence de ma curiosité, mon major, mais pourquoi vous êtes-vous mangé l'épaule ?

— Regarde-moi, Patate…

Il le menaça du doigt.

— Si tu répètes à quelqu'un que j'ai eu peur…

Le major était toujours au sol. Le sang dessinait une épaulette de velours rouge sur son manteau. Patate, attendri, se pencha vers lui et tendit la main pour le relever.

— Puis-je avoir le nord de vous aider ?

Il voulut lui tapoter l'épaule pour le consoler, mais il toucha la blessure de Krolo qui rugit de douleur.

À bout de force, le major cracha sur son soldat pour le tenir à distance.

Patate fit un petit entrechat de côté. Il était sincèrement désolé du niveau d'éducation de son supérieur. Alors que tous les soldats considéraient le major Krolo comme une vieille brute, Patate le voyait plutôt sous les traits d'un gros bébé. Pour lui, c'était un tout petit enfant qui n'avait pas encore appris à vivre.

Au lieu de trembler sous les insultes de Krolo, Patate avait surtout envie de lui enfoncer une tétine dans la bouche, de lui dire boulouboulou et de lui tapoter la joue.

Le major contempla la tenue du soldat.

— Qu'est-ce que c'est que ça ?

— Une robe de chambre, mon major.

— Et ça ?

Il montrait les deux espèces de limaces que le soldat portait aux pieds. Patate prit un air coquet. Il ressemblait à un poète de salon perdu dans le brouillard.

— Des pantoufles, mon major…

— Des quoi ?

— C'est le milieu de la nuit, si je ne vous abuse. J'ai mis mes pantoufles. Je dormais quand on m'a appelé.

— Je ne t'ai pas appelé, imbécile. Rentre chez toi.

Patate entendit le bruissement désespéré du papillon, il se pencha pour voir. Le major écarta les bras pour lui bloquer le passage.

— Qu'est-ce que tu veux ?

— Je vois quelque chose qui bouge de ce côté…

— Occupe-toi de tes affaires.

— Il y a une bête coincée dans la sève, ou je me trompé-je ?

– Qu'est-ce que tu viens faire par ici, Patate ? Tu cherches les problèmes ?

– Vous avez l'ingérence de me poser cette question, et justement…

– Parle !

Du bout des lèvres, Patate murmura :

– C'est à cause d'elle.

– Elle ! Encore elle ! éclata le major.

– Permettez que je vous éborgne les détails : la captive demande le grand chandelier.

– Pourquoi ?

– Pour sa bouillotte.

– Le grand chandelier dort, aboya Krolo. Je ne vais pas réveiller le grand chandelier pour une bouillotte !

Krolo, fasciné, avait du mal à quitter des yeux les pantoufles de Patate. Ce dernier répondit :

– Je sais que la captive vous donne froncièrement du sourcil, mon major, mais si elle réclame le chandelier pour faire chauffer sa bouillotte…

Krolo n'entendait plus. Le regard fixé sur les pieds de Patate, il le déchaussait des yeux.

Il était jaloux.

Les pantoufles. Il voulait les mêmes.

Il ne put résister à la tentation. Il s'approcha, appuya ses bottes sur la pointe des pantoufles pour les retenir, et, de son bras valide, Krolo donna une large baffe qui fit voler le reste de Patate à trente pieds de là.

Quelques minutes plus tard, le major Krolo frappa chez le chandelier. Le vent soufflait. Il expliqua à travers la porte :

– Elle veut la chandelle.

On ouvrit un volet. Un petit visage se montra dans l'entrebâillement. C'était le grand chandelier. Même dans cette nuit sombre, on pouvait voir que l'homme n'était pas un tendre. Une tête allongée qui ressemblait à un os, et deux yeux rouges maladifs. Il referma le volet puis apparut sur le pas de la porte en grommelant.

Le grand chandelier était petit et bossu. Il portait dans la main une bougie protégée d'un lampion et cachait sa bosse sous un vêtement sombre dont le capuchon ombrageait son front.

Il s'arrêta un court instant pour regarder les pieds de

Krolo. Le major Krolo rougit et se mit plusieurs fois sur la pointe des pieds en baissant le regard.

– Ce sont des pantoufles, expliqua-t-il.

Sans dire un mot, le chandelier suivit le major.

Toute la région était un enchevêtrement de brindilles. Il fallait connaître son chemin pour ne pas se perdre dans cette énorme pelote de branchages si différente du reste de l'arbre. Par temps clair, à la lumière de la lune, on aurait compris d'où venait ce grand fagot posé sur la cime de l'arbre.

C'était un nid !

Un nid démesuré. Pas un de ces nids de bergeronnettes que cent hommes peuvent facilement démonter en une nuit. Non. Un nid dont on n'apercevait pas les limites. Un nid abandonné par un oiseau géant parmi les plus hautes branches.

Dans ce paysage desséché, l'usage du feu était interdit. Il n'était confié qu'au grand chandelier qu'on appelait dans les cas de nécessité absolue. Qui donc pouvait déranger le chandelier pour réchauffer une simple bouillotte ?

Le brouillard devenait de plus en plus dense. Le major marchait en tête. À chaque pas, il manquait de déraper dans les pantoufles qu'il avait volées à Patate.

– Une bouillotte ! C'est pas pour dire du mal, marmonnait-il, mais je trouve que le patron devrait pas lui passer ses caprices à cette petite…

Le chandelier ne disait rien, ce qui est la meilleure manière de paraître intelligent. Il n'avait pourtant rien à craindre de la comparaison avec Krolo. À côté du major, même un pot de chambre aurait eu l'air d'un intellectuel.

Le chandelier s'arrêta brusquement. Un bruit derrière lui. Il se retourna et souleva un peu son lampion en peau d'asticot. Un souffle mouillé faisait battre sa capuche noire. Il avait l'impression étrange d'être suivi. Il scruta l'obscurité et ne vit pas l'ombre qui se laissait glisser le long d'une branche, rebondit sur une autre et se rétablit accroupie, en équilibre juste au-dessus d'eux.

– Vous venez, chandelier ? lança le major.

Le chandelier hésita et se remit en marche.

L'ombre suivait toujours, à trois pas de lui, insoupçonnable.

Malgré la première impression de désordre, on se rendait vite compte que le labyrinthe du nid était parfaitement organisé. À certains croisements brillaient des lanternes. Ces lampes puissantes servaient de réverbères pour les nuits sans lune et de balises dans le brouillard.

C'était des lampes froides. Chacune était constituée d'une cage en berlingot où logeait un ver luisant. On élevait des vers de lampe à cet usage. Deux ou trois maîtres verriers étaient réputés pour la qualité de leurs élevages. Ils formaient une corporation enviée par le reste du peuple de l'arbre qui vivait depuis longtemps dans la misère et la peur.

Le nid des Cimes était propre, les brindilles rabotées, les croisements renforcés par des cordages. On avait sculpté des escaliers dans les passages les plus à pic. Mêlés au bois et à la mousse sèche, des brins de paille dessinaient un redoutable réseau de tunnels dans le cœur du nid.

À l'évidence, il y avait une intelligence supérieure derrière cette citadelle de bois mort. Un monde glacé, austère, mais parfaitement maîtrisé. Qui donc était l'architecte du nid des Cimes ? Cela ne pouvait être seulement l'ouvrage d'une cervelle d'oiseau.

Quand les deux hommes débouchèrent au sommet du nid, une image plus fascinante encore leur apparut. Cette merveille se révéla derrière le brouillard, à la faveur d'un coup de vent.

Dressés vers le ciel, lisses et rosés comme des joues

de bébé, hauts de trois cents coudées, parfaits dans leur forme et leur majesté, s'élevaient trois œufs.

Ils ressemblaient à des tours immenses dont les sommets accrochaient des lambeaux de brume.

– Les œufs ! dit le major, comme si l'autre avait pu ne pas les remarquer.

Ils grimpèrent une dernière côte de bois mort et s'arrêtèrent pour humer la nuit. La tempête mettait dans l'air une odeur de poudre. Il ne leur restait qu'à traverser la forêt blanche : une forêt de duvet et de plumes qui garnissait le cœur du nid et protégeait les œufs. Trois voies seulement étaient tracées dans ce maquis. Le reste était une jungle immaculée et vierge comme un paysage de neige.

Une heure plus tard, les sentinelles de l'œuf du Sud virent arriver les deux hommes. La scène fut très rapide. On laissa le grand chandelier monter tout seul sur la passerelle qui pénétrait dans l'œuf. Il disparut dans la coquille.

Resté dehors, l'un des gardiens paraissait hypnotisé par les pieds de Krolo.

– Ce sont des pantouffles, expliqua le major avec une fausse modestie.

Les autres gardiens approchèrent.

– Des quoi ?

– Des pantouffles, répéta un gros soldat.

– Des quoi ?

– Des pantouffles ! hurla Krolo.

Aucun d'eux n'avait remarqué au sommet de l'œuf,

à une hauteur vertigineuse, l'ombre qui rampait sur la paroi, épiant la scène.

Très vite, le grand chandelier réapparut sur la passerelle. Il marchait vite. Il semblait furieux. Krolo voulut l'interroger à propos de la captive, mais le chandelier l'écarta sans ménagement. Il se dirigeait vers la forêt blanche.

– Le grand chandelier n'est pas content, commentèrent entre eux les gardiens.

– Qu'est-ce qu'elle a bien pu lui faire ? demanda le major.

On ne voyait pas l'expression du porteur de chandelle. Il marchait voûté sous son capuchon. Krolo le rattrapa.

– Je vous raccompagne, chandelier.

Ils croisèrent aussitôt le soldat Patate qui remontait pieds nus de la forêt blanche.

Patate avait la robe de chambre à moitié déchirée, des dents cassées, mais il était surtout sous le choc de ce qu'il avait découvert au départ de Krolo. Le papillon… La pauvre bête avait agonisé sous ses yeux, privée de ciel à jamais. Le major était-il capable de cette horreur ?

– Fe n'est pas poffible, murmura-t-il.

D'un seul coup, Patate venait de perdre sept dents et beaucoup de naïveté. Krolo n'était pas seulement un gros bébé immature : c'était un assassin. Rien d'autre. Et ce sentiment que Patate découvrait s'appelait la colère.

– Efpèfe de falopard…

Patate regarda passer les deux hommes. Le major ne fit même pas attention à lui. De l'œil, le soldat Patate chercha les pantoufles que lui avait arrachées Krolo. Curieusement, son regard s'arrêta sur d'autres pieds.

Le chandelier.

– Faperlipopette…

Patate s'immobilisa. Il ne pouvait croire ce qu'il voyait.

Deux petits pieds.

Deux petits pieds blancs.

Deux petits pieds blancs qui apparaissaient à chaque pas en bas du manteau. Deux pieds qui ressemblaient à des étincelles quand ils frottaient la toile de la cape.

Deux pieds si fins, si légers, si souples… Deux pieds si doux qu'ils donnaient envie d'être une branche pour les sentir passer et repasser. Deux pieds d'ange.

Patate faillit en avaler ses dernières dents.

– Foi de Patate, un vieux fandelier avec des pieds comme fa…

Le reste de la silhouette était noir. Le capuchon masquait le visage. Patate ne put retenir un sourire. Il reprit son chemin comme s'il n'avait rien vu.

Quand les deux marcheurs arrivèrent à l'entrée de la forêt, le chandelier aux pieds d'ange posa la chandelle et souleva un gros rondin de plume qui barrait le passage. Surpris, Krolo s'approcha.

– Il y a un problème ?

Dans la minute qui suivit, la forêt résonna des sept hurlements successifs du major Krolo.

Le premier quand il reçut la lourde plume sur les pieds.

Le deuxième quand le chandelier bondit sur la plume en lui écrasant encore un peu plus les orteils.

Le troisième quand le vieux chandelier, rapide comme l'éclair, atterrit debout sur les épaules de Krolo, exactement sur sa blessure.

Le quatrième quand, plongeant les mains sous le manteau du pauvre major, le chandelier étira d'un coup sec les élastiques des bretelles et les fixa à la hampe d'une plume, au-dessus d'eux.

Et pour finir harmonieusement la gamme, Krolo poussa trois longs cris d'horreur quand il réalisa, à la vitesse de son pauvre cerveau, qu'il était piégé.

Ses pieds étaient coincés au sol et ses bretelles, bandées vers le ciel comme des arcs, risquaient de l'envoyer dans l'espace s'il se dégageait du rondin.

Il était à la fois la catapulte et le boulet. Surtout le boulet.

La seconde d'après, Pieds d'ange se posa sur le sol, tout en douceur. Il ramassa sa chandelle. Un courant d'air fit légèrement remonter la capuche sur son front. Le visage apparut à la lumière du lampion.

Ce n'était pas exactement la tête d'os du chandelier.

C'était les yeux, le nez, la bouche, l'ovale parfait du visage d'une fille de quinze ans. Ne disons pas qu'elle était jolie parce que, dans l'arbre, il y a vingt-cinq jolies filles par branche.

Elle était mieux que cela.

– La captive…, dit Krolo dans un souffle.

Il avait suffi d'une minute à cette peste pour écraser le chandelier dans son œuf. Elle avait volé ses vêtements et était sortie de la prison à sa place.

Le major voulut donner l'alarme, mais la jeune fille posa doucement le pied sur la plume. D'un simple mouvement, elle pouvait faire rouler la masse qui retenait Krolo au sol. C'était suffisant pour l'envoyer dans les airs. Le major préféra se taire.

La captive remit la cape sur ses yeux et lui tourna le dos.

Après quelques pas vers la forêt blanche, elle s'arrêta. Elle sentait les fines gouttelettes d'eau posées sur ses joues par le brouillard, le vent qui glissait entre ses pieds. Quelques cils de plume blanche parsemaient son manteau. Elle se sentait bien.

La liberté n'était plus loin. Elle ferma les yeux un instant.

À dix reprises, elle avait tenté de s'échapper. Cette dernière occasion était sûrement la bonne. Elle serra les poings et tendit son corps engourdi par un espoir fou.

Un léger craquement devant elle. Puis un autre, à sa gauche.

– Non, pensa-t-elle, non…

D'abord, elle n'eut pas le courage d'ouvrir les yeux. L'espoir la quittait d'un seul coup.

Derrière chacune des plumes qui se perdaient dans

la brume, un soldat venait de surgir. Des dizaines d'hommes en armes braquaient sur elle leurs arbalètes.

À la lueur de la chandelle, on vit sa bouche sourire. Un sourire joyeux et insolent qui fit trembler ceux qui l'encerclaient.

Aucun d'eux ne pouvait voir que, dans l'ombre de son capuchon, les yeux d'Elisha brillaient de larmes.

Elle était prise.

2

La belle et l'ombre

— Le patron dit qu'il fait trop froid pour se promener.

— Je n'ai pas de patron, répondit Elisha.

L'homme qui lui parlait s'était avancé devant les autres. Il avait les mains dans les poches de sa veste. C'était un homme assez âgé, au regard bleu, et dont les vêtements usés avaient dû être flamboyants. Il ne restait que des teintes rouges et orangées, et la toile patinée par le temps ressemblait à du cuir.

— Suivez-nous, dit-il doucement.

Cette douceur n'allait pas avec les trente arbalètes et les regards sauvages qui brillaient derrière lui dans la nuit.

— Où est-il, votre patron ? demanda Elisha.

— Venez, mademoiselle.

— Moi, quand je fais tomber un mouchoir sale, je me baisse pour le ramasser, et lui, il ne peut pas venir lui-même chercher sa fiancée qui s'échappe ? Vous avez un triste patron, messieurs.

Un silence lui répondit. Cette petite était redoutable. On entendit juste une petite voix flûtée qui disait :

– Et moi ? On peut faire quelque chose pour moi ?

C'était le major Krolo. Accroché par ses bretelles qui lui incrustaient le pantalon dans le derrière de manière douloureuse, il avait toujours les pantoufles coincées au sol.

L'homme aux yeux bleus fit comme s'il n'avait rien entendu.

– Où avez-vous mis le grand chandelier, mademoiselle ?

– Vous le retrouverez. Je crois qu'il s'est fait un ami…

Elle avait enfermé le bossu dans la cage du ver luisant qui éclairait son œuf. Plus tard, on trouva en effet le chandelier, en caleçon, inanimé, enlacé par le ver qui avait dû se prendre d'amour pour lui.

– On peut m'aider ? hulula Krolo.

Répondant à un geste de leur chef, deux soldats approchèrent du major. Ils allaient retirer la plume qui le retenait au sol.

– Non ! hurla-t-il. Pas ça !

Ils sortirent finalement de longs couteaux et s'apprêtaient à couper les bretelles.

– Noooooon ! Ne faites pas ça non plus…

Ce qui se passait dans la tête de Krolo était un nouveau record de bêtise. Il craignait que, sans ses bretelles, on démasque le personnage qu'il avait été auparavant : un certain W. C. Rolok, horrible chef d'élevage, qu'on appelait aussi Petite-Tête au temps des charançons.

Rolok avait très mal fini. Il était devenu la tête de

truc de ses camarades et s'en était tiré par miracle. En faisant glisser la dernière lettre de son nom en première position, il croyait repartir à zéro. Adieu Rolok, bonjour Krolo.

S'il suffisait de déplacer une lettre dans son nom pour gagner un cerveau ou un peu de cœur, il y aurait beaucoup de candidats au changement de nom… Krolo valait bien W. C. Rolok. Aussi bête, aussi méchant.

Les soldats interrogèrent leur chef du regard. Celui-ci haussa les épaules, agacé. Il se fichait bien du major.

Elisha se mit en marche, et tous la suivirent. Une première lueur se levait sur les trois œufs.

Pour le major Krolo, qu'on abandonna là, pendu à ses bretelles, la journée commençait mal.

« Ce que je ferai ? J'ouvrirai la bouche et les yeux en renversant la tête sous la pluie. Ce que je ferai ? Je plongerai les mains dans des pots de miel… »

Plusieurs heures étaient passées. Elisha était allongée sur son matelas jaune, au milieu de l'œuf. Elle sentait son corps abandonné, et son esprit voletait au-dessus d'elle. C'était l'heure de la sieste. Elle était sur le dos, en robe verte. Un drap lui couvrait une partie des jambes et revenait sur le dessus de sa tête. Elle regardait l'immense voûte de l'œuf. Le climat de tempête s'était adouci au petit matin. Il y avait maintenant comme une journée d'été égarée au début de l'hiver. La lumière du soleil rendait lumineuse la paroi de l'œuf. C'était bien une prison dorée, un palais sans fenêtres.

Elisha pensait à ce qu'elle ferait si elle retrouvait sa liberté.

« Je me frotterai le dos aux bourgeons, je courrai sur les premières feuilles de printemps, je nagerai à nouveau dans mon lac, je tendrai des hamacs aux dernières branches pour regarder passer les nuages… »

On lui avait proposé de meubler son œuf comme un appartement de princesse, mais elle avait renvoyé les déménageurs et posé un matelas jaune au fond de la coquille. C'était suffisant pour elle. Le reste de l'œuf du Sud était vide. Elle vivait là, en captivité depuis si longtemps.

« Je grimperai dans les forêts de mousse… »

Abandonnant sa rêverie, Elisha repensa à sa tentative de la nuit précédente. Impossible de comprendre comment elle avait échoué dans son évasion. Qui avait averti les soldats ? Qui avait su lire les étapes d'un plan qui n'était écrit que dans son esprit ?

Elisha contemplait toujours la haute coupole de l'œuf. L'air était chaud, la coquille prenait l'odeur d'un four à pain dans lequel un gâteau de feuilles attendrait l'heure du goûter.

L'ombre. Encore elle.

L'ombre des Cimes.

Elisha l'attendait en secret et elle apparut à ce moment-là.

On l'apercevait en transparence, qui progressait sur la paroi légèrement granuleuse. Elisha la voyait de l'intérieur, grâce à la lumière du soleil. Elle se découpait sur la coupole de l'œuf. La jeune fille sentit son cœur battre plus vite. Les jours précédents, le brouillard l'avait privée de cette apparition, mais depuis quelques semaines l'ombre prenait une place importante dans la vie d'Elisha.

D'où venait cet être qui bravait le vertige et s'approchait d'elle tous les jours sans se montrer ?

Dans une forteresse de sécurité, un peu de mystère se frayait un chemin. Le courage, la surprise, le rêve : l'ombre résumait tout ce qui manquait à Elisha. Et un désir, par-dessus tout : cette ombre pouvait peut-être l'aider.

L'ombre s'arrêta au sommet de l'œuf. À cet endroit, un trou étroit était aménagé. Il avait dû servir à vider l'œuf, au temps des grands travaux. Quand il pleuvait, Elisha guettait l'eau fraîche qui tombait de cette ouverture.

L'ombre se posta là.

À chaque fois, c'était le même jeu. Elisha savait qu'elle était regardée. Elle ouvrait les yeux en grand et restait allongée. L'autre ne bougeait pas. Ces moments étaient troublants. Aucun des deux ne disait quoi que ce soit.

Il y eut un bruit à la porte. L'ombre roula le long de la coquille et disparut.

Un homme entra dans l'œuf. C'était le vieux chef aux yeux bleus. Il avait retiré sa longue veste. On voyait son gilet en feutrine de mousse, et un aiguillon de guêpe dans un fourreau pendu à la ceinture. Elisha

aimait cette élégance si particulière, ses larges panta-
lons, ses vieilles écharpes bleues, mais l'homme lui faisait peur.

Il s'appelait Arbaïan. Il était aussi aimable que sans
pitié.

– J'entre sans demander, excusez-moi, mademoiselle.
Mais vous faites la même chose quand vous sortez.

– Est-ce qu'il y a autre chose à faire en prison que de
s'évader ?

– Vous n'êtes pas en prison.

– Oui, répondit Elisha, votre patron dit ça… Il pourrait trouver des histoires plus drôles.

Elle était toujours allongée, mais quand enfin elle se
redressa, le drap glissa de sa tête.

Arbaïan eut un mouvement de surprise. Il ne pouvait s'habituer à cette vision : Elisha avait encore les
cheveux très courts.

Pendant un temps elle avait eu le crâne entièrement rasé, et cela aurait pu donner envie de pleurer. Mais les traits d'Elisha étaient si forts, si étranges, que son visage faisait hésiter entre la crainte et l'émerveillement.

Des mois auparavant, Arbaïan l'avait vue arriver dans le nid avec ses longs cheveux noués. Un matin, il l'avait découverte tondue. Elle avait commis ce crime la nuit, toute seule. Elle avait jeté sa tresse au visage du patron. Elle devinait qu'il ne l'épouserait pas avec cette silhouette de bagnarde. Il attendrait un peu pour sauver les apparences.

En effet, il attendit.

Arbaïan fit un pas vers la jeune fille.

– Le patron va partir. Il voudrait vous parler.

– Je n'ai pas de patron.

– Votre fiancé.

Elisha se mit à rire. Elle était accroupie sur son matelas jaune.

– Mon patron, mon fiancé… qu'est-ce qu'il veut être d'autre ? Mon cuisinier, mon animal de compagnie, mon frère, mon serviteur, mon jardinier ?

Arbaïan répondit dans un murmure :

– Peut-être, mademoiselle, qu'il voudrait être tout cela.

Elisha cessa de rire. Arbaïan était d'une grande intelligence. Elle fit de la main un geste de lassitude.

– Alors dites à tous ces gens, le cuisinier, l'animal, et tous les autres, que je ne reçois pas aujourd'hui. Dites-leur qu'ils repassent l'année prochaine.

C'était une jolie réplique, mais Elisha savait qu'elle

n'était pas à la hauteur. Arbaïan parlait d'amour. Il en parlait bien. Son patron aimait Elisha. Son patron aurait pu se faire puce ou moucheron pour l'approcher. Il aurait pu devenir cette carafe d'eau posée à côté de la paillasse.

– Il va venir vous parler, dit Arbaïan. Vous ne serez pas obligée de l'écouter, mais il va venir.

Elisha ne dit rien. Elle prit l'eau et l'approcha de ses lèvres. C'était un carafon mou en œuf de coccinelle.

– On ne vous donne pas de bol ?

– C'est coupant, un bol, répondit Elisha entre deux gorgées, vos soldats se méfient de mes talents de coiffeuse.

Ses cheveux repoussaient enfin. Il ne fallait pas qu'elle recommence.

– Au revoir, dit Arbaïan.

Pour la saluer, Arbaïan garda longuement la tête baissée. C'était agréablement chevaleresque.

Il recula vers la porte.

Elisha le rappela.

– Qui vous a prévenu de mon évasion ?

Arbaïan sourit.

– On m'a juste dit de me trouver dans la forêt blanche avec trente soldats.

– Qui ?

– Je n'ai qu'un seul patron. C'est lui qui donne les ordres. Il sait tout.

Il sortit. Le silence revint dans l'œuf. On entendait seulement la caresse du vent sur la coquille. Elisha pensait aux feuilles mortes qui volent et voyagent dans les airs. Elle enviait leur liberté.

Elisha se leva.

Alors, s'étant assurée qu'elle était seule, elle se mit soudainement à courir. Elle filait vers la paroi de l'œuf. Elle aurait pu s'écraser, mais la courbe de l'ovale la faisait monter progressivement. Avec son élan, Elisha courut jusqu'à la verticale. Puis, quittant le mur, elle fit une pirouette en arrière et retomba sur ses pieds. Aussitôt, elle partit dans une autre direction et recommença.

C'était son entraînement. La liberté est dans le mouvement. Tant que son corps ou son âme bougeaient, Elisha restait un peu libre.

Il y en avait un qui n'était plus libre du tout. C'était Krolo. Il n'avait jamais eu l'âme très vivace, mais cette fois, son corps ne répondait pas non plus. Il n'osait pas faire le moindre mouvement dans ses bretelles. L'après-midi avançait. Il était toujours écartelé entre ses plumes.

Quand il vit passer Patate, à quelques pas de là, il eut enfin une idée digne d'un Krolo ou d'un Rolok. Il allait demander à Patate de lui couper ses bretelles. Peut-être que le soldat reconnaîtrait le chef Rolok, mais, à tout hasard, une fois libéré, Krolo lui tordrait le cou et le jetterait dans un trou.

– Eh, soldat !

Patate leva le nez, il cherchait d'où venait la voix. Il regardait dans la direction opposée en mettant le plat de sa main au-dessus de ses yeux, comme pour voir loin. Puis, faisant celui qui n'avait rien trouvé, il reprit sa promenade en sifflotant.

On se serait cru dans du mauvais théâtre. Patate exagérait chaque geste.

– Soldat ! hurla encore Rolok.

Si on demandait à des enfants de mimer la surprise, ils la joueraient beaucoup mieux que ce que fit Patate à ce moment-là.

Il tourna la tête vers Rolok, allongea brusquement son cou vers lui en écarquillant les yeux, fit des « Oh ! » et des « Ah ! », se prit le menton dans les deux mains avec consternation, leva les bras au ciel, les posa sur son cœur, se mit à genoux, se releva, et tout cela plusieurs fois, avec des mimiques de guignol et toute la panoplie des pires comédiens.

N'importe quel imbécile aurait repéré que Patate préparait un mauvais coup. Mais Rolok n'était pas n'importe quel imbécile. C'était un champion, un artiste, un as de l'imbécillité ! Il ne se douta donc de rien.

Patate s'écria :

– Facrebleu ! Par le fiel ! Qui est ainfi pendu ?

– C'est moi, répondit misérablement Rolok.

Patate avait avancé son pied droit, et il jetait sa main en avant à chaque phrase.

– Oh ! Quoi ! Voyons ! Ô fiel ! N'est-fe point mon mavor ?

Quel kourou l'a frappé pour mériter fe fort ?

Il avait entendu quelque part le mot « courroux » et il pensait que c'était une sorte de monstre avec des pattes poilues et une grosse massue.

– Viens m'aider, Patate ! cria Rolok.

– Ve viens, ve vole, v'accours ! Ve fauverai mon maître.

37

Patate fit encore tous les moulinets qui accompagnent ce genre de paroles, et, bondissant comme un criquet amoureux, il parvint aux pieds de Rolok. Là, il s'arrêta brutalement.

Cette fois, c'était la grande scène de l'émotion. Patate éponge ses yeux, fit trembler ses lèvres et dit en regardant l'endroit où les pieds du major étaient coincés :

— Qu'aperfois-ve par ifi ? Que le kourou me garde !
Pour la feconde fois, l'émofion me hallebarde.
Elles f'étaient envolées et vous les retrouvâtes.
Enfin ! Ve les revois, les voifi à vos pattes…

— Non, gémissait Rolok, ne touche pas… Pas de ce côté ! Coupe-moi les bretelles !

Patate restait penché sur les pieds de Rolok. Il approchait lentement ses mains, comme s'il découvrait un trésor.

— Arrête ! Patate ! Par pitié !
— Où étiez-vous paffées ? Enfin ve peux dire ouf !
Car vous v'êtes à fes pieds, vous, mes belles…
pantouffes !

D'un geste, il fit rouler la plume et saisit les pantoufles. Les pieds de Krolok glissèrent. L'effet catapulte se déclencha parfaitement. Krolok s'envola dans l'air à une vitesse vertigineuse.

Patate regarda longuement le ciel bleu.

Il se sentait soulagé.

Depuis des années, Patate était ce personnage original qu'on ne prend pas au sérieux, dont on se moque un peu. Il aimait bien ce rôle assez confortable, un peu lâche. Mais pour la première fois, il avait pu changer le monde en le débarrassant d'un être nuisible. Il pensa aux oiseaux et aux insectes qui allaient voir passer ce drôle de projectile.

« Enfin, il va faire rire les papillons », pensa-t-il.

Patate remit ses pantoufles avec délice et s'en alla.

Les gardiens de l'œuf du Sud attendaient.

Arbaïan leur avait dit de se tenir prêts pour la visite du patron. Quatre d'entre eux étaient au garde-à-vous, les uns à côté des autres. Le cinquième se moquait en défilant comme un inspecteur des troupes.

– Regardez comme vous avez peur. Il vous terrorise... Ça fait deux heures que vous l'attendez et vous êtes comme des premiers de la classe !

Ce cinquième gardien mangeait du fromage de larve avec une croûte épaisse. Il buvait parfois dans une petite gourde.

– Vous êtes comiques, vous quatre... Vous savez ce que je lui dis, moi, au patron... ?

Il baissa la tête jusqu'au sol pour montrer son derrière. Mais, la tête entre les jambes, il eut la surprise de découvrir quelqu'un derrière lui. Il s'arrêta net.

– J'écoute, dit l'homme. Tu lui dis quoi ?

– Je lui dis... Bonjour, patron.

Toujours la tête à l'envers et la bouche pleine de fromage, le gardien avait du mal à articuler.

Le patron s'approcha. Il avait un beau visage inquiétant, se tenait droit. Sa mâchoire puissante qui n'accordait pas le moindre sourire faisait oublier que c'était

un tout jeune homme. Il attrapa la gourde du gardien, l'interrogea du regard.

– C'est… de l'eau, dit le gardien en se redressant.

– Ça pique ? demanda le patron.

Le gardien fit signe que non, alors le patron lui jeta le liquide dans les yeux. L'homme cria de douleur. C'était un puissant alcool. Il reçut le genou du patron dans l'estomac et s'effondra au milieu d'une flaque sentant le vin et le fromage de larve.

Les autres gardiens retenaient leur souffle.

Le patron s'engagea sur la passerelle, la démarche légère.

Elisha ne se retourna pas quand il entra dans l'œuf.

Le jeune patron fouilla des yeux la pénombre de la salle.

– Je pars, dit-il. Je reviens dans plusieurs semaines.

Il voyait maintenant la nuque d'Elisha et une de ses épaules. Elle ne répondait rien.

– Je pars, Elisha. Si tu veux, tu peux venir avec moi.

Elisha pensa au simple mot « partir ». À lui seul, le mot donnait envie de se jeter dans les bras de ce garçon. Mais elle ne bougea pas. Il continuait :

– Je vais loin, très bas. Vers les Basses-Branches et la grande frontière.

On ne sait pas si le patron vit le sang affluer sous la peau d'Elisha. Elle était devenue rose comme la paroi de l'œuf au couchant. Il avait parlé des Basses-Branches.

– Il suffit que tu dises oui, une seule fois. Et tu viendras avec moi.

« OUI, pensa-t-elle, OUI ! Très loin ! Partir ! Je veux tout ça. Je veux mes Basses-Branches, ma mère, mes matins de neige, mes crêpes brûlantes, l'eau du lac, la vie ! »

Elisha se retint de répondre et ferma les yeux. Elle savait ce que, pour lui, signifierait un oui.

Le jeune homme avait les bras le long du corps. Des courroies de cuir se croisaient dans son dos et retenaient, à la hauteur de sa taille, deux boomerangs tranchants.

Ses mains avaient encore quelque chose d'enfantin. Il devait avoir dix-sept ans. Il avait sûrement été un garçon talentueux et plein de vie. Mais, année après année, il avait dirigé toute son intelligence vers sa dimension la plus sombre, la plus dangereuse. Il s'était mis à jouer en équilibre au bord de la folie.

– Non, répondit enfin Elisha. Non ! Jamais !

Alors Léo Blue partit seul.

La nuit venue, il quitta le nid pour un long voyage vers les Basses-Branches.

3

Un revenant

Tout en bas de l'arbre, avant de toucher terre, le bois du tronc se soulève et forme les plus hautes chaînes de montagnes.

Des flèches, des précipices sans fond... On dirait que la surface de l'écorce est parfois chiffonnée, parfois ondulée comme les plis d'un rideau. Les forêts de mousse s'accrochent aux sommets et attrapent les flocons de neige en hiver. Le lierre bouche avec ses lianes tous les passages entre les vallées. C'est un pays infranchissable et dangereux.

En creusant l'écorce au fond des canyons, on trouve quelquefois les restes d'aventuriers malchanceux qui se sont risqués dans ces montagnes. Avec le temps, le bois a fini par les digérer. On découvre une boussole, une paire de crampons ou un crâne d'un quart de millimètre. C'est tout ce qui reste de leurs rêves héroïques.

Pourtant, au milieu de ces montagnes peu hospitalières, il existe un petit vallon protégé où on installerait bien un chalet pour passer Noël sous la couette en

écoutant ronfler la cheminée. Un vallon verdoyant qui recueille l'eau de pluie dans une petite mare entourée d'écorce douce.

Seul habitant du secteur, un cloporte venait chaque matin y brouter un peu de verdure.

Il y a dans l'arbre bien des coins de paradis qu'on ferait mieux de laisser aux gentils cloportes.

Ce matin-là, la petite bête se penchait pour boire dans la mare transparente quand la surface de l'eau se mit à trembler.

Des cris lui parvenaient.

Quel animal pouvait pousser des hurlements de ce genre ? Le cloporte n'en avait jamais entendu de pareils.

Des chasseurs.

Ils devaient être encore loin et lançaient des appels à travers la colline. Certains sonnaient dans des trompes, d'autres frappaient dans leurs mains en poussant des « yaaah ! » effrayants. Le cloporte se dressa sur ses pattes.

Alors, une silhouette apparut à l'autre bout du vallon. Quelqu'un bondissait vers la mare. À observer sa course silencieuse, son souffle court, on voyait que ce n'était pas un chasseur : c'était la proie. On entendait sa respiration rapide, mais jamais le bruit de ses pieds qui touchaient à peine l'écorce.

Un beuglement de trompe résonna à l'opposé. Le fuyard fit un saut de côté, mais des bruits se firent entendre dans une autre direction, puis dans une autre encore… Les cris encerclaient maintenant le vallon. Le pauvre gibier ralentit sa course, sauta dans la mare et s'immobilisa.

Il portait un pantalon coupé aux genoux. Le reste du corps était habillé de boue. On voyait une longue sarbacane plus haute que lui, accrochée dans son dos. Le cloporte ne distinguait pas à quelle famille d'insectes il pouvait bien appartenir.

Les cris se rapprochaient encore. Sans reprendre son souffle, le petit fugitif s'enfonça dans la mare. La tête disparut sous l'eau. Il y eut encore une courte seconde de calme.

Aussitôt, une douzaine d'individus de la même espèce surgirent de tous côtés. Le cloporte se tapit contre l'écorce et ne bougea plus. La couleur de sa carapace faisait croire à une aspérité du bois. Camouflage bien inutile : ce n'était pas lui que cherchaient les chasseurs.

– Où est-il ?

– Aucune idée.

– Il ne laisse pas de traces.

Les hommes portaient des toques en fourrure de bourdon. L'état de leurs épais manteaux trahissait un long voyage.

45

– On ne peut pas aller plus loin. Il faut remonter avant la neige.

Un grand type avec une sorte de harpon à deux pointes s'avança.

– Moi je reste, je ne le laisserai pas s'échapper. Je sens qu'il est là. Pas loin.

De rage, il envoya son harpon se ficher dans la carapace du cloporte. La pauvre bête ne bougea pas. Un autre, qui s'était penché pour boire dans la mare, lui répondit calmement :

– Toi, Tigre, tu feras ce qu'on te dit de faire. C'est tout.

Il se releva, essuya sa bouche et montra un nouveau groupe qui approchait.

– On en a neuf dont deux petits. Jo Mitch sera content.

Des hommes tiraient un traîneau monté sur des patins de plume. Un second traîneau suivait. Ils transportaient des caisses avec un trou sur chaque face.

– Il faudra dix jours pour aller jusqu'à la grande frontière. Ne perdons pas de temps.

L'homme au harpon, celui qui répondait au nom de Tigre, alla récupérer son arme dans la carapace du cloporte. Il marmonnait :

– On le regrettera. Celui-là n'était pas comme les autres…

Ils se mirent tous en marche. Les traîneaux glissaient sur l'écorce. Que transportait cette étrange caravane ?

Les hommes avaient l'air fatigués. L'un d'eux boitait. Ils baissaient tous la tête pour ne pas voir les barrières de montagnes qu'il leur restait à franchir.

Le triste convoi allait disparaître au bout du vallon. Déjà, au loin, le frottement des plumes des traîneaux ne s'entendait presque plus.

Mais de la dernière caisse, on voyait quelque chose qui sortait et s'agrippait aux planches en tremblant.

C'était une main d'enfant.

Plusieurs minutes passèrent. Le cloporte se dressa sur ses pattes. Les visiteurs étaient partis.

Il avait juste senti une brûlure dans le dos, là où le harpon l'avait piqué. Rien n'est plus robuste qu'un cloporte.

Il s'en alla en se trémoussant et tout redevint calme dans le vallon.

Une tête sortit enfin de la surface de la mare. Le fugitif retira de ses lèvres la sarbacane qui lui avait permis de respirer sous l'eau. Ses yeux balayèrent le paysage.

Personne.

Il se leva d'un coup, les cheveux, le visage et le corps entièrement lavés par l'eau.

C'était Tobie Lolness.

Tobie. Le corps plus souple et solide que jamais, mais l'œil inquiet. Tobie qui avait repris sa vie d'éternel fugitif.

Il sortit de la mare et, d'un geste rapide, rangea sa sarbacane dans le long carquois qu'il portait sur le dos.

Tobie avait quitté le peuple des herbes deux mois plus tôt. Tête de Lune, son ami, était parti avec lui, ainsi qu'un vieux guide qui s'appelait Jalam. Ils devaient tous les deux l'accompagner jusqu'au pied de l'arbre.

Tobie avait d'abord refusé de les entraîner dans cette aventure. Mais le vieux Jalam avait expliqué que ce voyage serait son dernier, qu'il se retirerait ensuite dans son épi pour vivre ses années de grand âge. Pour cette dernière expédition, il était heureux d'accompagner Tobie.

– Et toi ? demanda Tobie à Tête de Lune.

– Moi, c'est la première fois. Je veux venir avec toi, Petit Arbre…

Tobie s'était laissé convaincre.

Jalam, lui, n'était pas favorable à la venue du petit garçon.

– C'est un brin de lin de dix ans. Il serait mieux dans l'épi de sa mère.

– Je n'ai pas de mère, avait-il répondu.

Jalam, gêné, n'avait pas insisté. Ils partirent tous les trois.

Tobie savait que ses compagnons profiteraient du voyage pour chercher la trace de leurs derniers amis disparus.

Chaque année, des dizaines d'habitants des herbes disparaissaient parce qu'ils s'aventuraient du côté de l'arbre. Inconscients du danger, d'autres repartaient inlassablement. Le tronc leur fournissait ce qui leur manquait dans la prairie : du bois dur, du bois qui ne se consume pas en un instant comme la paille. Mais ce qui les attirait davantage vers l'arbre, c'était le mystère de ces disparitions et l'espoir de retrouver les leurs.

Les trois voyageurs marchèrent la première semaine dans des régions familières. Tobie voulut laisser le vieux Jalam prendre la tête de l'équipe. Mais Jalam refusa.

– Je ferme la marche. Si je reste derrière, je prendrai ma retraite quelques enjambées plus tard… C'est toujours ça de gagné.

En fait, Jalam voulait surveiller le petit Tête de Lune. Il continuait à penser qu'ils n'auraient pas dû l'emmener et il le lui faisait comprendre à chaque occasion.

Tobie, en revanche, impressionnait le vieux guide par sa connaissance de la prairie. Il s'orientait parfaitement grâce aux ombres des tiges. Il prévoyait le vent et la pluie en écoutant la musique des herbes. Il trouvait toujours de quoi dîner, savait plonger dans les passages marécageux et revenir les bras chargés des œufs d'une libellule. Tobie connaissait le goût sucré du blanc des feuilles d'herbe, les épices de certaines plantes rampantes. Il savait comment, en pilant une graine avec de l'eau, on fait des petits pains qu'on laisse cuire sous la cendre.

Depuis le départ, Tête de Lune demeurait silencieux. Jalam le rudoyait parfois quand il marchait trop vite :

– Sacré brin de lin ! Ça vole avec le vent, mais ça ne sait même pas où ça va !

Tête de Lune écoutait le vieux Jalam et ralentissait le pas. Ni ces reproches ni le prochain départ de Tobie n'étaient la cause de cette humeur sombre. Les gens des herbes ne pleurent que les morts, jamais les départs.

– Partir c'est vivre un peu plus, répétait toujours Jalam avec déjà la nostalgie de ces grands voyages.

Alors ? Pourquoi ce visage fermé de Tête de Lune ? Seul Tobie pouvait deviner le secret de son silence.

C'était la cinquième nuit. Ils la passaient dans une feuille roulée en étui, près des arborescences d'une carotte sauvage. À la fin du repas, comme chaque soir, Jalam sortit un tube d'herbe pincé de chaque côté, et, de cette fiole, il versa trois gouttes de sirop de violette sur sa langue. Il roula un bout de son long vêtement en guise d'oreiller et sombra dans le sommeil.

On entendait au loin le chant d'amour d'une gre-

nouille. Des lucioles traversaient la nuit comme de paresseuses étoiles filantes.

Tobie et Tête de Lune cherchaient à ranimer le feu de cuisine. Ils retournaient les braises.

– Je sais ce que tu as vu, dit Tobie.

– J'ai vu parce que j'ai des yeux, dit Tête de Lune dans la langue énigmatique des herbes.

– Oublie ce que tu as vu.

Tête de Lune souffla sur les cendres. Une flamme éclaira leurs visages. L'un avait à peine dix ans, Tobie était plus vieux de cinq ou six printemps. Tête de Lune fit un geste au-dessus du foyer, comme s'il faisait tourner une toupie. Il savait comment calmer les feux de foin pour économiser les flammes. L'ombre revint sur les deux garçons.

Après un long silence, Tête de Lune dit :

– Tu dois me dire ce qu'a fait ma sœur Ilaïa.

– Oublie ça, dit Tobie. Ce n'est rien.

La veille du départ, Tête de Lune avait surpris Tobie qui maintenait Ilaïa plaquée sur le sol de son épi. Elle se débattait. Tobie tenait fermement ses deux poignets. Tête de Lune se précipita. Il allait les séparer mais il s'arrêta net.

La main droite de la jeune fille agrippait la pointe d'une flèche.

Reconnaissant son petit frère, Ilaïa avait lâché l'arme et s'était enfuie.

– Tu dois me dire, Petit Arbre, tu dois me dire ce qu'elle voulait faire avec cette flèche.

Tête de Lune parlait avec courage. On sentait l'émotion qui affleurait à chaque mot.

– Ce qui est brisé est plus tranchant que ce qui est entier, disait-il. Ce qui est brisé peut tuer comme un éclat de glace. Je sais que ma sœur a quelque chose de brisé en elle depuis des années. Si elle est dangereuse, tu dois me le dire, Petit Arbre.

Tête de Lune était certain qu'Ilaïa avait tenté de faire mourir Tobie. Cette idée lui transperçait le cœur. Ilaïa et Tobie étaient les deux êtres qu'il aimait par-dessus tout.

Mais Tête de Lune aurait tout donné pour se tromper. Ses yeux scrutaient ceux de Tobie.

– Dis-moi la vérité, Petit Arbre. Dis-moi qu'Ilaïa voulait te tuer avec cette flèche.

– Ne parle pas comme ça.

– Je dois savoir, je t'en supplie.

Tobie restait silencieux. Il remuait le feu, fuyant le douloureux regard de Tête de Lune. Celui-ci insistait :

– Dis-le !

Au loin, la grenouille amoureuse cessa de chanter. Tobie retint sa respiration et lâcha :

– Ilaïa…

Il s'arrêta.

– Parle ! murmura le petit.

Même le feu se taisait pour le laisser parler.

– Ilaïa voulait mourir, articula Tobie. Ilaïa essayait de se tuer.

Il baissa les yeux.

Il y avait peu de mots plus terribles. Peu de mots qui donnaient autant envie de hurler. Pourtant Tobie savait que ces paroles envelopperaient Tête de Lune d'un très grand réconfort. Sa sœur n'était pas une criminelle, elle était seulement triste.

Désespérément triste. Triste à en mourir.

Tête de Lune s'allongea sur le dos et dit :

– Merci, Petit Arbre.

Tobie poussa un long soupir. Il se laissa tomber en arrière à côté de son ami. On entendait à nouveau le ronronnement du feu. Tobie regardait au-dessus d'eux les immenses parasols des fleurs de carotte qui ajoutaient d'autres étoiles au ciel d'automne.

Il avait parlé sans vraiment réfléchir.

Que pouvait-il dire d'autre ? Tobie eut du mal à trouver le sommeil. Peut-être devinait-il qu'un jour, beaucoup plus tard, Tête de Lune apprendrait la cruelle vérité.

Car cette nuit-là, pour consoler son ami, Tobie avait menti.

Le lendemain, ils entrèrent dans le roncier du grand ouest.

Tobie ne s'était jamais autant rapproché de l'arbre depuis qu'il avait quitté sa vie d'avant.

– Cette fois, ça devient sérieux, dit Jalam à ses compagnons.

Depuis bien longtemps, Jalam avait renoncé à franchir le roncier par le sol. Il avait perdu trop d'hommes dans cette traversée. Les buissons de ronces étaient infestés de gros prédateurs du genre mulots et campagnols. Même avec l'expérience d'un vieux guide, un souriceau est une bête fauve qu'il n'est jamais bon de croiser.

Le seul itinéraire praticable était la voie haute. Jalam montra à Tobie les longues tiges de ronces hérissées, qui s'élevaient dans les airs, traçaient des huit, des spirales et d'étroits ponts suspendus. Il regarda Tête de Lune.

– J'ai du mal à croire qu'un brin de lin va franchir le roncier du grand ouest.

– Je ne suis pas un brin de lin. Je m'appelle Tête de Lune, corrigea vivement le petit.

Jalam n'insista pas. Ils passèrent donc le roncier par la voie haute. Il leur fallut dix jours.

Les serpentins de ronces formaient des passerelles

aériennes très impressionnantes, mais le parcours était souvent moins acrobatique qu'il en avait l'air. Les épines servaient de barreaux d'échelle et les feuilles légèrement velues empêchaient les glissades.

Jalam connaissait quelques refuges aménagés dans des épines creuses. Ils se serraient tous les trois dans ces petites niches pendues au-dessus du vide.

La nourriture variait peu. Quelques toiles d'araignée à l'abandon leur offraient des moucherons séchés qui croustillaient sous la dent. Il y avait aussi parfois quelques baies flétries qui avaient survécu à la fin de l'été. Pas de quoi faire un clafoutis...

Ils arrivèrent donc sans encombre à ce qui aurait dû être la dernière nuit dans les ronces, juste avant de rejoindre la prairie.

Ce soir-là, à minuit, ils furent réveillés par de puissantes secousses.

– Attention ! cria Jalam.

Le corps de Tobie roula sur celui du vieux guide. Ils furent ensuite projetés vers le plafond de l'abri et s'écrasèrent en même temps sur Tête de Lune. Ils se sentaient comme des billes dans un hochet.

– Je vais voir ce qui se passe, dit Tête de Lune en mettant le nez dehors.

– Nooon ! hurla Jalam un instant trop tard.

Le petit garçon avait déjà disparu, propulsé dans les airs par une sorte de coup de fouet.

Tobie et Jalam se blottirent dans un angle de l'épine. Tête de Lune s'était envolé.

– Je l'avais dit, murmura Jalam en serrant les dents.

Le remue-ménage continuait.

– C'est un oiseau coincé dans la broussaille, continua Jalam. On devra peut-être rester là plusieurs jours.

– Et Tête de Lune ?

Le vieux guide ne répondit pas tout de suite.

– Vous croyez qu'il est tombé jusqu'au sol ? insista Tobie.

– S'il a fait une telle chute, il doit être triste à voir et…

Jalam regarda Tobie et termina sa phrase :

– … on n'échappe pas longtemps à un mulot ou à un serpent quand on a dix ans, et peut-être deux jambes fracturées.

Tobie demeura silencieux. Il savait que même à dix ans, écorché de partout, éprouvé par la vie, on peut se sortir de toutes les griffes.

Jalam et Tobie restèrent ainsi la fin de la nuit, la journée qui suivit et une autre nuit encore. Ils essayaient de parler pour passer le temps et oublier la faim.

Jalam racontait des souvenirs de jeunesse. Tobie écoutait. Des accalmies suivaient parfois les secousses du roncier, mais elles ne duraient guère.

À l'aube du deuxième jour, la fatigue aidant, Jalam aborda des sujets plus intimes. Son enfance, ses amours. Les premiers rendez-vous avec celle qui allait devenir sa femme…

– Une ortie ! expliquait-il en riant. Je lui avais donné rendez-vous sur une ortie ! Le jeune idiot que j'étais ! Nous avions peu de lin sur nous… On nous a vus revenir tous les deux, les bras et les jambes en feu. Notre amour n'est pas resté longtemps secret…

Tobie riait avec lui. Mais ils repensaient aussitôt aux yeux brillants de Tête de Lune et redevenaient graves.

Jalam avouait l'avoir traité trop sévèrement.

– J'ai un peu peur des enfants, dit-il.

– Vous n'en avez pas eu ? demanda Tobie.

– Non, dit Jalam.

– Vous n'en vouliez pas ?

Jalam ne répondit pas. C'étaient les enfants qui n'avaient pas voulu d'eux. Avec sa femme, ils avaient longtemps rêvé d'en avoir. Au fond de lui, Jalam en voulait peut-être à tous les enfants pour cela.

Tobie lui prit la main. Le danger dénude les cœurs et les rapproche. Ils restèrent ainsi longtemps, presque apaisés dans le petit matin.

Plus tard, Tobie parla d'Isha Lee.

Depuis qu'il avait appris que la mère d'Elisha était née parmi les Pelés, il brûlait d'en savoir plus. Tobie s'engouffra dans le silence du vieux.

– Et Isha ? Vous avez connu Isha quand elle était dans les herbes ?

Les yeux de Jalam brillèrent. Il y eut encore un long silence.

– Petit Arbre, je te l'ai dit, ma femme a été la chance de ma vie, elle m'a donné un grand bonheur. Je tiens à elle comme à la plante de mes pieds. Mais j'ai long-temps cru que je n'oublierais pas Isha.

– Vous…

– J'ai demandé trente-sept fois sa main à Isha Lee.
Il baissa les yeux.

– Il n'y a rien d'original, certains l'ont demandée
cent fois. Nouk s'est jeté de son épi pour elle. La belle
Isha… Si tu savais, Petit Arbre, ce qu'elle représentait
pour nous…

Le visage de Jalam s'assombrit, il ajouta :

– Il n'y a personne dans les herbes qui ne regrette pas
ce que nous avons tous fait.

– Qu'est-ce que vous avez fait ?

– Notre cœur est doux, Petit Arbre. Je ne sais pas
comment a pu arriver l'histoire d'Isha.

– Quelle histoire ?

– Nous sommes tous responsables, parce que, tous,
elle nous avait fait chavirer le cœur.

– Jalam, dites-moi ce qui est arrivé.

Le roncier fut agité d'un soubresaut puis tout s'arrêta.
Jalam fit un geste vers Tobie. Le vieux guide attendait.
Le silence dura plusieurs minutes puis Jalam dit :

– C'est fini. C'est incroyable. Après deux nuits, je n'ai
jamais vu un oiseau se délivrer tout seul. D'habitude, il
se libère le premier jour… ou bien il faut attendre une
semaine qu'il meure d'épuisement.

– Une semaine ?

– Oui. Je t'avoue que mon vieux corps n'aurait pas
tenu une semaine. Toi, tu avais ta chance, Petit Arbre.
Mais je pensais finir là.

Tobie serra les deux mains de Jalam.

– Et vous me racontiez vos histoires en riant…

Un appel retentit au loin.

– C'est le petit, dit Jalam. Il s'en est sorti.

Le vieux guide se précipita vers l'ouverture.

– Tête de Lune ! cria-t-il.

La voix du petit garçon lui répondit.

Jalam cria encore le nom de l'enfant. Il rayonnait de joie.

– J'arrive, Tête de Lune ! J'arrive !

Le jour se levait. On voyait la prairie courir audevant des dernières ronces. Jalam se glissa dehors.

Tobie restait hanté par le mystère d'Isha Lee.

4

Entre deux mondes

Il fallut plusieurs jours pour que Tobie et Jalam comprennent que Tête de Lune était l'artisan de leur libération.

– C'est de la chance, disait-il, j'étais au bon endroit au bon moment.

Mais son aventure était bien plus qu'une histoire de chance.

Emporté par les premières secousses du roncier, Tête de Lune avait perdu connaissance. Il s'était réveillé sur la tige qui retenait prisonnier un merle noir. Il sentait sa chaleur juste en dessous de lui et le battement affolé de son cœur d'oiseau. Les ailes venaient fouetter les ronces.

Tête de Lune s'était d'abord ficelé à la tige par un bout de son vêtement de lin pour résister à la tempête de plumes. Il avait attendu la fin de la nuit.

À la lumière de l'aube, il avait repéré un endroit, juste à côté de la tête de l'oiseau, où la ronce était affaiblie, à moitié usée par des frottements. C'était là que se jouait la liberté du merle. Sur cette petite tige qui le retenait encore.

Tête de Lune se traîna dans cette direction, le plus silencieusement possible. Il ne devait pas être vu de l'oiseau affamé.

Pendant des heures, jusqu'à la nuit suivante, il tenta de ronger la tige épineuse. Il y mit les dents et les ongles, mais la bataille était inutile.

– Alors j'ai eu ma petite idée, expliqua-t-il plus tard. Qui pouvait m'aider ? Qui allait me sauver ? Qui, dans ce roncier, était à la fois assez fort et assez proche pour venir à mon aide ?

Jalam et Tobie se regardèrent. Ils affichaient un sourire entendu et bombaient déjà le torse.

– Nous ! dirent-ils d'une seule voix.

– Non… Pas vous, répondit Tête de Lune, s'excusant presque. Mais l'oiseau ! L'oiseau, avec son bec tout près de moi ! Je me cachais de lui, alors qu'il était le seul à pouvoir m'aider.

Tobie et Jalam se déplumèrent un peu. Leur ami continuait :

– Le matin de la deuxième nuit, j'ai pris le tissu de mon habit comme un long drapeau dans la main. J'ai grimpé sur la tige et j'ai commencé à danser.

En racontant cela, Tête de Lune se mit à danser près du feu. Les deux autres ne riaient pas. Ils admiraient.

Jalam, stupéfait, prenait conscience pour la première fois de ces quelques milligrammes de brin d'homme bourrés de courage et d'imagination. C'était donc cela, un enfant.

– En dix secondes, dit Tête de Lune, j'ai vu les yeux du merle rouler vers moi. J'ai vu son bec s'ouvrir et s'approcher. Au dernier moment, je me suis jeté à plat ventre sur le côté. Il a mordu la tige de ronce sans me trouver.

À la lumière des flammes, Tête de Lune mimait la scène. Quand il jouait le rôle de l'oiseau, il s'approchait du feu et son ombre géante se projetait sur les herbes.

– Il est reparti en arrière. Je me suis levé et j'ai repris ma danse au même endroit. L'oiseau a attaqué une deuxième fois, j'ai bondi pour lui échapper. Son bec a arraché un lambeau de ronce… C'était ça, ma petite idée.

Tobie et Jalam venaient de comprendre. Ils regardaient danser leur jeune compagnon avec un mélange de tendresse et de fascination. Une petite idée ? Il appelait cela une petite idée ? Jalam détourna les yeux. Il était ému. Tête de Lune leur avait sauvé la vie.

– Au dernier coup de bec, la ronce a craqué. Le merle a pu ouvrir ses ailes, il s'est dégagé en sacrifiant quelques plumes. Il s'est envolé. J'ai été projeté une nouvelle fois. Mais mon drapeau de lin s'était accroché à une épine et me retenait au-dessus du vide.

Tête de Lune retourna près du feu.

Ils avaient installé leur campement sur une motte de terre sèche. Le roncier était déjà loin derrière eux. C'était la première fois que Tête de Lune racontait son exploit.

– J'étais au bon endroit, au bon moment, répéta le garçon.

Et Jalam corrigea :

– Le pire endroit, jeune homme, le pire moment. Mais tu étais la bonne personne.

Le déluge commença le lendemain. Une pluie tiède, avec des gouttes grosses comme des maisons.

– Tant mieux, dit Jalam. J'attendais ce jour.

Il prit sa sarbacane et se mit à frapper à petits coups sonores les grands fuseaux d'herbes qui l'entouraient. À chaque coup, il tendait l'oreille pour écouter la résonance des tiges. Il finit par en montrer une et brandit une petite lame de bois dur qu'il portait à la ceinture.

– Couchez-nous celle-là.

Tobie et Tête de Lune prirent la lame et obéirent. L'herbe tomba dans un sifflement. L'abattage des herbes vertes était un moment rare et solennel. Dans la prairie, on parlait de « coucher » une herbe. Les herbes sèches suffisaient à la plupart des usages quotidiens, mais quelques occasions nécessitaient de coucher une herbe verte.

La principale était la fabrication de barques de voyage.

Ils travaillèrent deux jours sous la pluie pour construire une belle barque verte. Elle faisait bien un centimètre de long. La verdeur de l'herbe l'alourdissait et lui donnait une bonne flottaison. À l'arrière, deux longues perches permettaient aux navigateurs en herbes de faire avancer leur bateau.

L'eau commençait à monter.

Comme chaque automne, la prairie se transformait en forêt inondée.

Le voyage sur les eaux dura plusieurs semaines. Il semblait que le temps glissait lentement. La barque dérivait entre les herbes. Un petit abri était aménagé à l'avant. L'un des voyageurs y dormait tandis que les autres poussaient leurs perches à l'arrière, sous la pluie.

Tobie apprécia la douceur du voyage en bateau.

Il aimait ce temps ralenti, la vie à bord, l'ennui, la répétition des jours. On vivait les cheveux mouillés. La pluie cliquetait sur le marais. Des araignées d'eau patinaient entre les gouttes.

Le matin, Jalam se baignait avant l'aube, pendant que les jeunes gens dormaient encore. D'un œil, Tobie le voyait remonter dans la barque, tout nu dans le froid

de novembre, et s'enrouler dans son long vêtement de vieil homme. Il détachait le bateau, commençait à pousser avec sa perche et faisait signe à Tobie de venir prendre un bol d'eau chaude.

Jalam profitait de chaque instant de ce dernier voyage.

Le soir, Tobie allumait du feu sur un flotteur, à côté de la barque. Il cuisinait avec de l'eau jusqu'aux épaules.

Le reste du temps, il ne se passait rien… Mais le mouvement du bateau, son balancement, le lointain concert des crapauds, le roucoulement de l'eau, la forêt d'herbes qui défilait, tout cela suffisait à remplir les jours.

Pendant ces longues semaines étirées sur la surface des eaux, Tobie commença à entendre à nouveau le clapotis de ses souvenirs. On aurait dit que cette pluie d'automne s'accumulait sur la poussière qui recouvrait sa mémoire.

Les premiers jours, elle forma une boue noire dans le cœur de Tobie. Il retrouva intact le cauchemar qu'il avait vécu dans l'arbre : la fuite et la peur. Il se vit courir dans les branches, poursuivi par l'injustice de son peuple. Il retrouva l'enfer de la prison de Tomble. Tout ce qu'il avait quitté en allant vivre dans l'herbe.

Mais, lentement, l'eau pure de la pluie nettoya cette noirceur. Il ne restait que la beauté éclatante de ce qu'il partait reconquérir.

Il y avait d'abord ses parents : Sim et Maïa. Leurs visages flottaient dans l'ombre des marais, au-dessus de la barque. Et leurs voix… Ces voix que Tobie craignait d'oublier mais qui lui revenaient, par instants, murmurées.

Alors, il sentait même le frôlement de leurs lèvres sur son oreille. Il fermait les yeux, approchait lentement ses mains, espérant saisir l'écharpe de soie de sa mère, remonter cette écharpe comme une échelle de corde, pour enfin toucher sa peau, ses cheveux.

Il ne trouvait que de l'air, l'air mouillé de ces journées de pluie. Mais il ne regrettait pas le bonheur d'y avoir cru un moment.

Tobie tentait d'imaginer ses parents. Ils étaient aux mains de Jo Mitch. Tiendraient-ils jusqu'au retour de leur fils ? Sim livrerait-il à l'ennemi le secret de Balaïna, cette invention qui menaçait l'énergie vitale de leur arbre ?

Un autre fantôme hantait le jeune aventurier.

Quand il se reposait à l'avant de la barque, il sentait une main qui touchait la sienne, et jouait avec ses doigts.

– Attends, murmurait-il dans son sommeil. Attends-moi, je dors, je dois reprendre des forces.

Il lui semblait que cette main le tirait pour l'emmener. Elle insistait, prenait la paume de sa main.

– Pas tout de suite, je dois finir mon voyage, disait Tobie.

Mais il ne se défendait pas. Il aimait cette invitation et, quand il lui répondait d'une voix ensommeillée, c'était un refus très doux qui encourageait l'autre à s'attarder.

– Je vais venir, c'est promis. Laisse-moi le temps d'arriver jusque là-haut.

Il se réveillait quand il prononçait le nom de son fantôme.

– Elisha.

Alors, il découvrait que sa main dépassait de l'abri et recevait la pluie. L'invitation venait de ces grosses gouttes sur sa main. Il soupirait, bougeait un peu cette main, mais la laissait dehors pour retrouver plus vite les doigts de pluie d'Elisha.

Au début, avec le vieux Jalam, Tobie avait tenté de revenir à l'histoire d'Isha. Ils poussaient chacun sur leur perche.

– Je t'ai dit ce que je sais, répondit Jalam. Elle était là, avec nous, dans les herbes, et puis un jour, elle est partie. Je ne sais rien d'autre.

– Mais vous avez commencé à me dire…

– Rien d'autre.

Tobie essayait de comprendre.

– Mais…

Le visage de Jalam parut impénétrable.

– C'est tout, Petit Arbre.

Dans le roncier, Jalam avait commencé à tout dire parce qu'il croyait mourir. Mais la vie était revenue en lui avec ses verrous et ses barricades. On ferait mieux de donner à toute sa vie la transparence des derniers instants.

Aujourd'hui, revenu au monde, Jalam avait claqué la porte sur ses souvenirs.

La porte.

Pendant ses années dans les herbes, Tobie n'avait jamais vu une seule porte. Les épis étaient grands ouverts. Il avait oublié que, là-bas, comme partout ailleurs, les portes restent dans les têtes et qu'un coup de coude suffit à les refermer pour toujours.

Jalam se taisait. Tobie tenait la longue perche dans ses mains et la poussait derrière lui. Il réfléchissait.

Même les gens de l'herbe ont des secrets et des peurs.

Ilaïa, la grande sœur de Tête de Lune, avait toujours eu au fond des yeux plusieurs portes verrouillées. Tobie ne cherchait jamais à les ouvrir. Il restait à l'extérieur de ses secrets, simplement heureux d'avoir cette amie attentive à ses côtés.

Pourtant il aurait suffi de si peu, pour que ces barrières tombent en poussière à ses pieds.

Ilaïa aimait Tobie.

Il aurait alors senti le feu de la passion qu'elle éprouvait pour lui. Cette passion dans laquelle elle avait tout jeté : la perte de ses parents, la mort d'un fiancé, tous ses malheurs entassés depuis qu'elle était petite.

Ilaïa était un fagot de désespoir, prêt à brûler pour le premier venu.

Quand Tobie annonça son départ, elle ne pensa qu'à une chose : le retenir. Même s'il fallait le tuer pour le garder tout à elle.

– La ligne est lourde.

Tobie sortit de ses pensées.

– Comment ?

– La ligne est lourde, répéta le vieux Jalam.

Tobie lâcha sa perche et attrapa un fil accroché juste derrière lui. Il le tira vivement hors de l'eau. C'était une ligne de pêche.

– Une nymphe, dit Jalam en aidant Tobie à sortir un petit insecte gris. Une nymphe de moustique. Ma femme les cuisine en ragoût.

Tobie regarda son vieux compagnon. Visiblement, il n'en apprendrait pas plus sur l'histoire d'Isha.

L'eau commença à baisser à la fin du mois de novembre. Le premier jour de décembre, la barque s'échoua. Tête de Lune fut le premier à mettre pied à terre, trop heureux de pouvoir enfin se dégourdir les jambes. Il disparut en courant.

Tobie et Jalam renversèrent la barque sur une plage de boue. Ils l'accrochèrent à un tronc d'herbe.

– On ne sait jamais, dit Jalam, je pourrai m'en servir au retour avec le petit, si la neige ne vient pas.

– Et s'il neige ?

– S'il neige, on mettra des planches.

Tobie avait découvert les planches en arrivant dans les herbes. C'était des lamelles de bois tout en longueur qu'on fixait sous les pieds pour se déplacer en glissant sur la neige. L'avant des planches remontait et s'enroulait comme un escargot.

Tobie et Jalam entendirent des cris et virent Tête de Lune accourir.

– Venez voir ! Vite !

Le petit les emmena à quelques centimètres de là. Ils

escaladèrent des herbes écrasées par la pluie et débouchèrent sur une feuille en terrasse. Ils suivirent Tête de Lune jusqu'au bord. Tobie poussa un cri.

À perte de vue, au milieu des herbes, s'étendaient des collines recouvertes d'écorces. On aurait dit les anneaux d'un grand serpent de bois, qui entraient sous terre et ressortaient.

– Qu'est-ce que c'est ? demanda Tête de Lune.

– On est plus proche du but que je ne le croyais, dit le vieux guide.

– C'est l'arbre ?

– Oui, répondit Jalam.

Tobie sursauta. Non, son arbre ne ressemblait pas à ça. Jalam dit :

– C'est l'arbre sous terre. Ces collines sont à l'air libre mais tout le reste des branches est sous la terre. L'arbre sous terre… Il partage le même tronc avec ton arbre.

Le visage de Tobie s'éclaira. Il pensait à Sim et à ses gros dossiers de recherche. Il revit le petit signe que son père avait gravé à Onessa, dans la porte de leur maison des Basses-Branches. Ce signe qu'il inscrivait partout. Le signe des Lolness.

Pendant le long voyage en barque, Tobie avait sculpté le signe sur un médaillon de bois qu'il avait offert à Tête de Lune.

– Ce sont les racines, dit Tobie. Les racines de mon arbre. Elles sortent à cet endroit, mais la plupart sont sous la terre. Mon père savait qu'elles existaient.

Tête de Lune regardait le signe autour de son cou.

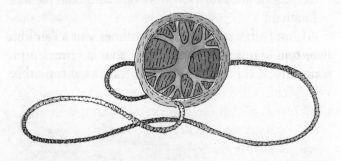

Jalam sourit en entendant parler Tobie. Racines… Pourquoi ce mot ? Est-ce qu'on ne peut pas dire au contraire que les branches aériennes de Tobie sont les racines de l'arbre sous terre ? Où est l'arbre ? Où sont les racines ?

Le vieux guide préféra se taire pour ne pas remuer un débat trop ancien et trop douloureux pour les Pelés.

Une heure plus tard, les voyageurs arrivèrent au pied de la première colline d'écorce. Lentement, Tobie s'approcha et posa sa main sur le bois.

– Les jours sont plus courts qu'avant, dit Jalam. Je ne m'en étais même pas rendu compte. On est entré dans l'ombre de l'arbre.

Tête de Lune touchait l'écorce pour la première fois.

– Ça tremble, dit-il.

Tobie posa son front. Il sentait déjà le torrent de sève qui, dans les entrailles de l'arbre, se battait pour sa survie.

Un soir, le trio s'arrêta sous une racine qui formait une arche. Là, cachée dans les herbes, une autre barque était amarrée. Ils en firent le tour. L'eau n'était pas montée jusque-là depuis les grosses pluies de printemps. Jalam toucha le flanc du bateau. L'herbe de la coque avait séché, elle commençait à se percer par endroits.

– Cette barque a été faite chez nous, dit le guide.

– Par qui ? demanda Tête de Lune.

– Je ne sais pas. Les passagers l'ont abandonnée. J'espère qu'il ne leur est rien arrivé.

Tobie vit alors un cordon de lin bleu accroché à une herbe. Il le détacha, le montra aux deux autres.

– C'est que je craignais, dit Jalam.

– Mika et Liev…, dit Tête de Lune dans un souffle.

Tobie enroula le lin sur son poignet.

Mika et Liev étaient deux amis très proches. Ils avaient à peu près l'âge de Tobie. Ils étaient partis chercher du bois au début du printemps. Les gens des herbes avaient tenté de les décourager, mais Mika était bien décidé.

Il s'occuperait de Liev. Il en avait l'habitude.

En voyant le garçon costaud qu'était Liev, on pouvait se demander pourquoi il fallait s'occuper de lui. Mais il suffisait de passer un moment à ses côtés pour comprendre qu'il n'était pas tout à fait comme les autres.

Liev avait eu la maladie de l'avoine, une maladie qui attaquait les cinq sens les uns après les autres. À l'âge de dix ans, il était devenu sourd. L'année d'après, il avait perdu la vue. Et la maladie s'était arrêtée là, lui laissant les trois autres sens, le toucher, l'odorat et le goût, par une sorte de désinvolture étrange.

D'habitude, les maladies savent très bien finir leur travail.

– Sans la ficelle bleue, dit Tobie, je ne sais pas comment ils ont pu s'en sortir.

Cette ficelle reliait les deux amis. Elle permettait à Mika de diriger Liev et de lui parler en donnant des petits coups dans le cordon.

– Ils sont sûrement morts, dit Jalam.

Par bonheur, même les vieux guides sages et expérimentés peuvent se tromper.

Quelque part dans l'arbre, Mika et Liev vivaient.

5

Seul

Dans le creux de son vallon, au milieu des hautes montagnes, Tobie reprenait son souffle. Il avait échappé à ses poursuivants, mais devait rester sur ses gardes.

Depuis la veille, Tobie était seul. Il s'était séparé de ses deux compagnons de route. La saison était trop avancée. Jalam et Tête de Lune devaient rentrer chez eux avant d'être coincés par l'hiver. Tobie avait promis qu'il chercherait à savoir ce qu'étaient devenus Liev, Mika et tous les autres.

Les trois compagnons s'étaient fait des adieux à la façon des Pelés. C'est-à-dire sans grande démonstration d'émotion.

– Au revoir.

– Bon courage.

– À bientôt, Petit Arbre.

Ils ne s'étaient même pas touché la main ou le front. Jalam et Tête de Lune avaient dévalé la pente.

Tobie se retenait de leur courir après, de prendre Tête de Lune dans ses bras. Il aurait voulu embrasser la main de Jalam, leur crier de penser à lui, de ne pas l'oublier. Il rêvait de leur dire combien il avait été marqué par la vie des herbes.

Plus tard, Tobie regretta souvent de ne pas l'avoir fait.

En deux mois de voyage, malgré les épreuves, Tobie n'avait pas vraiment été dépaysé du monde de la prairie. Le combat était toujours le même : vivre ou survivre contre la nature. Ou plutôt avec elle.

Mais, depuis la nuit précédente, la règle du jeu avait changé.

Les chasseurs étaient entrés en scène.

Tobie avait vite compris que ces chasseurs ne le cherchaient pas. Ils voulaient capturer des Pelés. Ils avaient poursuivi Tobie comme n'importe quel Pelé qui s'aventurait sur le tronc. Et c'était vrai qu'en quelques années Tobie s'était mis à ressembler beaucoup à ces petits hommes de l'herbe.

Tobie regarda le paysage qui l'entourait. La mare, le vallon verdoyant, les montagnes qui s'élevaient derrière, et la silhouette du tronc gigantesque qu'on apercevait au-dessus, dans la lumière de ce matin gris.

Le chemin serait long à parcourir. Mais, tout là-haut, il y avait comme un trou noir qui l'attirait, l'aspirait : la grande ombre de l'arbre, ce labyrinthe de branches où l'on avait besoin de lui. Tobie se mit en route au petit trot et quitta le vallon.

Toute la journée, sans s'arrêter un instant, il escalada des parois, sauta des ruisseaux, traversa des cols, longea des crêtes d'écorce ciselées comme des dentelles, courut sur des hauts plateaux, descendit des vallées, remonta et redescendit de l'autre côté.

Il ne sentait pas la fatigue. Il décida de continuer à courir la nuit suivante, filant sur des étendues de mousse basse, passant sous des cascades que la nuit claire faisait étinceler. Il se sentait indestructible. Rien ne pouvait l'arrêter.

À l'aurore, l'indestructible Tobie arriva à bout de forces dans un petit vallon verdoyant.

Un petit vallon où, comme chaque matin, un cloporte venait boire. Le cloporte remarqua Tobie et resta interdit.

Bon. Il avait déjà vécu cette scène la veille.

Le souffle court, Tobie regarda la mare, puis le cloporte, puis le vallon. Ses yeux commencèrent à tourner dans leurs orbites. Il regarda encore la mare, puis le cloporte, puis le vallon. Il s'effondra par terre.

Il ne faut pas plaisanter avec la haute montagne. Tobie était parti comme un écervelé, le sang fouetté par sa folle énergie.

Tobie n'avait pas pensé à penser.

Il s'était épuisé pendant vingt-quatre heures, pour revenir précisément au même endroit. La montagne est un piège. Elle ne se laisse pas parcourir le nez au vent comme un jardin public.

S'il continuait ainsi, des archéologues trouveraient peut-être, cent ans plus tard, en faisant des fouilles dans les rides d'un petit vallon d'écorce, une sarbacane et quelques ossements, en souvenir de Tobie.

Il commença donc par le commencement. Dormir.

Quand il se réveilla le soir, sa tête était bien retombée sur ses épaules, il avait écarté sa soif de vengeance et l'ivresse du héros (car l'ivresse et la soif vont souvent ensemble). Il pouvait enfin réfléchir.

Alors il vit un objet abandonné au bord de la mare.

Tobie se baissa pour le ramasser. C'était une toque en fourrure noire, doublée de soie usée. Un chasseur avait dû l'oublier. Cette toque lui donna la solution.

Les chasseurs. Il suffisait de les suivre. L'hiver s'installait et ils rentraient sûrement chez eux.

Tobie devait simplement prendre en chasse ses propres chasseurs.

Il lança la toque en l'air. Elle retomba dans son dos sur le sommet de la sarbacane et y resta. Tobie fit le tour de la mare, retrouva aussitôt les traces du convoi et commença à les suivre.

Le lendemain, dans le vallon, le cloporte s'attendait à voir arriver Tobie, mais il ne vit personne. Il en fut presque déçu. C'est fou comme on s'attache.

– Tiens. Il neige.
– Ouais. Il neige. Ça commence.
– T'as pas ta toque ?
– Ma toque ?
– Ta toque ! T'as pas ta toque ?
– Non, j'ai pas ma toque.

Deux chasseurs gardaient l'un des traîneaux à plumes où s'entassaient les caisses. La lourde troupe avait fini de traverser la chaîne de montagnes. Le lendemain, ils attaqueraient le tronc vertical. Ils allaient emprunter la grande corniche, une piste qui grimpait en spirale autour du tronc.

Un troisième homme sortit de l'ombre. C'était le chasseur au harpon.

– C'est moi. C'est Tigre.
– Tu dors pas ?
– Non. Je pense à celui qu'on a laissé s'enfuir.
– T'inquiète pas. Le patron sera content.
– C'est pas ça…
– C'est quoi alors, Tigre ?
– J'aime pas laisser des restes derrière moi. Ça fait sale !

Les deux autres se mirent à rire bruyamment, mais ils étaient à moitié terrorisés par Tigre. La neige commençait à tomber très fort. Tigre frappa sur le crâne d'un des gardes.

– Toc, toc… T'as pas ta toque ?

– Non, j'ai pas ma toque.

– Où elle est, ta toque ?

– Je l'ai perdue.

Tigre se leva. Il s'approcha des caisses et commença à donner des coups avec le manche de son harpon.

– On ne dort pas, là-dedans ! criait-il. On ne dort pas ! On pense fort à tonton Mitch qui va s'occuper de vous dans quelques jours.

Les trois chasseurs riaient ensemble. Celui qui avait perdu sa toque ajouta en hurlant :

– Pour le moment, vous êtes tranquilles dans vos boîtes… Mais c'est bientôt fini, la belle vie !

En même temps qu'une fine pellicule de neige se posait sur son corps, Tobie sentit son cœur se couvrir de givre. Il était allongé dans la nuit, à trois pas des chasseurs. Il n'avait pas manqué un mot de leur lugubre conversation.

Une heure plus tôt, Tobie s'était approché pour dérober quelques vêtements chauds. Il avait trouvé une sorte de gilet épais et des bottes à lacets qu'un des hommes avait retirés pour dormir. Il s'éloignait discrètement quand il surprit les gardes qui discutaient.

Il approcha. C'était bien ça. Le convoi transportait des Pelés. Il y en avait neuf. Sûrement tous ceux qui avaient disparu depuis le printemps précédent. Quand il entendit le nom de Jo Mitch et la violence de Tigre, Tobie plaqua son visage sur l'écorce pour ne pas crier.

Il imaginait la détresse de ces êtres pacifiques capturés et jetés dans des boîtes. Que se passait-il dans leur esprit quand ils entendaient qu'on frappait sur le bois de leur cage en hurlant ? Et même s'ils s'échappaient, comment pourraient-ils affronter l'hiver, la neige, l'immensité de l'arbre ?

Pauvre petit peuple !

– On va vous écraser, continuait Tigre, debout sur les caisses. On va vous écraser un par un !

Alors Tigre s'arrêta. Il sentait quelque chose sur son pied gauche. Une petite main était sortie d'un trou de la caisse et venait de lui attraper la cheville. En se débattant, il perdit l'équilibre. Une autre main, échappée d'une autre caisse, avait saisi son pied droit. Il cria comme un demeuré et tomba allongé sur les caisses.

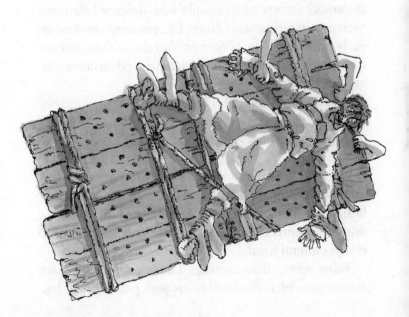

Ses collègues accoururent. La situation était cauchemardesque. Des mains lui agrippaient maintenant les bras, les cheveux, la ceinture. Tigre poussait des cris d'horreur, collé comme une ventouse au tas de caisses. D'autres chasseurs s'étaient réveillés et venaient essayer de l'arracher à cette force. On le tirait, on le secouait, on tapait les caisses des Pelés.

Quand toutes les mains le lâchèrent au même instant, les chasseurs qui tiraient ses vêtements pour le libérer furent entraînés dans leur élan et s'écrasèrent avec Tigre sur un mur d'écorce. Un paquet de neige se détacha et vint les recouvrir.

Tobie, les yeux écarquillés, gloussait de bonheur. Comment avait-il pu oublier le courage et la force de ses amis ? Pauvre petit peuple sans défense ! Pauvres victimes impuissantes ! Non ! Ils n'avaient pas besoin de la pitié de Tobie. C'étaient tous de nobles combattants qui avaient affronté de bien pires adversaires que ce Tigre et ses comparses.

Ils allaient se battre.

Tobie recula et disparut dans la nuit.

Une embuscade. Voilà ce qu'il devait préparer. Une embuscade pour libérer les prisonniers. Peu importait la neige et le froid… S'ils s'échappaient, ils parviendraient à rentrer chez eux vivants. L'hiver, au moins, est un ennemi loyal.

Tobie courut dans la neige. La piste circulaire était étroite mais bien tracée. Il ne risquait pas de se perdre.

Il voulait prendre de l'avance pour organiser son plan. Il avait enfilé le gilet de peau et les bottes. Avec son pantalon coupé aux genoux et sa toque en fourrure de bourdon, la sarbacane en bandoulière sur le dos, il avait une allure extraordinaire. Il marchait contre le vent et la neige sur cette corniche taillée le long du tronc.

La piste circulaire était l'un des grands travaux des dernières années. Taillée dans l'écorce, cette route s'enroulait en colimaçon sur le tronc jusqu'aux premières branches. Elle permettait de remonter rapidement les Pelés capturés. Ceux-ci avaient d'ailleurs été utilisés pour creuser la piste circulaire. Le chantier restait dans les mémoires comme l'un des plus meurtriers. Accrochés en équilibre à la verticale du tronc, des ouvriers pelés tombaient tous les jours dans le vide.

Tandis qu'il marchait sur la corniche, il semblait à Tobie que la neige dégageait une légère lumière. La nuit était claire et les pieds ne s'enfonçaient pas encore dans le tapis blanc.

Après deux heures d'ascension, Tobie s'arrêta. C'était un tournant assez délicat. Un morceau d'écorce avait dû se détacher et s'était coincé à cinq millimètres au-dessus du passage. La neige commençait à l'alourdir. Il suffirait peut-être d'un coup de pied pour que le bloc d'écorce tombe en travers de la route.

Tobie grimpa la paroi pour surplomber la corniche. Son but était de couper le convoi en deux. Il ferait tomber le bloc juste avant les traîneaux de plumes où étaient enfermés ses amis. Il aurait sûrement le temps de les libérer.

Avec le pied, il effleura le morceau d'écorce en équilibre. Parfait. Il bougeait légèrement. Il fallait juste que son piège résiste jusqu'au matin et qu'il ne s'effondre pas avant.

Comme si elle avait entendu ce vœu, la neige se mit à tomber moins fort.

Tobie s'installa au-dessus du lieu des opérations. Ramassé en boule, les genoux serrés dans ses bras, il attendit.

Sa première pensée alla vers Tête de Lune et Jalam. Comme il était rassurant de les savoir dans la prairie. Avec la neige, ils allaient pouvoir se tailler des planches, le retour serait rapide. Une longue glissade vers chez eux.

La prairie était le territoire idéal pour voyager sur des planches.

L'hiver précédent, Tobie était parti huit jours dans la neige avec Tête de Lune et Ilaïa. Ils étaient allés pêcher ensemble des larves de demoiselles dans les marécages gelés.

C'était un beau souvenir. Le soleil tapait très fort sur l'herbe couverte de neige. Ils glissaient avec leurs planches aux pieds, dans ce monde entièrement blanc. Ils venaient de passer une grande partie de l'hiver enfermés dans leurs épis et se retrouvaient tout à coup dans cette pureté infinie.

Tête de Lune filait dans les pentes en levant les bras en l'air et en criant. Leurs traces restaient dans la neige poudreuse. Ilaïa souriait à Tobie qui l'attendait dans les montées trop rudes.

La pêche hivernale se pratiquait en faisant des grands feux sur la glace. Un trou se formait et les larves remontaient dans cette eau tiédie. Les demoiselles sont de petites libellules au corps vert et noir. Leurs larves restent plusieurs années sous l'eau. Il faut pêcher les plus jeunes larves, les plus sucrées et les plus tendres.

Tobie se souvenait de certains moments passés avec Ilaïa, accroupis sur la glace. Ils avaient planté leurs planches dans la neige un peu plus loin. Tête de Lune surveillait un feu, de l'autre côté du marécage. Ilaïa disait à son frère :

– Laisse-nous.

Il aurait suffi que Tobie croise le regard d'Ilaïa pour qu'il comprenne ce « nous ». Ilaïa était amoureuse, Tobie aurait dû s'en rendre compte. Pourquoi fermait-il les yeux ?

En y repensant, maintenant, Tobie s'avouait qu'il avait peut-être laissé faire pour retrouver cette sensation oubliée. Pour retrouver avec elle ce qu'il avait voulu balayer à tout jamais : les yeux baissés et les silences d'Elisha.

Tête de Lune revenait discrètement, attrapait Ilaïa par le pied et la faisait glisser sur la glace en riant. Elle hurlait de fureur.

En les regardant s'agiter, de loin, on aurait dit trois poussières et un feu minuscule sur le plat d'une main.

Tobie fut réveillé par des voix étouffées. Il se dressa brusquement, un peu perdu. Où était-il ? Il se rappela son projet d'embuscade. Il avait le nez froid et de la neige glacée dans les cheveux.

– Les voilà…, se dit-il.

La troupe était encore à quelques centimètres du tournant. Tobie se glissa à l'endroit où il pouvait déclencher son piège.

Les premiers chasseurs passèrent. Ils marchaient silencieusement. D'autres suivaient en traînant la patte. La corniche était étroite. Ils serraient la paroi de près. Enfin, Tobie vit les traîneaux tirés par les hommes. Les caisses étaient là. Tobie attendit le moment choisi et donna un grand coup de talon dans le bloc d'écorce.

Rien.

Il ne se passa rien.

L'écorce n'avait pas bougé.

Il donna un deuxième coup de pied. C'était une question de seconde. Il se mit à piétiner frénétiquement, sans résultat.

Tobie grimpa sur le morceau d'écorce pour voir passer le convoi. Il avait échoué. Il tomba à genoux, inconscient du danger qui menaçait l'équilibre de son perchoir.

D'énormes flocons recommençaient à tomber autour de lui.

Avant que les caisses ne disparaissent dans le tournant, Tobie eut le temps de se rendre compte que les trous d'aération avaient été bouchés. Traumatisé, Tigre avait donné cet ordre pour que ne recommence pas la scène de la nuit d'avant. Les neuf prisonniers respiraient difficilement.

Tobie avait aperçu un doigt qui parvenait à se glisser entre les lattes de la plus petite caisse. Cette vision lui fit une grande peine. Il ignorait pourtant le pire.

Cette main, cette petite main glacée posée sur le bois de la caisse, cette main appartenait à Tête de Lune. Celui-ci n'était pas tout en bas, dans la prairie, glissant sur ses planches, à fendre l'air dans les pentes enneigées. Il était là, recroquevillé dans sa boîte, s'inquiétant de la santé du vieux Jalam dans la caisse d'à côté.

– Vous tenez bon ?

La voix tarda à répondre.

– Je tiens.

Tête de Lune entendit alors un bruit sourd d'avalanche qui retentit dans le lointain. Le traîneau s'arrêta. Quelqu'un courut voir ce qui s'était passé. Des pas écrasaient la neige.

L'homme revint, essoufflé.

– C'est dans le tournant qu'on vient de passer. On a eu de la chance. Tout un morceau d'écorce s'est effondré sous la neige.

– La piste est bloquée ?

– Non. Il a roulé dans le précipice.

6

La garnison de Seldor

Autrefois, quand la ferme de Seldor se réveillait sous la neige, les jeunes filles de la maison sortaient à l'aurore, chacune portée par un de leurs frères. Mia et Maï se débattaient mais la force des garçons les empêchait de s'échapper. Ils avançaient en les tenant dans leurs bras, s'enfonçant jusqu'aux cuisses dans la neige. Les corps dégageaient un peu de fumée à la lumière du matin froid.

Arrivés un peu plus loin, ils les jetaient en chemise de nuit dans l'épaisseur blanche. Elles y disparaissaient presque entièrement, criant et s'interdisant de rire.

Autrefois, quand la ferme de Seldor se réveillait sous la neige, la mère sortait de la maison, furieuse de voir perdurer ces coutumes barbares. Elle apportait des serviettes chauffées à la vapeur et tentait de frictionner ses filles en maudissant ses fils.

« Les bains de neige rendent les filles sages », disait-on chez les Asseldor, depuis trois générations.

On s'amusait surtout de cette tradition venue d'un

grand-père excentrique, mais Mme Asseldor ne riait pas du tout.

Autrefois, quand la ferme de Seldor se réveillait sous la neige, la famille ne travaillait pas pendant plusieurs jours. On sortait des pilons de cigale qu'on faisait tourner dans la cheminée. On buvait de la bière chaude. On mangeait des tartes au miel.

Autrefois, quand la ferme de Seldor se réveillait sous la neige, on jouait de la musique aux fenêtres et on écoutait… L'acoustique d'un champ de neige est très pure et mystérieuse. Le mieux est d'y jouer la nuit.

Autrefois, quand la ferme de Seldor se réveillait sous

la neige, on avait envie que toute la vie soit ce premier matin d'hiver.

Mais la ferme avait changé.

Une cour boueuse labourée par les bottes des soldats. Des granges changées en dortoirs ou en cantines. La neige souillée. Des éclats de voix. Et, plus loin, les anciennes volières des pucerons changées en enclos pour des êtres humains. Voilà à quoi ressemblait la ferme de Seldor ce matin-là. Les Pelés étaient parqués dans cette garnison avant d'être emmenés vers les colonies inférieures.

– Les volières sont vides. On attend le prochain convoi.

Léo Blue était arrivé dans les Basses-Branches la nuit précédente, après sa grande traversée de l'arbre. Il écoutait les explications d'un de ses hommes.

– Ils ont du retard, on est le 20 décembre, mais…

– Tais-toi, dit Léo Blue.

Il regardait la façade de la grande maison de Seldor taillée dans l'écorce. Léo restait parfaitement immobile. Tout le monde guettait ses réactions. Il inspirait la crainte. On connaissait son histoire. D'abord celle de son père tué par les Pelés à la grande frontière, quand Léo était petit. Puis la sienne : une histoire dans laquelle la vengeance était peu à peu devenue une obsession.

Voyant qu'il s'intéressait à la ferme, Garric, le chef de la garnison, hasarda des explications :

– C'est la maison de la famille Asseldor, vous savez que…

– Tais-toi, répéta Léo. Je ne te demande rien.

Léo savait tout cela. Une famille habitait là quand on avait installé la caserne. C'était même dans cette maison qu'il était venu chercher Elisha.

Il avait maintenant l'impression de découvrir la beauté de cette bâtisse. Les épaisses cicatrices du bois montraient que la construction était ancienne.

Une silhouette passa. La silhouette d'une jeune femme qui contourna la maison en portant un seau et y entra précipitamment.

– C'est la fille Asseldor, vous savez que…

– Je sais, dit Léo d'un ton cinglant.

Il vint caresser les boomerangs dans son dos et il n'y eut plus un bruit autour de lui.

Les Asseldor avaient choisi de rester dans leurs murs malgré la confiscation de toutes leurs terres. On leur avait proposé d'autres fermes, plus haut dans l'arbre, mais ils avaient refusé. Les soldats toléraient leur présence dans ces vieux murs. La famille vivait d'un peu de chasse et de cueillette.

– Je n'aime pas qu'ils restent là, dit Léo. Il ne faut pas qu'ils dérangent le travail.

– Ils ne dérangent pas, dit un soldat. Avant, ils jouaient de la musique. Jo Mitch le leur a interdit il y a un an.

– C'était beau ?

L'homme ne répondit pas. Avait-il le droit de dire que la musique le faisait pleurer ?

– Ils risquent de venir en aide aux Pelés, dit Léo Blue. Il faut les surveiller.

– On fouille leur maison tous les soirs, et par surprise dans la journée trois fois chaque semaine.

Léo Blue n'avait pas l'air convaincu. C'était un perfectionniste de la peur. Il savait que l'un des fils Asseldor, Mano, était en fuite. Mano faisait partie de la liste verte.

– Et la nuit ? Fouillez la nuit ! C'est un ordre.

Léo Blue repartit le jour même.

La jeune femme qui venait d'entrer dans la maison avec son seau ferma la porte derrière elle et appuya son

93

dos contre le bois de cette porte. C'était Maï, l'aînée des filles Asseldor.

— Je n'en peux plus, dit-elle tout bas.

Elle s'essuya le visage avec la manche, ramassa son seau et le porta vers la cheminée. Elle commençait à parler d'une voix claire :

— Je suis là. Tout va bien. Il a neigé. C'est très blanc. Il doit y avoir un peu de soleil. Les garçons ont trouvé un asticot du côté d'Onessa. Ils en ont mis une partie à conserver dans le miel. On fera le reste au dîner, ce soir. Les parents sont en route. Ils seront là dans une heure.

La pièce était vide. À qui parlait-elle sur ce ton rassurant ? Elle vida son seau dans un grand pot qui chauffait sur le feu.

— Je fais fondre de la neige, dit Maï. Je vais me laver. J'ai froid.

Il y avait quelque chose d'extraordinaire à entendre cette jeune femme décrire chaque geste qu'elle faisait.

Quand, un peu plus tard, les parents Asseldor arrivèrent, ils jouèrent exactement le même jeu.

— On est de retour, dit le père. Je retire mes chaussures. Maman a de la neige sur son foulard.

S'il n'y avait eu cette tendresse dans la voix, on aurait eu envie d'éclater de rire.

— Mô et Milo sont juste derrière, continua le père Asseldor. Les voilà. Ils entrent. Mô porte son chapeau que je n'aime pas.

— C'était un peu long, reprenait Milo, le frère aîné. Mais on est revenus. On ne partira plus. J'ai de l'asticot dans le sac, et un champignon. Mô a mis le champignon sur la table. Maï sort un couteau pour l'aider.

Mô et sa sœur faisaient exactement ce que Milo disait qu'ils faisaient. Mô portait en effet un vieux chapeau déchiré. Maï commençait à découper le champignon en gros morceaux, larges comme des poings.

Le père Asseldor passa dans la pièce d'à côté. Après un moment d'hésitation, Mô, le jeune frère, le suivit discrètement.

Il le retrouva dans la chambre des filles.

Ce qu'on appelait la chambre des filles était en fait un garde-manger. La pièce n'était plus la chambre des filles depuis que Mia, la petite sœur, était partie. Maï dormait maintenant dans la pièce commune, devant la cheminée, toute seule.

Le père Asseldor était en train de déplacer un gros jambon de sauterelle qui pendait au plafond de la chambre des filles. Mô entra, ferma la porte et s'approcha.

– Qu'est-ce qu'il y a, mon fils ?

– Il faut qu'on parte, papa. On étouffe ici. Il faut quitter Seldor.

– Tous ?

– Oui, dit Mô.

– Tu sais qu'on ne peut pas tous quitter Seldor.

– Je sais surtout que c'est la maison de ton père, papa.

– Je me fiche que ce soit la maison de mon père. Ce n'est pas moi qui ne peux pas partir. Tu sais de qui je parle. Si je pouvais, je vous aurais déjà emmenés très loin d'ici.

– C'est à cause de lui ? demanda Mô.

– Oui, c'est à cause de lui.

– On peut l'emmener. J'ai une idée pour l'emmener.

Milo entra précipitamment.

– Venez voir, dit-il.

Son père et son frère le regardaient.

– Venez tout de suite ! insista Milo.

Ils lâchèrent tout et le suivirent.

Maï se tenait devant la fenêtre, elle avait dans la main une feuille pliée en deux.

– On vient de la glisser sous la porte. Regardez.

– Encore…, dit Mô.

Il prit la lettre et la tendit à son frère.

Il y avait écrit en grosses lettres : « Pour la jeune fille. »

Milo déplia le papier et lut à haute voix.

– « Venez derrière la volière à minuit… »

Milo dit à sa sœur :

– Je vais y aller et je lui couperai la gorge…

– Arrête, Milo, lis la suite.

– « Je veux vous aider. JE SAIS. »

Le père lui arracha la lettre et la relut en silence.

« JE SAIS. »

Dans n'importe quelle famille, quelqu'un aurait dit : « Qu'est-ce qu'il sait ? », mais ils n'y pensèrent même pas. Ici, on savait bien ce que personne, absolument personne, ne devait savoir.

Le père Asseldor replia le message. Comme toujours, il n'y avait pas de signature.

Depuis quelques mois, Maï recevait ces lettres destinées « à la jeune fille ». Son père avait intercepté les premières avant qu'elle puisse les voir. Mais Maï Asseldor avait retrouvé le petit paquet de courrier sous les boîtes de tisane.

– Qu'est-ce que c'est, ça, papa ?

– C'est... des lettres.

– Pour qui ? demanda Maï.

– Il y a écrit : « Pour la jeune fille. »

Mme Asseldor, qui était au courant, avait l'air aussi confuse que son mari.

Maï demanda à son père :

– C'est toi, la jeune fille ?

– Je... Je croyais que c'était pour ta mère...

La galanterie est parfois bien pratique. Mme Asseldor n'était pas tout à fait une jeune fille. C'était une femme encore jeune, très belle, mais qui ne cherchait pas à cacher ses soixante-cinq ans.

Maï lut toutes les lettres. Elles étaient très enflammées et très maladroites. Elles parlaient de ses yeux bleus comme des mouches, de sa chevelure qui fait penser à des vermicelles. Un vrai poète... Certaines lui donnaient des rendez-vous. Certaines étalaient des chiffres. L'auteur faisait la liste de ses économies et terminait par le montant total qu'il soulignait en rouge. « Comme vous voyez, mademoiselle, je suis plutôt riche, ce qui ne gâche rien. »

Les lettres continuèrent à arriver. Maï n'y répondit jamais.

Bien sûr, la jeune femme était moins indifférente qu'elle le montrait. Quand on a vingt ans, qu'on vit avec ses frères et ses parents, quand on a vu sa petite sœur emportée par un jeune homme courageux, même une grosse punaise qui vous inviterait à dîner vous donnerait un peu d'émotion.

Mia, la cadette des Asseldor, était partie depuis plusieurs années. Un voisin des Basses-Branches, Lex Olmech, était venu la chercher. Cela s'était passé en une nuit. Ils vivaient maintenant cachés quelque part, très loin, avec les parents Olmech.

M. et Mme Asseldor ne regrettaient pas cette alliance, même s'ils pleuraient leur petite. Mia avait depuis longtemps prouvé son amour pour Lex, et Lex son affection et son courage. Toute la famille le savait : Mia était mieux dans les bras de Lex qu'entre les murs de Seldor.

Mais le mystérieux soupirant de Maï n'inspirait pas la même confiance. Le grand-père Asseldor disait jadis à ses filles : « Le ridicule ne tue pas, mais méfiez-vous, il cherche toujours à vous épouser… » L'auteur des lettres appartenait à cette catégorie.

— À minuit, ce soir, j'irai à la volière, dit Maï.

Elle eut du mal à convaincre sa famille. Milo faisait les cent pas dans la pièce. Mô aiguisait ses poignards de chasse. Les parents durent reconnaître qu'il y avait un ton de menace dans ce dernier message et qu'il fallait en savoir plus.

La nuit tomba très tôt. Ils attendirent que les bruits de pas disparaissent de la cour de la ferme.

— Voilà, dit le père en guettant par la fenêtre.

Il installa alors une fine plaque de bois pour boucher le carreau. Mô retira le pot de la cheminée. Il jeta de l'eau sur le feu.

– On éteint le feu. Mô a enlevé le pot de la soupe. On arrive.

Toujours cette étrange habitude de décrire à haute voix chaque geste… Maï éteignait les lampes. Elle ne laissa qu'une bougie allumée sur la table. Les deux frères s'accroupirent dans la cheminée et retirèrent la plaque du fond.

– Viens, c'est la nuit, tu peux sortir, Mano.

Depuis trois ans, Mano Asseldor vivait caché derrière la cheminée. Depuis trois ans, il n'avait pas vu la lumière du jour. Depuis trois ans, Mano ne sortait que la nuit, tournait un peu dans la maison, se lavait, prenait un repas et retournait avant l'aube dans son réduit plein de suie.

On l'avait caché là quand il s'était échappé de l'enclos de Jo Mitch avec Tobie Lolness. Il aurait dû rester seulement quelques semaines dans cette cachette, mais il avait été piégé par l'arrivée des soldats qui s'étaient installés autour de la ferme. Toutes les sorties de la garnison étaient contrôlées, la maison fouillée, et Mano faisait partie de la liste verte des personnes les plus activement recherchées.

Le garçon qui se leva de la cheminée avait un regard de papillon de nuit, une poudre noire sur les joues. Il se déplia, déroula ses jambes et ses bras. Il paraissait sortir d'une longue hibernation.

– À un moment, je ne vous entendais plus, dit-il.

– On te l'a dit, Mano, lui répondit sa mère en le prenant dans ses bras. Il a fallu partir quelques heures chercher de quoi se nourrir. On ne t'abandonnera pas.

– Je ne vous entendais plus, répéta Mano.

Milo le prit par le cou.

– On va te sortir de là, promit-il à son petit frère.

– Vous étiez partis…

– Non, Mano. On revient toujours. On te parle dès qu'on est là.

– Profite de la nuit, dit le père. Ils ne viennent jamais la nuit.

En le regardant manger, ils lui racontèrent à nouveau la journée. Puis il y eut un silence.

Mano, lui, n'avait rien à raconter. Jamais rien.

Maï longeait le mur. Elle aurait aimé que la neige soit encore craquante pour entendre les pas de ceux qui approchaient, mais elle marchait dans une soupe noire. Elle traversa le chemin, longea la haie et déboucha près de l'ancien jardin de mousse.

On trouvait autrefois dans ce jardin trente variétés de mousses rampantes. L'une fleurissait seulement le jour de l'an, une autre donnait des petits haricots délicieux, une autre sentait le caramel. Maintenant l'écorce avait été grattée et les broussailles de lichen gagnaient du terrain.

Maï arriva enfin à la volière, elle suivit le grillage sur quelques pas.

– Retournez-vous !

Maï se tourna vers la voix qui lui avait donné cet ordre. Une lampe était braquée sur elle et l'éblouissait.

– Qu'est-ce que vous faites là ?

Les yeux de Maï s'accoutumaient lentement à la lumière. Un visage lui apparut. C'était Garric, le chef de la garnison.

– Vous n'avez pas le droit de sortir la nuit, dit l'homme.

En le regardant, Maï eut la certitude que c'était bien lui.

Garric était l'auteur des lettres. Elle se rappelait de quelques regards insistants quand elle passait dans la cour de la ferme. Maintenant, seule en face de Garric, elle aurait voulu s'enfuir, mais il fallait qu'elle découvre ce qu'il savait vraiment…

– Bonsoir.

Elle avait choisi la voix la plus douce et la plus caressante pour dire ce mot, sa voix de musicienne.

Garric baissa la lumière.

– Je me promène un peu, dit-elle.

Garric ne disait toujours rien. Peu d'hommes auraient été capables de parler devant la beauté de Maï dans son col de fourrure claire, le dos contre la volière, les mains gantées de mitaines accrochées au grillage. Elle regardait le sol comme une fugueuse prise en faute, mais elle relevait par instants ses yeux et allait les planter dans ceux de Garric. Chaque regard le faisait reculer. Il était fou d'elle.

– Vous ne dites rien ? dit-elle.

Il mâcha quelques mots inaudibles puis on entendit :

– Tu vas revenir ?

– Peut-être, si vous me dites ce que vouliez me dire.

– Ah…

Garric savait qu'il prenait des risques. Il avait découvert que Mano se cachait dans la maison des Asseldor.

Il aurait dû le révéler à Léo Blue. En se taisant, il risquait sa vie. Mais le bruit de la respiration de Maï acheva de le convaincre.

– Reviens me voir demain, dit-il.

À cet instant, des trompes retentirent dans la nuit. Une voix hurla :

– Les voilà ! Ils arrivent ! Le dernier convoi arrive !

Garric fit un pas vers les cris. Maï se lança à sa poursuite.

– Dites-moi ce que vous vouliez me dire.

Des torches s'allumaient un peu partout. Garric sentit les mains de Maï sur son manteau. Il voulut se dégager. Elle tenait bon. La garnison se réveillait dans la nuit.

– Dites-moi, supplia Maï.

– Rentrez chez vous.

– S'il vous plaît…

Garric s'arrêta. Il murmura :

– Votre maison… Maintenant, on va aussi la fouiller la nuit.

Maï lâcha les poils gras du manteau. Le chef de la garnison répéta :

– Revenez demain.

Maï se précipita vers la ferme. Elle avançait courbée pour ne pas être vue des hommes qui marchaient vers les volières. Ils disaient :

– Ils en ont neuf. C'est le dernier convoi. Les Pelés vont rester trois jours.

Maï entra dans la pièce commune, regarda les uns après les autres, ses parents, Mô et Milo, puis elle se tourna vers Mano. Elle n'osait parler. Sa respiration soulevait son col de fourrure. Elle réussit à dire :

– Ils vont fouiller la nuit aussi. Tu ne pourras plus sortir la nuit, Mano.

Mano resta dix secondes en silence puis il poussa un hurlement sans fin qui transperça la nuit.

Tous les soldats qui attendaient le convoi des Pelés se précipitèrent vers la ferme quand ils entendirent le cri. Ils forcèrent la porte, entrèrent dans la grande salle de la maison.

Ils découvrirent un étrange spectacle. L'aîné des Asseldor, Milo, était allongé au milieu de la pièce. Sa sœur lui épongeait le front. Ses parents étaient agenouillés à côté, et Mô, son frère, soufflait sur le feu.

– Il est tombé, dit le père en s'excusant.

– Il est tombé, répéta la mère, les yeux rougis.

On fouilla intégralement la maison. Garric se tenait à la porte, les mains dans le dos.

Cette nuit-là, ils ne trouvèrent rien.

Mano était en boule derrière la cheminée.

7

Les Basses-Branches

Léo Blue voyageait toujours seul. Il mangeait seul. Il dormait seul. Il vivait seul. L'unique personne dont il supportait la compagnie était son homme de confiance, Minos Arbaïan.

Arbaïan l'avait rejoint au début de son combat contre les Pelés. Il s'était présenté comme étant un ami de son père, El Blue. Arbaïan haïssait le peuple des herbes qui avait tué El Blue. Il voulait aider Léo à protéger l'arbre de la menace pelée.

La haine d'Arbaïan avait aussi une autre origine. Il se sentait coupable. C'était lui qui avait poussé El Blue à se lancer dans sa dernière aventure. Sans lui, El Blue n'aurait pas franchi le tronc et passé la frontière ce jour fatal où on l'avait assassiné. Mais cette raison-là, Arbaïan n'en parlait pas à Léo Blue.

Léo aimait la fierté d'Arbaïan. Il connaissait sa réputation dans le métier pacifique de chasseur de papillons. Un jour, rongé par le remords, Arbaïan avait décidé de prendre les armes, de ne plus rejeter la cruauté et la violence, à condition que ce soit au service de la cause. Il avait gardé sa tenue colorée. On le reconnaissait partout comme le grand chasseur de papillons qu'il avait été.

Il avait juste échangé ses filets de soie contre des armes de combat.

Léo se mit à courir. Une sale odeur le poursuivait. Il venait de longer un cimetière de charançons. Ces pauvres bêtes avaient péri dans une épidémie. Il n'en restait que quelques-uns que Jo Mitch soignait mieux que le plus proche de ses semblables.

Léo Blue avait quitté la boue de Seldor et la grisaille des ambiances de caserne pour partir à la découverte de ce qu'il voulait connaître depuis longtemps. C'était une envie qui le réveillait la nuit quand il dormait dans le nid des Cimes.

Les Basses-Branches.

Cette région le hantait.

Il n'y avait mis les pieds que lors de traversées au pas de course vers la grande frontière. Pourtant, bien des lignes de sa vie passaient par là.

Au fond de lui, Léo Blue ne croyait pas à la mort de Tobie. L'ennemi ne meurt pas. Il dort. Il peut se réveiller à tout moment. Léo savait que c'était dans les Basses-Branches que Tobie se réveillerait un jour. C'était donc peut-être là qu'il sommeillait encore.

Léo arriva à Onessa au milieu du jour. Il resta à une certaine distance de la maison des Lolness, épiant le moindre mouvement. C'était donc là que la famille de

Tobie avait passé ses années d'exil, c'était là qu'ils avaient préparé leur trahison.

Il attendit.

Des lambeaux d'écorce du toit étaient arrachés, une grappe de champignons noirs bouchait la porte et les escaliers extérieurs. Comme partout, la forêt de lichen avait envahi le jardin.

Léo ne faisait pas confiance aux apparences. Il saisit un boomerang dans son dos et l'envoya vers la maison. L'arme traversa une fenêtre, disparut dans la pièce une seconde et ressortit en faisant éclater les volets d'une autre ouverture. Le boomerang revenait vers Léo. Il baissa doucement son épaule, et le récupéra dans son fourreau sans l'avoir touché de ses mains.

Rien n'avait bougé. La maison était vide.

Léo entra.

Il resta longuement entre ces murs. Il y régnait une odeur de vieux draps lavés au savon noir. Léo caressait les quelques objets qui étaient restés là, soulevait le rideau du petit lit, près de la cheminée. Il passa un

moment au bureau de Sim. Les tiroirs avaient été pillés depuis longtemps, mais une petite feuille volante traînait entre les lattes du parquet. Léo parvint à lire l'encre claire.

À faire lundi
Jouer avec Tobie
Danser avec Maïa
Pas de travail
Un peu plus de ♡
Un peu moins de cerveau

Léo reconnaissait l'écriture. C'était celle de Sim Lolness, le père de Tobie. Il lut et relut les mots plusieurs fois. Il entendait le craquement de la maison abandonnée.

Léo Blue froissa le papier dans sa main. Il ne devait pas se laisser attendrir. Il se leva et jeta sa chaise contre un petit cadre qui se décrocha du mur.

Le tableau rond se brisa sur le sol.

C'était un portrait de Maïa Lolness dessiné par Tobie.

Léo sortit de la maison. La peur de faiblir le rendait encore plus violent. Il courait dans la neige entre les branches mortes et les bosquets de lichen. Il chassa de son esprit les quelques mots écrits par Sim. Ce vieux fou de professeur était dangereux, et toute sa famille aussi.

Léo accéléra sa course.

Il y avait en Léo un désir plus ardent encore. Il voulait voir les branches où Elisha avait grandi. Une extraordinaire coïncidence voulait que son plus grand ennemi et son plus grand amour aient vécu tous les deux dans le même pays d'humidité et de jungle profonde, à quelques heures l'un de l'autre.

Léo se demandait s'il leur était arrivé de se croiser.

On avait indiqué à Léo l'endroit où se trouvait la maison des Lee dans les Basses-Branches. Il mit deux jours à la trouver, tant la végétation était dense et torturée. Léo se déplaçait avec une habileté stupéfiante. Il franchissait certains passages en se tenant seulement par les mains. Il pouvait rester plusieurs minutes sans toucher le sol, allant de brindille en brindille.

Son cœur battait quand il s'approcha de la maison d'Elisha. Sans attendre, oubliant toute prudence, Léo entra par la porte ronde. Il regarda les toiles de couleur et les matelas délavés. Il plongea la tête dans l'un des matelas, mais ne réussit pas à pleurer. Depuis longtemps, il ne connaissait plus les larmes.

Léo resta couché sur le ventre, écoutant le bruit de la nature sauvage.

Il ne savait pas que Tobie, longtemps auparavant, avait passé sur ce matelas sa première nuit chez Elisha et sa mère. Il ignorait aussi qu'Elisha y avait sangloté des semaines entières après la disparition mystérieuse de Tobie.

Léo se redressa. Pourquoi Elisha ne voulait-elle pas de lui ? Il lui aurait tout donné.

Il quitta la maison aux couleurs.

Sans le trouble et la colère qui lui soulevaient le cœur, peut-être aurait-il remarqué une brume bleutée qui s'élevait du foyer. Les cendres du feu étaient chaudes.

La maison était habitée.

Léo Blue se perdit encore et finit par trouver un sentier dans un bois de mousse qui serpentait sur une large branche.

Arrivé en haut, il découvrit le paysage auquel il s'attendait le moins en plein cœur de l'arbre. C'était quelque chose d'extraordinaire. Un grand lac gelé entouré de plages d'écorce lisse, et dominé par une falaise où s'accrochait la neige.

Une cascade n'avait pas encore été prise par la glace et tombait sur un petit bassin d'eau transparente. Le reste du lac était recouvert d'un fin tapis blanc.

Léo Blue descendit. Il se demandait comment le soleil parvenait jusque-là. Il marcha sur le lac gelé, tournant sur lui-même pour admirer la beauté des lieux. Un jour, quand tout serait fini, il amènerait Elisha ici. Il se le promettait.

– Un jour, quand tout sera fini, je reviendrai ici avec Elisha.

Tobie Lolness se faisait la même promesse, caché à deux pas de là, quand, brusquement, il aperçut Léo Blue debout sur le lac gelé.

Tobie le reconnut tout de suite. Un éclair passa dans son corps. Il se cacha dans la neige.

Léo Blue. Là. Marchant sur le lac d'Elisha. Comment était-il arrivé ici ? Tobie suivit Léo du regard.

Elle avait craqué. Elle devait être avec lui. Léo avait gagné. Voilà ce que Tobie croyait soudainement.

Tobie était accroché à la falaise au-dessus du lac. Depuis des heures, il creusait pour entrer dans la grotte secrète. Il ne devait rester que quelques poignées de neige à retirer. C'était le début de l'hiver et les jours de soleil avaient attendri la fine couche qui s'était formée. Tobie savait qu'une réponse se trouvait dans cette grotte. Sa vie se jouerait dans les prochains instants.

Pris d'un léger vertige, il s'était retourné pour souffler et avait vu le petit point noir sur le lac.

Maintenant, à moitié enfoui sous la neige, il observait.

Léo Blue était seul. Il avait l'air de découvrir les lieux.

Tobie se remit à espérer…

Léo n'avait pas le visage de quelqu'un qui vit avec Elisha.

Il n'avait pas le regard de quelqu'un qui peut voir Elisha le matin, qui la contemple quand elle boit son lait dans un bol et qu'elle a la pointe du nez couverte de crème, qui la voit tresser ses nattes avec une seule main, plus vite qu'une araignée fileuse. Il n'avait pas l'air de celui qui peut toucher la poudre de papillon que lui laisse sa robe verte sur les genoux, de celui qui peut entendre la voix un peu brisée d'Elisha, ses rires en grelot, le frou-frou de ses pas, et tout le reste.

Le regard de Léo n'était pas le regard de quelqu'un qui a tout ça pour lui, chaque jour et pour toujours.

– S'il avait vraiment cette chance-là, il sauterait, il danserait, il volerait. Il ferait fondre la glace, pensa Tobie.

Par jeu, Léo Blue lança son boomerang. Il frôla d'abord la neige du lac, remonta vers la falaise, passa tout près de Tobie en tournoyant. Il suivit la rive sur toute sa longueur. Léo commençait à repartir vers le sentier. Le boomerang vint se ranger tout seul dans son dos.

Tobie pensa un instant se précipiter sur Léo avant qu'il ne disparaisse. Il voulait se battre. Mais il réalisa qu'il ne savait rien. «Savoir, c'est prévoir», disait son horrible grand-mère, Mme Alnorell. Tobie ne savait rien ou presque rien sur la récente histoire de l'arbre, il devait donc patienter avant d'agir.

Léo Blue disparut.

Tobie laissa passer quelques minutes. Il se remit à creuser la neige. Très vite, la dernière couche céda.

Tobie entra. Il était couvert de sueur.

Les mois passés dans cette grotte lui revinrent brutalement en mémoire. La peur, la solitude, le silence. Il s'arrêta dans le noir. Il ne pouvait pas aller plus loin. Il ferma les yeux et attendit un peu que l'angoisse retombe.

Une fois assis, il attrapa sa sarbacane, mit la pointe sur quelques copeaux de bois qu'il avait rassemblés à tâtons. Il prit la sarbacane entre ses mains, paume contre paume, et entre ses pieds. Il la fit tourner très vite à la façon du peuple des herbes. Des flammes apparurent. Il jeta d'autres morceaux de bois qui jonchaient la grotte.

Quand ses yeux se furent réchauffés dans la lumière du feu, il les leva vers la paroi de la grotte. Les dessins étaient toujours là, plus rougeoyants que jamais, tels qu'il les avait peints des années plus tôt. Tobie s'approcha du pan de mur où, il y a si longtemps, il avait représenté l'image d'Elisha. Il allait savoir.

Elle était là, dessinée à l'encre rousse, assise sur ses talons. Durant ses années dans les herbes, quand sa mémoire s'embrouillait, Tobie se rappelait ce portrait pour retrouver les traits de son amie.

Il passa sa main sur le visage peint, puis la posa sur l'œil.

La pierre était bien là. La pierre de l'arbre n'avait pas bougé. Tobie eut l'impression qu'un rayon de soleil entrait dans la grotte. Elisha ne l'avait pas trahi. Il inspira longuement.

Depuis les premiers jours de neige, il savait qu'il irait d'abord au lac. Il s'était sorti par miracle de l'éboulement de son piège, sur la piste circulaire du tronc. L'avalanche l'avait emporté. La neige n'était pas encore profonde. Elle était assez épaisse pour amortir sa chute, mais pas assez pour l'étouffer.

Tobie s'était relevé, sonné. Il avait suivi le convoi des chasseurs jusqu'aux portes des Basses-Branches. Il avait échappé aux redoutables gardes-frontières et découvert son pays envahi par les forêts de lichen.

Le monde avait changé. Le bois de l'arbre croulait sous la mousse, les fougères, et des serpents de lierre couverts de neige. La fatigue de l'arbre, la rareté de ses feuilles en été laissaient croître en pleine lumière ce foisonnement végétal. Un monde suspendu s'invitait dans les branches.

Tobie traversait ces paysages, les yeux écarquillés.

Il n'était passé ni par sa maison d'Onessa ni par celle d'Elisha, mais était venu directement à la grotte avant que la neige n'en condamne l'entrée.

La pierre de l'arbre était le secret d'Elisha et de Tobie. Si elle était encore là, c'était peut-être qu'Elisha...

La main de Tobie alla machinalement vers l'autre œil du dessin. Un petit objet avait été coincé dans le bois, comme la pierre de l'autre côté. Il le retira avec l'ongle et l'approcha du feu.

C'était une coquille rouge translucide. Cette fois, Tobie se mit à pleurer. Trois mots revenaient à sa mémoire : « Je t'attendrai. »

Tobie avait donné cette minuscule coquille à Elisha, quand ils avaient été séparés la première fois. Il l'avait laissée voguer jusqu'à elle sur la surface du lac. Elle s'était baissée pour la ramasser et la sécher dans sa robe.

Elisha la rendit à Tobie à son retour, des semaines plus tard.

– Je l'avais toujours avec moi, dit-elle en rougissant un peu. Je l'ai appelée : « Je t'attendrai. »

Elle montra à Tobie comment elle regardait le soleil à travers la coquille rouge translucide.

– Je tenais la coquille devant mon œil et je me répétais : « Il va revenir. »

Tobie serra l'objet dans sa main.

Quand Elisha avait dû quitter sa maison bien après la disparition de Tobie, elle était montée une dernière fois jusqu'à la grotte et avait enfoncé la coquille dans l'œil dessiné. Pendant toutes ces années, son portrait au-dessus du lac n'avait cessé de dire : « Je t'attendrai. »

Cet espoir avait continué de briller dans les yeux d'Elisha.

Tobie retira la pierre, la rangea avec le coquillage au fond du carquois de sa sarbacane. Il regarda une dernière fois l'image sur la paroi. Elle venait de lui faire une promesse.

Tobie descendit la falaise sous la grotte et contourna le lac pour éviter de laisser des traces. Il savait qu'il ne devait pas s'attarder dans les Basses-Branches. Il fallait faire vite, surtout si Léo Blue circulait dans la région.

Tobie devait découvrir où se trouvaient Elisha, Sim et Maïa, et quel sort on réservait aux Pelés capturés.

Il ne connaissait qu'un seul homme libre qui pouvait l'aider. Libre ? Il l'espérait. Trois ans plus tôt, ce garçon lui avait sauvé la vie. Tobie l'avait appris de la bouche d'Elisha, pendant son dernier hiver dans l'arbre.

C'était un fils de bûcheron.

Il s'appelait Nils Amen.

Tobie enfonça la toque de fourrure sur sa tête et s'éloigna.

Pas un instant, il n'avait remarqué, sous la cascade, deux yeux effarouchés qui le regardaient. Deux yeux avec de longs cils entourés d'un visage étrange.

Une jeune femme se baignait dans l'eau froide. Ses cheveux lâchés flottaient autour d'elle. Ses épaules apparaissaient et disparaissaient à la surface de l'eau. Elle avait les pommettes légèrement plates.

Quand Tobie eut disparu, elle sortit vivement de l'eau, courut vers des vêtements posés sur une brindille. Elle avait vu Tobie de dos et ne l'avait pas reconnu avec sa toque de chasseur. Ce genre d'homme rôdait parfois dans le coin. Il fallait qu'elle se cache. Depuis le départ de sa fille, elle était retournée dans sa vieille maison et y vivait clandestinement, sans que quiconque sache qu'elle était là.

Son nom était Isha Lee.

8

L'école du soir

– Des parasites ! Ne me parlez plus de parasites !
– Je voulais juste dire que…
Sim Lolness se leva solennellement et dit :
– Les parasites, ça n'existe pas.

Le professeur s'adressait à une trentaine d'élèves sagement assis devant lui. La majeure partie d'entre eux avaient plus de quatre-vingts ans. Ils étaient tous habillés de pyjamas marron et ne ressemblaient pas précisément à des écoliers.

On reconnaissait les plus grandes personnalités du Conseil de l'arbre, les savants, les penseurs, tous les cerveaux restés vivants entre les Cimes et les Basses-Branches. Tous étaient prisonniers de Jo Mitch et travaillaient dans le cratère.

Au dernier rang, Zef Clarac et Vigo Tornett côtoyaient le conseiller Rolden qui frôlait les cent trois ans.

Depuis plusieurs mois, à la tombée de la nuit, après d'infernales journées passées à creuser dans le cratère, ce beau monde suivait les cours de l'école du soir.

Jo Mitch avait accepté cette proposition de Sim, même s'il n'avait aucune idée de ce qu'était une école. Depuis peu, il s'efforçait de ménager Sim Lolness qui lui avait fait des promesses. Sim livrerait les clefs de sa fameuse découverte avant la fin de l'hiver. Il s'y était engagé et savait que Mitch s'en prendrait à Maïa s'il ne tenait pas parole.

Connaître enfin le secret de Balaïna : cette seule idée suffisait, la nuit, à faire couiner de joie le Grand Voisin.

Quant à l'école du soir, Mitch avait seulement posé deux conditions : pas d'écriture et pas de Pelés. La première condition n'étonnait pas Sim. L'écriture était interdite depuis longtemps dans l'arbre. La parole et le dessin suffisent heureusement à faire comprendre les idées les plus compliquées.

Mais la seconde condition de Mitch avait causé quelques nuits blanches au professeur. Des dizaines de Pelés creusaient dans une autre partie du cratère séparée de la leur par des palissades et des piquets. Sim s'intéressait de très près à leur sort. Dans son esprit, l'école du soir était aussi faite pour eux.

Le professeur finit par céder aux deux exigences. Il aurait été aussi difficile de faire changer d'idée à Jo Mitch que d'échanger son vieux mégot pour un brin de paille.

Sim trouva le bâtiment dans lequel il souhaitait installer l'école. C'était le baraquement où logeaient autrefois les gardiens des charançons. Le cratère avait tellement grandi que cette cabane était maintenant accrochée au-dessus du précipice. Elle était à l'abandon là-haut, dominant les profondeurs de la mine.

L'école ouvrit en quelques jours. Il y avait une ving-
taine de matières. Sim Lolness en enseignait dix-sept.
Quelques vieux spécialistes se partageaient le reste des
cours.

Ce soir-là, Sim Lolness donnait une conférence qui
avait pour titre : « Les coccinelles n'ont pas de poubelles. »

Il était derrière une grosse caisse en bois renversée
qui lui servait de bureau. À côté de lui, le brave Plum
Tornett, le moucheur de larves des Basses-Branches,
s'improvisait assistant du professeur. Il prenait sa tâche
très au sérieux, effaçait le grand tableau noir sur lequel
Sim dessinait. Il l'aidait dans ses expériences. Plum le
muet était le plus jeune de la bande. Il ne parlait plus
depuis au moins quinze ans.

« Les coccinelles n'ont pas de poubelles. » Sim Lolness avait l'intention de prouver à son public que la
nature ne produisait pas de déchets. L'exposé était d'une
merveilleuse clarté. Zef Clarac qui oubliait qu'il avait
été un cancre toute sa jeunesse écoutait attentivement.
Il crut bon de lever la main pour résumer :

– En fait, si j'ai bien compris, ce sont les parasites qui
servent de poubelles.

Entendant le mot « parasite », Sim Lolness s'était
donc mis dans une colère noire.

– Parasites, nuisibles… Je ne veux pas entendre ces
mots ici, M. Clarac ! Tout le monde est utile et tout le
monde dépend des autres.

Il avait conclu par la fameuse formule :

– Les parasites, ça n'existe pas.

120

Tous connaissaient cette théorie de Sim Lolness. Il l'avait révélée pour la première fois lorsqu'il avait défendu Nino et Tess Alamala dans l'un des grands procès du siècle.

Les vieux auditeurs de l'école du soir avaient reconnu l'allusion de Sim à la bouleversante histoire du couple Alamala qu'on avait souvent accusé de vivre comme des parasites. Nino était peintre. Sa femme était danseuse et funambule. À quoi pouvaient-ils bien servir ?

Leur fin avait été tragique. Au fond de lui, le professeur avait la certitude qu'ils étaient morts de ces accusations.

Pour des raisons personnelles, l'histoire des Alamala touchait énormément Sim Lolness. Il jeta un coup d'œil ému à sa droite.

Maïa.

121

Dans un coin de la classe, assise sur un tabouret, Maïa Lolness tricotait. Elle avait un foulard sur les cheveux et portait le même pyjama marron que tous les autres. Elle se tenait bien droite, les manches trop larges tombant comme des élytres. Sur elle, l'uniforme de bagnard prenait des airs de haute couture.

La plupart du temps, Maïa écoutait d'une oreille distraite.

Elle connaissait tous les sujets par cœur et attendait surtout les cours d'histoire du vieux Rolden. Parfois, elle arrêtait son ouvrage pour observer ces grands personnages réduits en esclavage par quelques imbéciles. Le pire était de les voir creuser du matin au soir pour la destruction de cet arbre qu'ils avaient toujours servi.

L'école du soir leur avait pourtant rendu un peu d'espoir et de dignité.

Pendant ces longues journées, Maïa pensait forcément à Tobie. Elle se souvenait de lui à l'âge de deux ans, courant dans leur première maison des Cimes. Le bruit étouffé de ses pas dans le couloir ne la quittait pas, et elle s'attendait toujours à le voir pousser la porte et entrer.

Elle se disait à l'époque : « Le monde appartient aux enfants de deux ans. » Maintenant, Maïa savait que le monde appartenait à d'autres. Son fils avait été balayé et dévoré par ce monde. Mais Maïa Lolness avait décidé de survivre. Avec Sim, ils se répétaient : « On vit pour trois. » Leur existence en était encore plus précieuse. Il fallait tenir.

Sim avait obtenu pour Maïa une tâche moins épui-

sante que de casser du bois avec une pioche. Elle tricotait des chaussettes pour les gardiens. Ces chaussettes
paraissaient extérieurement très confortables, mais
Maïa avait inventé pour l'occasion la maille « courant
d'air » qui laisse passer le froid et l'humidité et retient
la transpiration. Grâce à elle, les gardiens avaient toujours des pieds gelés qui sentaient le fromage.

Entre eux, les prisonniers appelaient ce genre d'action « sabotage », depuis qu'un vieux détenu, un certain Lou Tann, ancien cordonnier, s'était mis à fabri-
quer des sabots cloutés de l'intérieur qu'il donnait aux
hommes de Jo Mitch.

Sim circulait entre les rangées d'élèves. Il s'arrêta
devant Zef.

– Je devrais peut-être plutôt dire : nous sommes tous
des parasites, M. Clarac...

Zef souriait. Il présentait toujours cette laideur rare
qui avait fait sa réputation, mais son humour et son
charme avaient encore grandi.

– Quand on sait l'état de notre arbre, reprit Sim,
quand on sait la responsabilité que nous avons... La
progression du lichen, la couche de feuilles qui se réduit
de printemps en printemps, la raréfaction des abeilles...
Tous les indicateurs sont alarmants. Oui, Zef, nous
sommes peut-être les parasites dont tu parlais. Autrefois, je disais à mon fils...

Il s'arrêta. Son menton trembla un peu. Les aiguilles
à tricoter de Maïa avaient ralenti.

– Un jour... j'ai dit à mon fils, continua-t-il d'une

voix fragile, que la plus belle découverte que j'ai pu faire dans mon existence, c'était que les feuilles mortes ne tombent pas toutes seules. Elles tombent poussées par le bourgeon de la feuille future. C'est la vie qui les pousse ! La vie ! Mais aujourd'hui, chers collègues, les feuilles qui tombent ne sont pas remplacées.

La voix du professeur se brisa. Il savait qu'il parlait aussi de sa propre vie, et de Tobie. Avec sa femme, ils mourraient un jour, et le bourgeon qui aurait dû être derrière eux, plein de vie et d'espoir, ce bourgeon qui les aurait poussés dehors, ce bourgeon n'était plus là. Leur fils avait disparu.

Dans la galerie qui longeait l'extérieur de la salle, deux gardiens faisaient leur ronde. Ils allaient et venaient. On les voyait passer devant les fenêtres.

– Excusez-moi, dit le professeur en prenant le verre d'eau que lui tendait Plum. Je vous demande un instant.

Dans le silence de la classe, on entendit alors deux petits coups frappés sur la caisse qui servait de bureau au professeur. Aussitôt, Zef Clarac jeta un coup d'œil vers la fenêtre, se laissa glisser de sa chaise sur le parquet et se mit à marcher à quatre pattes sous les tables, entre les jambes de ses collègues.

C'était une scène stupéfiante.

Tous les autres faisaient comme s'ils n'avaient rien vu.

– Des questions ? demanda Sim Lolness d'une voix bien sonore.

Zef Clarac, toujours à quatre pattes, était arrivé devant la caisse du professeur. Un gardien passa à la fenêtre sans rien remarquer.

Zef toqua deux fois sur la caisse. Une trappe s'ouvrit. Un petit vieux en sortit, couvert de sciure et de copeaux de bois. Zef entra à sa place. La trappe se referma derrière lui. Le petit vieux secoua ses vêtements et rampa jusqu'à la chaise de Zef. Il se hissa dessus. Quelques regards se tournèrent vers lui. Il leur répondit par un sourire qui souleva sa petite moustache blanche.

L'école du soir n'était pas un caprice de vieux fous. Depuis son inauguration, deux mois plus tôt, elle servait de diversion pour un énorme plan d'évasion : l'opération Liberté. Sous le bureau du professeur, tous les soirs, on creusait un tunnel. Par tranches de trente minutes, les vieillards se succédaient pour creuser. Ils avaient déjà triomphé de cinq centimètres de bois dur.

La cabane avait été choisie parce qu'elle était au-dessus du cratère, à quelques dizaines d'enjambées de la clôture. D'après Tornett, qui s'y connaissait en évasion, et selon les calculs de Sim, il ne restait pas plus de deux centimètres à creuser. Dans quelques jours, le tunnel serait fini.

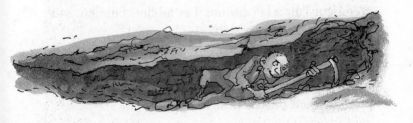

Depuis l'évasion de Pol Colleen, l'année précédente, ils savaient que ce rêve était possible.

Soudain Sim s'immobilisa. Tous les élèves tendirent l'oreille avec lui.

Une cavalcade lointaine faisait vibrer le plancher. Les gardiens passèrent en courant devant les fenêtres. On entendait les craquements du parquet. Sim jeta un regard à son assistant. Plum Tornett avait le visage blafard. La grande porte s'ouvrit et laissa apparaître une silhouette reconnaissable entre toutes.

Cette silhouette faillit rester coincée dans l'ouverture. Une légère ondulation du bassin arracha les charnières de la porte et lui permit d'entrer.

Jo Mitch n'avait pas trop changé.

Son regard vitreux parcourait la pièce. Il était épuisé d'être monté jusque-là et sa veste était tachée d'une sueur grasse qui ressemblait à du bouillon de viande. À sentir l'odeur qui l'entourait, il devait porter les chaussettes transpirantes tricotées par Maïa… Son mégot trempé roulait entre ses lèvres.

Il fit trois pas aussi fatigants qu'une randonnée en altitude.

Ses vêtements étaient toujours les mêmes, alors qu'il avait facilement grossi d'un gramme. Des bourrelets prenaient l'air à la ceinture. Les mollets faisaient sauter les ourlets du pantalon.

Les squelettes en costume rayé qui le suivaient devaient être Limeur et Torn, ses deux bras gauches. Ceux-là n'avaient pas pris une ride puisqu'ils n'avaient pratiquement plus de peau sur les os.

Jo Mitch alla jusqu'au bureau du professeur. Il y posa son coude qu'on pouvait prendre pour un genou. Il repoussa un ou deux bocaux d'expérience posés sur la caisse et regarda la digne assemblée qui était devant lui. Ces têtes chenues, ces regards francs, ces fronts intelligents représentaient tout ce qu'il détestait. Il resta assez longtemps face à eux, cherchant avec son doigt le mégot qui avait dû se coincer dans sa gencive.

Sim Lolness avait fait un pas de côté pour cacher son assistant, Plum Tornett. Celui-ci tremblait dans son coin. Jo Mitch le remarqua, écarta Sim et s'approcha.

– Ploum, dit-il.

Depuis son arrivée au cratère, Plum était terrorisé par Jo Mitch. Ce n'était pas la même peur que celle des autres. La moindre apparition du patron le mettait dans tous ses états. Même son oncle Vigo Tornett n'arrivait pas à comprendre cet effroi de Plum. Quel terrible souvenir faisait remonter en lui la vision de Mitch ?

Jo Mitch avait découvert avec bonheur l'effet qu'il produisait sur Plum. Son grand jeu était de lui faire des grimaces en lui montrant les dents. Il l'appelait « Ploum ». Il l'emmenait parfois en promenade dans les environs, tenu en laisse. Quand Plum revenait de ces séances, on n'arrivait pas à calmer ses claquements de dents. Il restait prostré dans les bras de son oncle. Plum, le muet, se réveillait la nuit en hurlant.

Mitch fit un pas vers son jouet. Il approcha son visage de celui de Plum. Celui-ci n'était pas loin de perdre connaissance. Ses yeux se révulsaient de peur.

127

– P... pl... ploum, explosa Mitch en lui attrapant l'oreille.

Mais Jo Mitch n'avait pas de temps à perdre. Il se redressa et fit claquer son quadruple menton en direction de l'un de ses gardes du corps.

Limeur commença sa traduction :

– Le Grand Voisin s'intéresse beaucoup à votre école. Il voit que vous aimez le travail.

– C'est trop aimable, dit Sim avec malice. Pour nous, le travail, c'est l'évasion...

Sim avait un demi-sourire. Limeur toussa et ajouta :

– Professeur, si vous permettez, je crois que M. Mitch vous demande de nous suivre.

Maïa regarda Sim qui la rassura d'un clignement des yeux. Sim Lolness était souvent convoqué. Il revenait toujours sain et sauf.

Il attrapa son béret et se dirigea vers la porte. Ces brutes ne devaient pas traîner par ici. Il ne fallait pas qu'on découvre l'absence de Zef Clarac. Le professeur fit encore un petit froncement du nez vers sa femme qui lui répondit d'un geste.

Mitch était en train de se mettre en mouvement mais il s'arrêta devant le bureau. Il avait senti quelque chose glisser sous ses pieds.

Jo Mitch se baissa douloureusement. Il ramassa un peu de sciure de bois sur le parquet. Sa tête frôlait la trappe du tunnel.

Ce qu'il tenait entre ses doigts, c'était la fine poussière que le vieux creuseur à moustache blanche avait fait tomber de ses vêtements. Mitch leva la tête pour regarder si la sciure pouvait venir du plafond, puis il la flaira.

Un terrible silence planait sur les rangs. Mitch trempait les narines dans la sciure en fronçant les sourcils.

Il n'y avait plus le moindre bruit dans la salle.

– Elle est fraîche, lui lança Sim Lolness à travers la pièce. C'est de la sciure fraîche.

Mitch flairait toujours sa main. Le soupçon lui donnait des réflexes animaux. Ses yeux s'agitaient dans leurs orbites.

Maïa n'osait plus respirer. Elle jeta un regard suppliant vers son mari.

Le visage de Sim s'éclaira.

– De la poudre de bois, dit Sim en nettoyant ses lunettes. J'ai… J'ai râpé de la sciure tout à l'heure pour montrer à mes collègues la décomposition du bois mort par l'action des moisissures. Une simple expérience. Vous êtes intéressé par le sujet, M. Mitch ?

Sim remit ses lunettes sur son nez. Il ajouta :

– Une moisissure qui bouffe le bois, ça vous rappelle peut-être quelqu'un ?

Un grand sourire chemina de visage en visage. Un sourire de soulagement et de fierté. En quelques mots, Sim venait de sauver l'opération Liberté et d'injurier discrètement le Grand Voisin.

Deux gardes le poussèrent vers l'extérieur. Mitch les suivit en suffoquant.

Limeur et ses hommes conduisirent le professeur dans le camp des Pelés.

Chaque fois qu'arrivait un nouveau convoi c'était la même histoire. On présentait Sim Lolness aux Pelés récemment capturés. On leur disait que celui qui déclarerait le reconnaître serait libéré sans délai.

Le but était de prouver la complicité de Sim avec les ennemis venus de l'herbe. Jo Mitch affirmait depuis longtemps que Sim leur avait vendu le secret de son invention. Si un Pelé le reconnaissait, ce serait la preuve officielle de la culpabilité du professeur.

À la grande surprise de Sim, aucun Pelé n'avait jamais cédé au chantage. Sim était fasciné de cela. Il aurait été si simple pour eux de faire croire qu'ils le connaissaient. Qui étaient ces êtres qui préféraient la captivité au mensonge ? Lui-même n'aurait peut-être pas été capable de cette droiture.

Sim s'était pris d'intérêt et d'affection pour ce peuple qui lui sauvait la vie à chaque fois.

Ce soir-là, neuf Pelés étaient arrivés au cratère. Parmi eux, il y avait un enfant de dix ans.

Tête de Lune regardait l'homme qu'on avait assis devant eux. Il ne ressemblait pas aux autres chasseurs croisés depuis son arrivée dans l'arbre. Il était différent. Il avait un drôle d'objet plat au-dessus de la tête et portait sur les yeux des ronds transparents. On pouvait voir, derrière ces carreaux, un beau regard un peu rêveur.

Chacun des huit autres prisonniers pelés passa devant l'homme qui avait des ronds sur les yeux. Un des gardiens répétait :

– Regarde mieux, regarde mieux ! Un seul mot et tu peux rentrer chez toi !

Jalam, comme les autres, déclara ne pas le connaître.

Arriva le tour de Tête de Lune.

Faussement tendre, le gardien lui caressa le cou en lui disant :

– C'est ta dernière chance, petit. Je m'éloigne, je te laisse une minute pour bien regarder. Dis que tu le reconnais. Sinon on te mettra dans un trou et tu en sortiras dans cinquante ans en marchant sur ta barbe blanche.

Mais le jeune Pelé ne connaissait pas cet homme, en face de lui, qui le regardait avec curiosité. Tête de Lune sentait bien la bonté qu'il y avait dans ce regard. Un reflet clair, éclatant d'intelligence.

Tout à coup, les ronds transparents se couvrirent de buée. L'homme retira ses carreaux et présenta des joues brillantes de larmes. Il vérifia que le gardien n'écoutait pas, et il chuchota :

– Où as-tu trouvé cela, petit ?

Tête de Lune ne comprit pas. L'homme répéta le plus bas possible :

– Dis-moi où tu as trouvé ce que tu portes autour du cou.

Le garçon mit la main sur le bout de bois gravé par Petit Arbre. Est-ce que c'était encore un piège ? Est-ce qu'il devait répondre à cette question ? Cet homme lui inspirait confiance.

Le gardien ne lui laissa pas le temps. Il revint vers eux et demanda :

132

– Alors ?

– Non, dit précipitamment Tête de Lune.

On le poussa violemment vers les autres.

Sim Lolness resta seul. Il croyait très peu au hasard, il croyait dans la vie. Comment le symbole des Lolness était-il arrivé autour du cou de ce jeune Pelé ?

Il rejoignit ses compagnons dans le dortoir.

– Et hop ! dit-il en entrant.

Il disait toujours cela après un gros effort. Il pouvait creuser trois heures dans la mine, et finir par un « Et hop ! » qui faisait croire que ce n'était pas grand-chose pour lui.

Sim ne parla pas à Maïa de ce qu'il avait vu au cou de ce jeune Pelé, mais, les jours suivants, il sentit comme un doute éclore. Un doute minuscule, presque invisible, qui l'éclairait de l'intérieur.

– Ça va, mon Sim ?

– Oui, Maïa.

– Tu penses à quelque chose ?

Elle disait toujours cela en souriant, parce que en plus de trente ans, elle ne l'avait jamais vu en train de ne penser à rien.

– Peut-être, Maïa. Peut-être.

– Tu penses à quoi ?

Amaigris, épuisés, frigorifiés, prisonniers, ils avaient les mains blessées, essayaient de dormir sur la planche de bois qu'on leur donnait comme lit. Et pourtant, quand on les entendait parler dans le noir, le soir, on les aurait parfois crus en voyage de noces.

Lou Tann, le vieux cordonnier qui dormait sur la planche au-dessus d'eux, était émerveillé par le couple Lolness.

Lou Tann, en les écoutant, pensait parfois à sa propre famille.

Quand la situation avait mal tourné pour le Conseil de l'arbre, Lou avait cherché à cacher le conseiller Rolden dans son atelier. Il s'en était occupé quelques jours. Rolden vivait dans la réserve de cuir du cordonnier.

Des soldats avaient débarqué au bout d'une semaine.

– Ça sent la vieille galoche dans votre cordonnerie, avait dit le chef de patrouille.

Lou Tann regarda son épouse qui baissait les yeux. Il comprit aussitôt.

– Toi ? dit-il à sa femme.

Les hommes sortirent Rolden de l'appentis, lui retirèrent ses chaussures et les enfilèrent sur ses mains pour s'amuser.

Lou Tann avait été dénoncé par sa propre femme et ses trois enfants. Les deux hommes furent emprisonnés le jour même au cratère.

– Tu penses à quoi ? répéta Maïa dans la nuit.

– Je vois un peu de lumière, Maïa.

Elle crut que Sim parlait d'un éclat de lune sur le plafond du dortoir. Mais Sim Lolness n'avait plus qu'une seule lumière en tête.

Tobie était peut-être en vie quelque part.

9

Le bûcheron 505

Confortablement installé dans une cabane perchée en haut d'un bouquet de vieux lichen, Nils Amen regardait l'immense carte qui s'étalait devant lui.

Chaque jour, le vert gagnait.

Chaque soir, il devait ajouter sur sa carte de nouvelles forêts de lichen. Ses mille bûcherons n'y suffisaient plus. Il en recrutait toujours plus.

Nils regarda par la fenêtre les futaies couvertes de neige et se rappela que c'était Noël. Il se passa la main sur le visage.

Nils avait réussi dans la vie. Sa fortune s'était faite en quelques années. Il avait gagné la confiance de son père, la fidélité de ses bûcherons, l'indépendance de son territoire.

La chance était de son côté. Le lichen s'était mis à envahir les branches, gagnant tout le cœur de l'arbre. L'arbre entier faisait appel aux bois d'Amen qui regroupaient maintenant tous les bûcherons.

Nils payait bien ses hommes. Il les avait installés

avec leurs femmes et leurs enfants dans des villages isolés comme il n'en existait plus ailleurs. On disait « heureux comme un bûcheron », « sourire à en couper du bois », « potelé comme un bébé de bûcheronne ».

On reconnaissait partout que le jeune Nils Amen protégeait les siens, qu'il résistait aux pressions venues du nid des Cimes ou du cratère de Jo Mitch. Oui, Nils Amen ne dépendait de personne et beaucoup dépendaient de lui.

Nils avait réussi dans la vie.

Et comme souvent ceux qui ont réussi, il était tout seul le matin de Noël.

— Je peux rentrer chez moi ?

— Bien sûr, dit Nils.

Il avait oublié cet homme qui était venu lui affûter sa hache.

— Il y a le même garçon qui est repassé vous voir, le bûcheron 505.

— Il n'a pas dit son nom ?

Nils n'aimait pas que ses bûcherons s'appellent par leur numéro.

— J'ai répondu que vous n'étiez pas là.

— Merci. C'est la troisième fois qu'il se présente, répondit Nils. Je n'ai pas le temps. Tu peux partir, maintenant. Ferme bien la porte. Joyeux Noël. Embrasse ta femme.

— Vous aussi, dit l'homme en s'en allant.

Nils sourit. Il n'avait pas de femme à embrasser.

Il aurait peut-être pu embrasser son père, mais, depuis plusieurs semaines, Norz travaillait à l'autre bout de l'arbre, dans un chantier de coupe.

Norz Amen était d'un grand soutien pour son fils unique. Il avait suffi qu'il change de regard sur Nils pour que celui-ci se mette à bourgeonner et à donner toute sa mesure. Norz conseillait Nils et tentait de lui transmettre son obsession pour l'indépendance des bois d'Amen.

Nils était le dernier d'une longue dynastie de bûche-

137

rons. Il y a bien longtemps, son père avait trahi l'indépendance Amen pour se mettre au service de grands propriétaires. À l'époque, il avait travaillé pour Mme Alnorell, la riche grand-mère de Tobie. Désormais, comme tous ceux qui se sont trompés une fois, Norz était prêt à tout pour défendre la liberté retrouvée.

C'était un refrain presque lassant.

– Rappelle-toi, Nils : tu seras libre ou tu seras mort.

Norz lançait un regard dur en disant ces mots, mais Nils prenait un air de petit saint et murmurait en s'agenouillant devant son père :

– Amen !

Les deux hommes avaient appris à s'aimer.

Nils sentit passer un courant d'air frais. Il enfonça ses poings dans ses poches et regarda une nouvelle fois la grande carte de l'arbre. Son père devait être là-haut à fêter Noël avec des amis.

Il savait vivre.

Nils finit par attraper un bol avec un pinceau.

– Il y a du travail.

– Oui, dit-il, mais j'aime le travail.

Nils mit quelques secondes à réaliser que quelqu'un parlait dans son dos. S'il s'était retourné, il aurait découvert un jeune bûcheron de son âge entré par magie dans son bureau perché. Mais il restait face à sa carte, passant son pinceau de peinture verte sur une vaste région.

– Je suis le bûcheron 505, dit le garçon.

– Je sais, dit-il. Tu ne fêtes pas Noël avec ta famille.

– Non, dit l'autre. Toi non plus ?

– Non.

– Qu'est-ce que tu veux ?

– Je veux te dire merci et te demander de l'aide.

– Demande d'abord de l'aide, tu me remercieras après.

– Tu m'as déjà aidé, il y a longtemps.

– Ça peut arriver.

– Tu as risqué ta vie pour moi.

Nils Amen s'arrêta de peindre. Ça, ça n'était arrivé qu'une seule fois. Était-il possible…

– Tobie.

– Oui, Nils.

Cette fois, enfin, il se retourna.

Il hésita un moment en voyant la tenue de Tobie. Puis il fondit en larmes et lui tomba dans les bras. Ils étaient serrés l'un contre l'autre, se regardaient de temps en temps et replongeaient aussitôt. Ils n'arrivaient pas à s'arrêter de rire et de pleurer en silence. Tant de mois

avaient passé. Tant d'années… Chacun des deux savait tout ce qu'il devait à l'autre.

Tobie finit par dire :

— Je comprends pourquoi tes bûcherons t'aiment bien si tu les accueilles tous comme cela.

Nils repoussa Tobie en souriant.

— Tais-toi, 505.

Il fit asseoir son ami devant lui.

— Tu as l'uniforme de mes hommes.

— Ils cherchaient des bûcherons. Moi, je voulais te voir. Je me suis engagé.

— Depuis combien de temps ?

— Deux jours, à peine.

— Raconte, continua Nils. On te croit mort, ici. Tu dois avoir trois mots à me dire.

— Oui, trois : « J'ai faim. »

Nils tira sur une corde qui pendait à la fenêtre. Il fit apparaître un panier rempli de charcuterie et de feuilletés. Tobie y jeta la main et mordit dans une espèce de gaufre au sirop de sucre.

Des années plus tôt, dans une cabane de bûcherons, non loin de là, alors qu'il était chassé par des centaines d'hommes, Tobie s'était déjà nourri grâce à Nils Amen. Mais le menu s'était amélioré…

— Qui te prépare ça ? demanda Tobie, la bouche pleine.

— Des amis.

— C'est de la cuisine de chez moi, on dirait.

Tobie croyait reconnaître les bons casse-croûte de la ferme de Seldor.

— C'est où, chez toi ? demanda Nils gravement.

Tobie cessa de mastiquer. Voilà longtemps qu'il ne pouvait plus répondre à cette question.

– Parle-moi de l'arbre, dit Tobie.

– Tu veux savoir quoi ?

– Tout. Comme si je venais d'ailleurs.

Nils regarda son ami.

Il venait d'ailleurs, c'était sûr.

Il avait un peu changé de regard. Ses cheveux étaient plus longs et désordonnés. Ses épaules ne remplissaient pas sa nouvelle veste de bûcheron, mais il avait des gestes souples et puissants.

Nils commença à raconter la réconciliation avec son père, la progression des forêts de lichen, l'envol de sa petite entreprise… Il disait les choses avec modestie, ne se reconnaissant que peu de mérite et pas mal de chance. Il expliqua l'organisation de ses immenses forêts, le découpage en secteurs, les villages de bûcherons, la prospérité tranquille de son métier.

Tobie écouta attentivement et regarda Nils promener sa main comme un papillon au-dessus de la carte de l'arbre, préciser le nom des grandes régions, les types de lichen, la difficulté à bûcheronner dans le lichen barbu avec ses longs filaments tombants.

– Voilà, dit Nils pour finir. Ça ne se passe pas si mal. La vie prend soin de moi.

Tobie laissa courir un silence, essuya les miettes qu'il avait sur les mains et dit, en plantant ses yeux dans ceux de Nils :

– Et pour le reste ?

– Le reste ?

– Le reste, oui. Le reste de l'arbre. Quand on sort le nez de sa forêt…

– Ah… Oui. Le reste. C'est moins bien, je crois.

– Tu crois ?

– J'ai… J'ai beaucoup de travail, Tobie. Je ne peux pas m'occuper de tout.

Nils s'était levé. Il se dirigea vers une petite armoire où il prit une bouteille.

– Alors tu ne sais rien ? demanda Tobie.

– Si.

– Dis-moi ce que tu sais.

– Je sais que l'arbre va mal. Je sais que tes parents sont dans le cratère du gros détraqué. Je sais que l'autre fou dangereux tient les Cimes. Je sais que des gens souffrent partout, que le monde appartient à des inconscients. Je sais tout ça, Tobie, mais je ne suis pas le gardien de l'arbre. Je prends soin de ceux qui m'entourent, c'est déjà beaucoup.

Il servit une eau grise dans deux petits gobelets de bois.

– C'est du gris d'Usnée. Ça remonte le moral.

Tobie reprit doucement :

– Je connais ton courage, Nils. C'est grâce à toi que je suis en vie. Mais ce que je ne comprends pas, c'est comment tu peux me parler si longuement de l'arbre sans me parler des Pelés, sans prononcer les noms de Jo Mitch et de Léo Blue…

– Je prends soin de ceux qui m'entourent, dit Nils. Et toi ? Tu étais où ? Qu'est-ce que tu as fait pour l'arbre ?

Nils buvait son eau grise. La cabane baignait dans

un grand silence. On n'entendait que le bruit de petits paquets de neige qui glissaient parfois d'une ramée de lichen et tombaient sur le sol. Les deux amis baissaient les yeux.

– Pardon, dit Tobie après un long moment. Je te reproche ce que je me reproche à moi-même.

Nils allait dire quelque chose. Il se reprit et laissa passer un nouveau silence. Enfin, il expliqua :

– Tout ce que tu viens de me dire, j'y pense chaque nuit. Je ne dors pas. Je pense à tout ce qui ne tourne pas rond dans ce monde. Je pense à tes parents. Ta mère, je l'ai vue une seule fois, dans les Cimes quand on était petits. Depuis trois ans, je pense à elle chaque soir. Chaque soir ! Mais je manque de force, Tobie… Par où commencer ?

– C'est la seule question importante, dit Tobie à Nils. Par où commencer ?

– Tu as l'air épuisé…

– Depuis des mois, les auberges où je couche ne sont pas très bonnes, répondit Tobie en s'étirant.

– J'ai peut-être mieux à t'offrir.

Nils Amen entraîna Tobie. Ils descendirent l'échelle de corde et marchèrent une heure dans les bois sombres. Il n'y avait pas de chemin. Nils et Tobie serpentaient entre les lianes de mousse.

Tobie remarquait les ruses de Nils pour ne laisser aucune trace de leur passage. C'était un sentier secret avec des galeries dissimulées dans le lierre, des couloirs rampant sous l'écorce.

Plus tard, ils entrèrent dans une végétation de lichen gluant qui étalait ses palmes à hauteur d'homme.

– Tu m'emmènes au bout du monde ? demanda Tobie courbé en deux.

– Oui. On est presque arrivés.

La forêt était inextricable. Personne n'avait dû s'aventurer sur ces branches depuis un siècle. Les buissons se refermaient derrière eux.

Ils passèrent un pont suspendu qui franchissait un gouffre d'écorce et s'enfoncèrent à nouveau dans les bois. Soudain une boule blanche tomba de la voûte de lichen. Tobie fit un saut en arrière, mais Nils n'eut pas le temps de bouger. La boule lui recouvrit la tête et les épaules. Il s'ébroua pour s'en débarrasser. Tobie crut que c'était une plaque de neige.

Son ami s'écria en effet :

– Neige !

Mais de cette boule blanche venaient de surgir des mains et des pieds, une tête et des yeux.

– Neige, laisse-moi ! cria encore Nils Amen.

Il attrapa la boule vivante par les pieds et la jeta dans la vraie neige.

C'était une petite fille de trois ans, absolument microscopique, dans un chaperon d'épaisse soie blanche. Furibonde, elle fit voler un nuage de neige autour d'elle et disparut.

Quand la vapeur de poussière blanche retomba, Tobie se demanda s'ils n'avaient pas rêvé. Mais Nils confirma :

– C'est Neige. La terreur des bois d'Amen.

Quelques instants plus tard, ils la revirent à la porte d'une maison que des buissons de lichen recouvraient entièrement. Neige était sur le dos d'une jeune femme. Toutes deux regardaient approcher les visiteurs.

– La petite m'a avertie que vous arriviez avec quelqu'un.

La femme ne reconnut pas tout de suite Tobie, mais celui-ci s'écria :

– Mia !

Il n'avait pas oublié le beau visage de Mia Asseldor.

– Tobie ? articula-t-elle comme si elle parlait à un fantôme.

Elle lui toucha la tête pour être sûre qu'il était bien là, en chair et en os devant elle. Neige ne quittait pas des yeux le nouveau venu.

Lex Olmech apparut alors à la porte.

La petite Neige passa du dos de sa mère aux épaules de son père. Tobie embrassa toute la famille.

Mia, la belle de la mare aux dames ! Et Lex, le fils du meunier des Basses-Branches ! Les souvenirs de la ferme de Seldor, du moulin des Olmech, de la prison de Tomble jaillirent par brassées dans la tête de Tobie. Il regarda le grand Lex, sa femme, leur petite Neige, puis Nils Amen.

– C'est lui qui nous a permis de nous réfugier ici, dit Lex en montrant Nils. Personne ne connaît l'existence de cette maison. Mes parents vivent avec nous. Et voici notre fille…

Tobie aperçut deux ombres dans la maison. Il entra et salua les parents Olmech.

Il y a bien longtemps, ce couple l'avait trahi. Un seul regard porté sur leurs visages permettait de voir qu'ils n'étaient plus les mêmes aujourd'hui. Mme Olmech s'agenouilla aux pieds de Tobie.

– Mon petit. Mon petit…

Tobie essayait de la relever, mais il fallut le renfort des trois autres hommes pour la mettre debout. Elle répétait :

– Mon cher petit…

Tous riaient avec tendresse de la voir si émue.

– Maman, ne laisse pas brûler le boudin de Noël ! dit Lex qui savait que c'était la meilleure manière de faire disparaître sa mère dans la cuisine.

Tobie regarda la beauté de la table. On y retrouvait la magie des Asseldor capables de dresser une table de fête au bout du monde. Et dans la grande tradition de

Seldor, le couvert des deux visiteurs était mis alors qu'ils ne s'étaient pas annoncés.

Tobie jeta un coup d'œil à Nils. Peu avant, pour affronter les reproches de Tobie, son ami aurait pu se défendre en disant qu'il cachait cette famille au fond de sa forêt… Il n'en avait rien dit.

« Je prends soin de ceux qui m'entourent », avait-il seulement répété. Il fallait que son cœur soit grand comme une table de banquet pour pouvoir mettre tout ce monde autour.

Difficile de dire ce qui rend inoubliables des moments de fête.

Une fête est un mystère qui ne se commande pas.

Mais il y avait, dans ce petit groupe caché au fond des bois d'Amen, les mille ingrédients qui font d'un repas un enchantement : des parents, des grands-parents, une petite fille, un ami qu'on croyait perdu, du bon pain, des absents auxquels on pense, une réconciliation, un feu dans la cheminée, quelqu'un qui s'attendait à passer Noël tout seul, de la neige à la fenêtre, la fragilité du bonheur, la beauté de Mia, du vin doux, des souvenirs communs, et du boudin.

C'est incroyable tout ce qu'on peut faire entrer dans une petite pièce dans laquelle une bête à bon Dieu ne tiendrait pas debout.

Tobie comprit d'où venait le panier de vivres que lui avait fait partager Nils. On lui raconta au fil du repas que le reste de la famille Asseldor était resté dans la ferme pour protéger Mano. Il découvrit surtout ce qu'était devenu Seldor et ce que devenait l'ensemble de l'arbre.

Les gens des hauteurs et des rameaux vivaient dans la crainte et la pénurie. Ils étaient massés dans les anciennes cités de bienvenue qu'on protégeait par des fossés et des murs contre des dangers qui n'existaient pas. Près du cratère de Jo Mitch, de longues colonnes de miséreux venaient mendier un peu de sciure pour en faire de dégoûtants potages.

Pol Colleen n'avait pas menti. Les branches étaient dans un état alarmant. Le compte à rebours avait commencé.

N'importe quel médecin raisonnable aurait dit après avoir ausculté l'arbre : « Bon, maintenant, on ne plaisante plus. Vous arrêtez tout. Vous prenez cinquante ans de repos à regarder passer les nuages. Et puis on se revoit. »

Quand Tobie se retrouva seul face à Mia, parce que les autres étaient sortis regarder Neige patiner avec ses bottines sur un ruisseau gelé, il osa dire :

– Je voudrais te demander...

Mia lui sourit. Elle savait ce qu'il voulait apprendre. Elle n'attendit pas la fin de la question.

– Il est venu la chercher...

Elle regardait tristement Tobie.

– On était tous à Seldor. Léo Blue est venu la chercher...

Dehors on entendait les rires de la petite Neige.

– Elisha et sa mère vivaient avec nous, continua Mia. Les hommes de Mitch avaient détruit leur élevage de cochenilles. Alors, elles étaient venues se réfugier à Seldor. Un jour... Un jour, Léo Blue est arrivé avec trois soldats pour la prendre. Il avait croisé une seule fois Elisha sur la pente de la branche torve, à une heure de la ferme. Il l'a emmenée. On ne pouvait rien faire. Le lendemain, Isha, sa maman, est partie à son tour, toute seule. On ne sait pas où elle est allée se cacher...

– Et Elisha ? Où est-elle ? demanda Tobie.

– Lex dit qu'elle est dans les Cimes. On parle beaucoup du nid...

– Le nid ?

– Léo Blue vit dans le nid. Elle est sûrement là-haut avec lui.

Tobie regarda vers la porte. Nils se tenait là. Il avait tout entendu. Il connaissait le nom d'Elisha, la fille

149

que Blue avait trouvée dans les Basses-Branches. Mais il ignorait jusque-là ce qui la liait à Tobie…

Mia et Nils échangèrent un pâle sourire en voyant les yeux brillants de leur ami. Tobie était bien le seul dans la pièce à ne pas vouloir se rendre compte qu'il était fou d'Elisha.

Tobie s'installa donc dans la maison de Mia et de Lex. De toute façon, dans l'immédiat, s'il avait voulu partir, il aurait dû emmener avec lui la petite Neige qui s'accrochait à son cou et ne l'aurait lâché sous aucun prétexte.

Tobie était heureux de cet abri clandestin, perdu dans les bois. Il aimait la chaleur de cette famille autour de lui. Il pourrait dormir là quand il ne serait pas au travail.

Car son poste de bûcheron, sous le numéro 505, restait la clef de tous ses plans. Il ne voulait pas disparaître à jamais dans les bois. Il savait que ce serait en côtoyant les gens de l'arbre qu'il finirait par trouver le moyen de bâtir son plan.

À la fin de cette douce journée, Nils s'en alla donc seul. Il arriva dans la soirée au pied de son bureau perché. Quand il ouvrit la porte, il vit des traînées de neige sur le parquet. Quelqu'un était entré en son absence.

Nils alluma une lampe. Il y avait un homme dans son fauteuil, assis devant la grande carte des forêts de lichen. Il lui tournait le dos.

– Tu viens d'où ? demanda l'homme.

– C'est Noël, répondit Nils.

– Aujourd'hui ?

– Oui, aujourd'hui.

– Ah…

– J'étais chez des amis, continua Nils.

– Ma tante n'aimait pas Noël. Je vivais avec elle quand j'étais petit, alors je ne l'ai pas souvent fêté. Mais je sais que chez les bûcherons, on est fidèle aux traditions…

L'homme se tourna vers Nils. C'était Léo Blue. Il dit :

– Je passais par là. Je suis monté.

Nils le regardait sans bouger. Léo s'était fait tailler son costume d'hiver dans la peau noire du ventre d'un frelon. La fenêtre ruisselait de neige, et le vent poussait des cris aigus autour de la cabane perchée. On aurait dit que des enfants piaillaient en jetant des boules de neige contre la vitre.

– Je t'ai dit de ne pas venir ici, murmura Nils Amen. On ne doit pas nous voir ensemble.

Ils se serrèrent la main.

10

Le visiteur

Elisha respirait à plein nez le parfum des crêpes. Elle voyait les toiles et les matelas de couleur, les rondeurs de sa maison des Basses-Branches. Elle était seule. La porte ouverte projetait une grande tache de lumière sur le sol.

Soudain, dans ce faisceau, de fines pellicules de poussière dorée se mirent à voler en tournant. C'était un tourbillon qui venait du dehors et glissait le long des murs. Ce vent était brûlant. « C'est Tobie », pensa-t-elle. Elle voulut marcher vers la porte, mais la force du vent l'en empêchait.

Elle sentit alors une main qui touchait son bras.

Elisha se réveilla d'un seul coup. Sans même ouvrir les yeux, elle se mit en boule à la vitesse d'une araignée qu'on agresse. Elle se dressa sur ses talons, et se déplia soudainement. Elle sauta à un millimètre du sol et retomba sur son assaillant en lui bloquant le bras dans le dos.

— Pas les dents, mademoiselle. Me cassez pas les dents.

Elisha ouvrit enfin les yeux.

— C'est moi. C'est Patate. Me cassez pas les dents. Elles sont neuves.

— Patate ?

— Je vous apportais des crêpes.

L'odeur des crêpes. Voilà ce qui avait provoqué son rêve.

— Pardon, Patate. Et merci pour les crêpes.

— Je vous en prie, mademoiselle, c'est moi qui vous rends grasse…

Le brave Patate croyait que « rendre grâce » voulait dire « faire grossir ». Son langage exubérant manquait parfois de précision.

— J'ai cru… Quelle heure est-il ? bredouilla Elisha.

— Minuit, sans vouloir m'avancer.

— Il fait froid.

— Auriez-vous l'occasion de me lâcher le bras, par hasard, si je ne vous abuse ?

Elisha le lâcha en riant.

Elle ne s'était même pas rendu compte qu'il avait passé le début de la conversation le front à terre sans se plaindre. Elle prit une crêpe et la plia en quatre. C'était des grosses crêpes aussi épaisses et sèches qu'un mauvais livre, mais Elisha voulait faire honneur à la cuisine de son gardien.

Patate la regardait manger.

Elisha avait une tendresse particulière pour ce soldat qu'elle avait retrouvé en arrivant dans le nid. Patate avait tout de suite reconnu la fille qui lui avait causé tant de souci dans la prison de Tomble. Mais il lui était reconnaissant d'avoir découvert grâce à elle les joies du langage et du raffinement. Il ne confia donc à personne qu'il la connaissait déjà.

Elisha exigeait que ce soit Patate, et personne d'autre, qui lui apporte ses repas et s'occupe d'elle. Les fantaisies de ce drôle de personnage la faisaient tordre de rire.

Elle avait eu le malheur de lui expliquer qu'on ne tournait pas le dos à une dame. Depuis ce jour, il marchait dans l'œuf à reculons, et trébuchait sur chaque obstacle. Il cherchait la sortie en tâtant la paroi derrière lui. Elisha lui disait : « À gauche ! À droite ! » pour le guider. Et quand il se tapait la tête sur la coquille, elle s'étouffait de rire.

Elle s'amusait à mélanger devant lui le sens des expressions « les mains dans les poches », « les doigts dans le nez » ou « la tête dans les nuages ». Et comme il répétait tout ce qu'elle disait, cela donnait plus tard des confidences du genre : « Vous me connaissez, mademoiselle, je suis un peu rêveur, les doigts dans le nez, je n'ai pas les œufs en face des trous… »

Il disait cela en battant des cils, la tête un peu renversée. Il en était presque émouvant.

Elisha continuait à manger ses crêpes en carton.

– Vous en voulez ?

– Non merci, répondit Patate.

– Toujours votre régime, dit Elisha avec un sourire.

Depuis longtemps, Patate se trouvait un peu gros des genoux. Il avait avoué à Elisha qu'il faisait des régimes.

– Non. Cette fois, c'est mes dents.

– Vos dents ?

– J'ai des nouvelles dents.

– Elles sont en quoi ?

– En mie de pain.

– J'avais remarqué votre élocution. Bravo.

Patate se mit à rougir, plein d'humilité.

– Vous êtes bien indigente avec mon allocution, dit-il, reconnaissant. Je voulais aussi vous prévenir : il est revenu.

Elisha termina sa troisième crêpe comme si elle n'avait pas entendu. Il insista :

– Le patron est revenu. Il est avec le jeune inconnu qui est passé cet été. Sans usurper mes aptitudes, je crois qu'il y a des choses qui se préparent…

– Ça m'est égal, dit-elle. Je me fiche du patron.

– J'ai comme la pression que vous ne l'aimez pas.

– Vous êtes bien observateur, cher Patate, dit Elisha.

Patate fit une moue d'humilité.

– Je vais dormir, dit Elisha.

Elle s'était recouchée. Patate n'avait pas bougé. Elisha finit par se redresser.

– Autre chose ? demanda-t-elle.

Patate était clairement mal à l'aise. Il tapotait de l'ongle ses dents en mie de pain.

– Je… Je vais peut-être récupérer l'assiette…

Elisha lui lança un regard noir. Elle sortit l'assiette qu'elle avait cachée dans sa chemise de nuit.

– Vous n'avez pas les yeux dans vos chaussettes, soldat Patate.

– J'ai mes petites manies, dit-il en se tortillant de contentement.

Il récupéra l'assiette dont elle comptait tirer des morceaux coupants pour une petite coiffure d'hiver ou une prochaine évasion. Elisha s'était recouchée sur le matelas.

Patate s'approcha un peu.

– Ne bougez pas, dit-il, je prends ma clef que vous avez glissée sous la paillasse.

Elisha s'amusait dans son coin. C'était tous les soirs le même cirque. Elle maugréa :

– Et puis quoi encore ? Vous voulez aussi vos lacets ?

– Précisément, oui. Volontiers. J'ai dû les égarer hier.

Elisha tira de ses cheveux deux lacets noirs dissimulés dans les courtes tresses qu'elle pouvait maintenant se faire. Derrière ses allures cocasses, ce gardien était scrupuleux au dernier degré.

– Vous feriez mieux de mettre vos pantouffles, dit-elle en se recouchant… Vous n'auriez pas de problème de lacets.

C'était Elisha qui l'avait initié au plaisir de la pantoufle en lui offrant une paire qu'elle avait fabriquée. Il les appelait « pantouffes » et les adorait. Depuis quelque temps, il les portait moins, se méfiant des voleurs.

— Je fais des jaloux…, répétait-il avec satisfaction.

Patate rangea les lacets dans ses poches.

— Parfait. Tout est là. Nous sommes au complet. Bonne nuit, mademoiselle.

Il recula jusqu'à la porte, se cogna la tête, perdit l'équilibre et sortit en titubant.

À quelques pas de là, de l'autre côté d'une passerelle suspendue, l'œuf du Levant était éclairé. Léo Blue prenait un bain. Une fumée blanche sortait de la baignoire et se répandait sur le sol. Une douce odeur d'huile de bourgeon remplissait la chambre. Le vieil Arbaïan se tenait à distance. La vapeur venait lui lécher les pieds. Son visage était grave.

– Vous savez comme je fais confiance à votre intuition.

– Je sais, Arbaïan, dit Léo qui avait de l'eau jusqu'au menton.

– Je vous demande juste d'être prudent. Ce garçon est venu vous voir, il y a six mois, pour vous proposer son aide. C'est ce que j'appelle un heureux hasard. Je me méfie de lui. Pendant des années, il vous avait ignoré. Et tout à coup, le voici !

– Il a mille bûcherons sous ses ordres.

– Justement.

– On a besoin de lui.

– Et lui, est-ce qu'il a besoin de nous ?

– Oui, dit Léo. Qui n'a pas besoin de nous ?

Minos Arbaïan fronçait les sourcils. Il regardait son patron dans sa baignoire en ongle de pigeon. Le conseiller fit un pas vers le lampadaire. Il laissa tomber un

coin de voile sur le berlingot du ver luisant. La lumière baissa légèrement.

Parfois Arbaïan avait envie de partir, d'aller retrouver ses papillons, de laisser tomber ce combat terrible. Il n'aimait pas la médiocrité de ceux qui l'entouraient.

Léo Blue, au moins, n'était pas médiocre. Il était fou mais génial. C'est pour lui qu'Arbaïan s'était engagé. Les autres demeuraient tous aussi lâches, bêtes et approximatifs.

— Je vous parle de cette inquiétude, parce que je ne triche pas avec vous, dit-il brusquement à Léo. Quand je dis à un de mes hommes : « Découvre-moi ce ver luisant, parce qu'il fait nuit », je sais très bien que ce ver n'est pas un ver. Mais je veux faire simple, je veux être compris. Je sais comme vous que ce que tout le monde appelle « ver luisant » n'est pas du tout un ver. C'est en fait un coléoptère. Mais je m'abaisse à dire « ver luisant », comme un ignorant, pour être compris des ignorants. Avec vous, Léo Blue, je dis les vrais mots, comme à votre père, autrefois. Avec vous, je ne mens pas. Ce Nils Amen qui est devenu votre ami, je n'ai pas confiance en lui.

Léo avait écouté sans bouger. Il plongea la tête sous l'eau et disparut près d'une minute. Son visage réapparut sans le moindre signe d'essoufflement.

— Continue à me dire ce que tu penses bon de me dire, Arbaïan. Et moi, je ferai ce que je pense bon de faire. Sors. Va me chercher Nils Amen dans sa chambre.

Arbaïan s'inclina vers son patron et sortit. Léo resta plusieurs minutes à réfléchir dans la chaleur du bain.

Il avait emprunté cette baignoire en ongle de pigeon dans les ruines d'une des maisons pillées par ses hommes. L'ongle avait été raboté, et la corne était d'un blanc presque phosphorescent. Léo finit par se lever. Il prit une serviette de drap épais et s'enveloppa dedans.

– Entre, dit-il.

Nils Amen apparut.

– J'étais en train de penser à toi, continua Léo… Tu es venu me trouver cet été. Tu m'as proposé cette alliance secrète. Entre les forêts et le nid…

– Oui, je crois qu'on sera plus forts.

– Tu n'as pas toujours été de cet avis.

– Un enfant écoute son père. Or, mon père, Norz Amen, refuse toute idée d'alliance. Mais aujourd'hui…

– Oui ?

– Aujourd'hui, j'ai appris à penser tout seul.

– Ton père reste un obstacle.

– Ne t'inquiète pas de mon père. Il faut juste qu'il ne sache rien de notre accord.

– D'habitude, lâcha Léo, les obstacles, je les fais sauter.

Nils tressaillit.

– Je t'ai dit que je m'occupe de mon père, dit-il d'une voix froide.

Léo s'approcha d'une table sur laquelle on voyait ses deux boomerangs posés dans un carré de chiffon. Il les prit chacun dans une main et commença à les aiguiser l'un contre l'autre. Ils ressemblaient à deux couteaux tranchants de vingt pouces de long, en accent circonflexe. Léo fit sonner les lames en y passant le doigt. Il les reposa.

– Et maintenant, tu me proposes cette nouvelle aide.

– Si tu as besoin de moi.

– Pourquoi t'aurais-je emmené ici avec moi si je ne pensais pas que tu peux m'aider ? Cette fois, il s'agit de ce que j'ai de plus important et de plus secret.

– Je sais.

– Tu vas parler à Elisha ? demanda Léo Blue.

– Oui.

– Comment veux-tu faire changer… l'idée qu'elle se fait de moi ?

Nils ne répondit pas à la question. Il prit Léo par l'épaule et lui dit :

– On n'est pas toujours celui que les gens croient que l'on est… Voilà ce que je lui dirai.

Le lendemain, à midi, Elisha remarqua le retour de l'ombre au sommet de son œuf.

L'ombre… La jeune captive ne pouvait se souvenir du dernier jour où elle l'avait vue. Un mois peut-être. Elle était heureuse de retrouver cette présence qui la rassurait.

Elisha savait qu'elle n'était pas la seule à la croiser. Patate lui avait dit que tout le monde craignait cette forme mystérieuse qui se promenait dans les Cimes. Récemment, pour expliquer la longue absence de l'ombre, un garde s'était vanté de l'avoir abattue. Il disait que c'était une araignée noire suceuse de sang. Mais voilà qu'aujourd'hui l'ombre était revenue. Le garde avait menti.

Quand Arbaïan entra dans la chambre d'Elisha,

l'ombre resta tapie sur la coquille. Le vieux chasseur de papillons se tenait raide dans son bel uniforme. Il n'avait pas l'air content.

– Quelqu'un a reçu l'autorisation de vous parler, mademoiselle.

Un jeune homme entra derrière lui. Il avait un visage doux aux traits fins et délicats. Il regarda fixement Arbaïan qui comprit qu'il devait les laisser seuls. Elisha était accroupie au fond de l'œuf contre la paroi.

Arbaïan sortit, les dents serrées.

Le visiteur parcourut de l'œil la grande salle. Il ne semblait pas porter une grande attention à Elisha.

– Je m'appelle Nils Amen.

Nils. Elisha connaissait ce nom. Un certain Nils avait sauvé la vie de Tobie, autrefois. Que pouvait faire ici un ami de Tobie Lolness ? Elisha sentit sa respiration se précipiter. D'un coup d'œil, elle vérifia que l'ombre était toujours là.

De son côté, Nils Amen avait l'impression de perdre l'équilibre.

C'était donc elle.

Elisha.

Il pensa à Tobie caché dans ses sous-bois de mousse. Ses deux amis se retrouvaient face à face ce jour-là. Nils et Elisha.

Mais comment Nils Amen en était-il arrivé à être assez intime avec Léo Blue pour approcher tout seul la fiancée du patron ?

Tout avait commencé un matin d'été, six mois plus tôt.

Nils allait quitter les régions inférieures dans lesquelles une trentaine de ses bûcherons venaient de couper une colonie de lichen qui menaçait le cratère de Jo Mitch.

Les bûcherons des bois d'Amen acceptaient tous les travaux à condition qu'on ne leur demande pas de serrer la main gluante de Mitch ou celle, glacée, de Léo Blue. Nils ne pensait qu'à une chose : donner du travail à ses hommes.

Les bûcherons avaient donc débité plusieurs centimètres de futaie bien serrée. Les grands parasols de lichen coupé jonchaient le chemin qui menait au cratère. C'était le mois de juin. Il faisait chaud. Le lichen était sec et léger.

Quand Nils entendit l'orage gronder, il comprit que cela n'allait pas durer.

Le lichen a la particularité de se dessécher sous le soleil, mais de revivre à la première pluie. C'est ce que Sim Lolness avait appelé la reviviscence. Une incroyable force d'adaptation au climat. La nature est une magicienne. Sous la pluie, le lichen se gorge d'eau, il reprend des couleurs, mais devient collant et intransportable.

Si le chemin du cratère n'était pas libéré avant l'orage, l'accès serait bloqué pour plusieurs jours. Les bûcherons commençaient tout juste à déplacer des branches de mousse grise. Il y avait au moins une journée de travail, mais à peine un quart d'heure avant l'arrivée de la pluie.

Nils hésita quelques instants. Il ne voyait qu'une seule solution. Elle était contraire à tous ses principes. Alerté par un nouveau roulement de tonnerre, il comprit qu'il n'avait plus le choix.

Il envoya donc un de ses hommes demander de l'aide dans le cratère.

Quelques instants plus tard, les bûcherons virent s'ouvrir la lourde porte de l'enclos. On entendait des claquements de fouet et des cris. Une dizaine de gardes entouraient une sorte de troupeau informe. Ils repoussaient avec des bâtons ceux qui s'écartaient du groupe.

Nils découvrit bientôt que ce n'était pas des animaux.

— Les Pelés…, murmura-t-il à ses hommes d'une voix étranglée par l'émotion.

Ils étaient des dizaines sur la branche, serrés les uns contre les autres. L'un des soldats de Mitch vint parler à Nils :

— On va vous aider. Dans une heure, tout est fini.

— Trop tard, dit Nils. Il pleut. Vous n'y arriverez pas. Mettez ces gens à l'abri.

Nils remerciait le ciel d'avoir envoyé une première goutte. Il ne voulait pas voir souffrir sous ses yeux un peuple réduit en esclavage.

Le soldat lui fit un sourire plein d'orgueil.

— C'est comme si tu me traitais de menteur. J'ai dit une heure. Ce sera une heure.

— Laissez, répéta Nils. On s'en occupera dans quelques jours, quand ce sera sec.

— Tu continues à m'insulter, dit la brute. Tu vas voir si je ne tiens pas mes promesses.

Il poussa un cri sauvage. Les fouets recommencèrent à siffler et l'orage à gronder. La pluie redoublait. Et dans cette atmosphère infernale, les Pelés se mirent au travail.

Cela ne dura pas une heure. Sous les coups et les cris, la nuée de Pelés réussit l'impossible : déplacer des centaines de troncs trempés comme des éponges. Les hommes qui tombaient étaient relevés avec des piques. Le déluge ne laissait aucune trêve. Ceux qui ralentissaient recevaient des coups de botte. Ils pataugeaient dans la boue verte qui ruisselait du lichen.

Nils aperçut un homme qui était tombé sur le sol. C'était un garçon dont les yeux noirs étaient parfaitement immobiles. Un jeune Pelé se précipita pour l'aider. La lanière d'un fouet cinglait son dos, mais il continuait à tenter de relever son ami par des petits gestes rassurants.

Nils devina que l'un d'eux était aveugle.

Avant de repartir dans le cratère, le soldat vint vers Nils Amen, triomphal.

– Si vous avez besoin d'aide, on est là. Vous n'avez qu'à me demander. On m'appelle Tigre.

Les Pelés et leurs gardes disparurent derrière le portail.

– M. Amen ?

Un jeune bûcheron essayait de relever Nils qui s'était effondré de honte et de dégoût, le visage entre les mains.

– M. Amen…

– Ça va aller, répondit Nils en s'appuyant sur l'écorce. On rentre chez nous.

De retour dans sa cabane perchée, Nils s'enferma quatre jours.

C'était donc cela, l'indépendance et la liberté que lui vantait son père… Fermer les yeux, ne rien voir, laisser les autres souffrir à l'orée des forêts.

À force d'être encerclée par les prisons des autres, la liberté de Nils Amen était devenue un sombre cachot.

Nils savait maintenant qu'il allait se battre. Mais il savait aussi qu'on n'attaque pas de front Jo Mitch et Léo Blue. On ne se dresse pas devant eux la hache à la main.

Nils connaissait les recettes des anciens bûcherons pour détruire les vieilles souches de lichen. Il faut les atteindre de l'intérieur. On perce le centre de la tige, on y glisse de l'acide. Il faut mettre le poison au cœur de la souche.

À partir de ce jour, Nils n'eut qu'un seul but : gagner la confiance de Léo Blue, pour entrer à l'intérieur de son système et le détruire.

Nils Amen était maintenant devant Elisha.

Il la regardait.

Elle cachait ses mains dans ses manches. Elle avait les cheveux très courts et ne laissait pas paraître la moindre peur, la moindre surprise. Nils se demandait comment s'était construit ce petit bloc de courage.

« D'où vient-elle ? se disait-il. Où poussent les filles comme celle-là ? »

Il comprenait les sentiments de Tobie.

Le soir de Noël, avant de remonter vers le nid des Cimes avec Léo Blue, Nils était précipitamment retourné chez Mia et Lex.

Il avait parlé à Tobie. Il lui avait tout dit. Son grand secret. La fausse amitié qu'il nouait lentement avec Léo Blue.

– Je ne comptais pas t'en parler, avait dit Nils. C'est mon combat. Le danger, ça ne se partage pas. Personne n'est au courant. Même pas mon père. Mais quand j'ai su que... que tu connaissais Elisha, j'ai pensé que je pouvais faire quelque chose pour vous deux...

Tobie, bouleversé, l'avait chargé de parler en son nom à la jeune captive.

Maintenant, debout face à elle, Nils n'avait qu'une seule envie : lui dire que Tobie était vivant, qu'il venait de sa part, que rien n'était perdu, que la vie circulerait à nouveau dans leurs branches.

Là-haut, l'ombre était immobile.

En équilibre au-dessus de la coupole de l'œuf, les mains plaquées sur la coquille, la silhouette était celle d'un jeune homme. Il avait deux boomerangs dans le dos.

L'ombre des Cimes, c'était lui.

Depuis des mois, il n'avait pas trouvé d'autres moyens pour approcher Elisha et tisser quelque chose entre elle et lui.

Quelque chose... Même pas grand-chose. Un bout

168

de mystère et d'intimité. Tout sauf l'indifférence. Il avait inventé l'ombre des Cimes pour devenir son secret.

Au sommet de la coquille, Léo Blue tendit l'oreille. Nils Amen allait parler.

En effet, Nils ouvrit la bouche pour tout dire à Elisha. Mais son regard s'arrêta sur une auréole de soleil à ses pieds.

Il était midi. Le soleil était au plus haut dans le ciel. Le trou du sommet de l'œuf laissait passer un rayon parfaitement dessiné qui se projetait sur le sol.

Dans cette tache de lumière, on voyait une ombre. Le profil d'un visage.

Quelqu'un les écoutait.

Nils ravala ses envies de sincérité.

– Mademoiselle, je veux vous parler de Léo Blue. Je crois que vous vous trompez sur son compte.

Le cœur d'Elisha se serra.

Un moment, elle avait cru avoir trouvé un ami.

11

La petite musique de la liberté

Le ganoderme aplani est un champignon en demi-lune qui pousse sur l'écorce de l'arbre et forme des terrasses agréables dont le sol un peu mou donne envie de faire des bonds.

Il y a bien longtemps, les enfants y jouaient à la maronde le dimanche, les amoureux s'y donnaient des rendez-vous, et les autres y allaient pour rêver d'enfance et d'amours perdues.

Dans un petit livre aujourd'hui introuvable, *Des champignons et des idées*, Sim Lolness révélait que, chaque jour, ce ganoderme foulé aux pieds distribue autour de lui mille millions de milliards de spores. Les spores sont comme des graines qui devraient toutes donner naissance à un autre champignon. On pourrait se réveiller chaque matin dans un arbre couvert de ganodermes. Mille millions de milliards de champignons tous les jours. Au bout d'une semaine, on en ferait une soupe épaisse et large comme l'univers.

Pourtant, bizarrement, ces champignons restent rares.

Les spores se perdent dans la nature. Il faut parfois des années pour qu'un ganoderme en donne un second.

Sim Lolness concluait son livre sur cette curiosité. Il disait que les idées nouvelles sont un peu comme des champignons. Très peu d'entre elles font des petits.

La révolte de Nils Amen aurait pu servir d'exemple au professeur. En se rebellant le premier, Nils changeait entièrement la face de l'arbre. On pouvait s'attendre à ce qu'il sème tout autour de lui le bon grain de la liberté. Mais il fallut beaucoup de temps pour que, plus bas dans les branches, un second personnage qui ne le connaissait même pas fasse un pas dans la même direction.

Ce deuxième champignon s'appelait Mô Asseldor. C'était le second fils de la ferme de Seldor.

L'histoire débuta la nuit de Noël, lors d'un concert silencieux.

Depuis qu'on leur avait interdit de pratiquer leur musique, les Asseldor se retrouvaient de temps en temps dans la grande pièce de la ferme pour jouer en silence. Chacun prenait son instrument : tambour, grelot, akarinette ou oloncelle… M. Asseldor donnait le rythme en tapant du pied, et le concert commençait.

Les Asseldor connaissaient si bien la musique qu'ils n'avaient pas besoin qu'elle résonne pour l'entendre. L'archet ne touchait pas les cordes de l'oloncelle. L'air ne passait pas dans l'akarinette de Maï. On n'entendait que le pied du père contre le parquet. Mme Asseldor chantait sans un bruit. Les paroles se lisaient sur ses lèvres.

Ma patrie est une feuille morte
Envolée vers un monde inconnu
Pourquoi rester à danser de la sorte
Sur la neige de la branche nue ?
Ma patrie est une feuille morte...

La musique était déchirante. Maï fermait les yeux en jouant et le grand Milo avait des larmes jusque dans le cou.

Les Asseldor ne jouaient plus que des airs tragiques. Finies, les aubades et les berceuses, les danses et les sérénades.

Mô étouffait sous le poids de tout ce désespoir. Il ne reconnaissait plus sa famille. Quelque chose s'était éteint dans cette maison dont les murs conservaient tant de souvenirs heureux.

Mme Asseldor continuait à chanter du bout des lèvres. Il y avait un autre couplet, encore plus triste, qui comparait leur branche à une potence. Rien de franchement folichon.

La révolte de Mô commença par une fausse note silencieuse.

Le père Asseldor interrompit l'orchestre.

– Qu'est-ce qui se passe ? demanda-t-il.

Même en silence, une fausse note jouée en sa présence lui causait des vertiges.

– Je te demande ce qui se passe !

– Pardon, papa, dit Mô.

– Bon... On reprend...

Ils se remirent à jouer, et après quelques secondes, Mô dérapa à nouveau.

– Arrête-toi, si tu es fatigué.

– Oui, je suis fatigué.

Mô prit son oloncelle et le cassa en deux.

Son frère, sa sœur, sa mère et son père le regardaient.

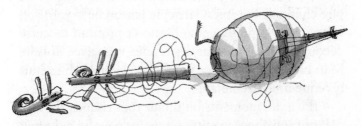

– Vous savez à quoi on ressemble ? demanda Mô. À des fantômes. Ce n'est plus une ferme, c'est une maison hantée. Pas de bruit, pas de lumière…

– Et si ça nous permet de rester en vie…, dit le père.

– En vie ? Qui est en vie, ici ?

Mô montra la cheminée derrière laquelle se cachait le pauvre Mano. Il ne sortait à l'air libre qu'une minute deux fois par jour.

– Il y en a même un que vous avez enterré vivant.

Milo, l'aîné, se précipita sur son frère pour l'assommer.

Maï tentait de séparer les combattants.

– Arrêtez ! ordonna la mère Asseldor.

Les deux garçons lâchèrent prise. Ils saignaient du nez comme des gamins.

– Qu'est-ce que tu veux qu'on fasse de plus, Mô ? Tu parles pour toi, comme un égoïste. Mais qu'est-ce que tu veux faire ? Tu connais exactement la situation.

Oui, il la connaissait. Il savait que leur famille était prise dans un terrible piège. La maison pouvait être fouillée jour et nuit par surprise. Mano risquait d'être trouvé. Quant à la pauvre Maï, elle était victime du pire chantage qui soit. Garric, le patron de la garnison connaissait la présence de Mano et profitait de cette découverte pour obtenir des rendez-vous avec la belle Maï. La veille, il lui avait embrassé la main. Elle était revenue toute tremblante.

– Il y a des moments où il faut tout risquer, dit Mô.

Il prit son chapeau entre ses mains pour lui redonner une forme après la bagarre.

– Si je joue mon chapeau, je sais que je risque de le perdre… Si je le perds, je serai un peu triste parce que j'aime bien mon vieux chapeau. Mais nous, ici, c'est notre malheur qu'on va jouer. On n'a rien à perdre. Si on gagne, on sera heureux. Si on perd, il n'y aura que notre malheur à perdre. Il faut tenter de partir…

La famille avait écouté attentivement le raisonnement de Mô. C'était vrai qu'ils n'avaient rien d'autre à perdre que leur vie malheureuse des dernières années. Pourtant, ils ne pouvaient s'empêcher de se rappeler la joie des repas de fête, les chasses d'automne, les concours de robes entre les sœurs et la mère, la récolte du miel, les concerts dans la neige, et tout le reste. Tout cela, ils continuaient à avoir peur de le perdre, alors qu'ils l'avaient déjà perdu depuis longtemps. Il n'y a rien que l'on défende aussi vaillamment que ce que l'on n'a plus.

– Mia est partie avec Lex. Certains d'entre nous pourront les rejoindre. Il faut tenter de s'en aller. Ce ne sont pas ces vieux murs d'écorce qui ont fait Seldor… C'est la joie et la liberté. De tout ça, il ne reste rien.

– Et Mano ? lui demanda sa mère.

– Mano partira aussi. Laissez-moi quelques jours.

Le lendemain, Mô répara son oloncelle. C'était un bel oloncelle à huit cordes, qui avait appartenu à son grand-père. Deux nuits passèrent encore.

Les parents de Mô pensaient que leur fils avait oublié sa petite crise de rébellion. Tous deux se répétaient que c'était mieux ainsi. Mais ils ne pouvaient chasser de leur cœur une certaine déception. Ils avaient secrètement espéré que Mô les sortirait de là…

Un soir, passant près de la cheminée, Mô entendit de faibles gémissements. Il trouva sa sœur pleurant sur la banquette qui lui servait de lit.

– C'est demain matin, lui dit-elle en essuyant son visage avec le drap. Demain, avant le lever du soleil. Ne le dis pas aux parents.

– Quoi ?

– Je dois lui donner ma réponse… Garric veut m'emmener avec lui. Je dois lui dire demain si j'accepte.

– Il est fou ?

– Non. Il sait que je vais dire oui.

Mô fit un sourire.

– Mme Maï Garric… J'aurais aimé voir ça… Avec

plein de petits Garric autour qui nous mordent les chaussettes. La belle famille…

– Ne ris pas ! C'est terrible.

– Des petits acariens plein la maison, qui crient « maman », et ressemblent à leur père…

– Arrête, Mô ! Arrête !

Elle éclata en sanglots. Mô s'approcha de l'oreille de sa sœur.

– Tu ne vas pas lui dire oui, chuchota-t-il. Je te le jure.

– Si je refuse, il dénonce Mano, et il nous livre tous à Jo Mitch.

– Tu n'auras pas besoin de dire non…

– Je dirai quoi, alors ? Mô… Ne plaisante pas avec moi.

Mô dit tranquillement :

– Tu ne diras ni oui, ni non, Maï. Tu ne seras pas au rendez-vous.

– Moi ?

– Oui, tu seras déjà loin.

– Et Mano ?

– Il sera avec toi, oui. Comme Milo, papa et maman.

– Et toi ?

Le sourire de Mô se fit un peu plus ténébreux.

– Vous n'allez pas vous occuper de moi. Je m'en sortirai très bien. Promets-moi que tu vas les emmener sans penser à moi. Je me débrouillerai de mon côté. Maman a raison, je suis un peu égoïste, alors je me débrouille de mon côté. Promets-le moi.

Maï regarda son frère.

– On ne part pas sans toi, dit-elle.

176

Mô prit dans ses mains le poing de sa sœur. Celle-ci demanda :

– Les parents sont au courant ?

– Non, personne n'est au courant. À part toi et…

– Et ?

– Mano. Je lui ai dit tous mes plans. Sinon il serait déjà mort dans son trou.

On entendit trois coups derrière la cheminée. Mano écoutait. Ce signal retourna le cœur de Maï. Pouvait-on décevoir l'espoir qui maintenait Mano en vie ?

– Promets-moi, répéta Mô.

Maï posa sa main sur la nuque de son frère et colla leurs fronts l'un contre l'autre. Son regard était inondé.

– Je te le promets, dit-elle.

Mô hocha la tête.

– Tu diras aux parents et à Milo que je vous rejoindrai. Maintenant, rendors-toi. Ne t'inquiète pour rien.

– Quand va-t-on partir ?

– Tu verras… Ou plutôt tu entendras. Le moment venu, ne perds pas une seconde, fais sortir Mano, prends avec toi tous les autres. La voie sera libre.

Cette nuit-là, le chef de la garnison de Seldor dormit mal. Garric se retournait dans son lit. L'impatience lui donnait des suées. Au petit matin il aurait la jeune femme rien que pour lui. Il la mettrait dans sa cuisine comme un trophée de chasse. Elle lui servirait des pintes de mousse et laverait ses affaires. Ce serait Mme Garric qui rend jaloux tous les soldats. On en ferait des chansons à boire.

Il était content. Elle ne pouvait pas faire autrement. Elle allait être à lui.

Garric se souvenait de sa première mouche. À seize ans, il avait abattu une mouche en plein vol. C'était un peu le même genre de plaisir délicat.

Garric en était là de sa rêverie romantique quand il entendit un bruit inhabituel. Il se redressa dans son lit.

Ce n'était pas un bruit. C'était une valse.

Garric sauta sur ses pieds et courut à la fenêtre.

Une valse. Quelqu'un jouait une valse dans la caserne.

En ce temps-là, jouer de la musique dans l'arbre était à peu près aussi autorisé que cuire une omelette au lard sur le crâne de Jo Mitch. Ce n'était pas un petit délit. C'était un crime.

Si Mitch apprenait que Seldor avait été le théâtre d'un ravissant concert nocturne, Garric finirait par danser la valse dans un trou avec de la vermine. Il sauta dans ses bottes et sortit. Une foule de soldats couraient à travers la cour dans toutes les directions.

– C'est là-bas, du côté de la volière, lui cria quelqu'un.

– Je veux voir tous les hommes à la volière. Arrêtez-moi ce malade !

Il y avait déjà du monde autour du grillage. Le dernier convoi venait de repartir vers le cratère. Les cages étaient donc vides. On fouilla tous les recoins pour comprendre d'où s'échappait la musique.

Le spectacle de cette agitation donnait un ballet de torches assez charmant, qui allait et venait au rythme de la valse. De loin, cela ressemblait aux grandes soirées illuminées, telles qu'on les donnait autrefois dans les Cimes. Mais lorsqu'on approchait, l'ambiance n'était pas à la fête.

– Arrêtez-le ! aboyait Garric.

Le musicien restait invisible. Sa musique, elle, se glissait partout. Elle dansait dans la nuit, se moquait des grilles de la volière et des cris des soldats. La musique ne craint personne. Elle ne se garde pas en cage.

Quelqu'un eut enfin l'idée d'utiliser une torche légère. C'était une toile très fine qu'on enflammait avant de l'envoyer, roulée en boule, avec une fronde. Elle se dépliait dans l'air et redescendait en planant. Cette torche était l'une des inventions que Sim Lolness avait été forcé de livrer, avec le char à plumes et quelques autres trouvailles, pour faire patienter Jo Mitch qui attendait le fameux secret de Balaïna.

La torche légère s'éleva très haut et éclaira toute la branche. La garnison entière put enfin voir la scène qui se jouait au sommet de la volière.

Mô Asseldor était assis en équilibre tout là-haut avec son vieux chapeau et ses joues roses.

Il avait sur les genoux l'oloncelle de son grand-père, qu'il caressait avec son archet. Ses mains gelées étaient enveloppées dans des torchons de cuisine. Il avait les pieds et le ventre glacés, mais il ne tremblait pas.

Il ne jouait pas n'importe quelle valse. C'était *Petite sœur*, la mélodie qu'il avait composée des années plus tôt pour Mia, quand elle était tombée malade de

mélancolie. Il ne l'avait plus jouée depuis le départ de la jeune femme avec Lex Olmech. Et à l'instant où il retrouvait ces notes, perché en haut de la volière, il n'était plus sûr de réentendre un jour la voix de cette petite sœur.

En effet, Garric venait de décider que le jeune prodige à chapeau finirait pendu à un crochet de sa cave au milieu des saucisses et des jambons.

– Attrapez-le !

Les hommes commencèrent à escalader la volière. Ils avaient tous quitté leur poste de garde. Quelques retardataires arrivèrent à leur tour.

Aucun d'eux ne vit donc passer cinq silhouettes dans la nuit. Cinq silhouettes qui longèrent la vieille façade de la maison et s'enfoncèrent dans les sous-bois. Mano tenait la main de sa sœur. Il respirait à pleins poumons le froid de la nuit. Il ne cessait de répéter à Maï :

– On s'en va ? On s'en va ?

Elle lui chuchotait des «Oui, Mano» qu'il n'arrivait pas à croire vraiment. Milo écoutait la petite musique de son frère. Il avait tout de suite compris en entendant la valse au milieu de la nuit. Il s'était laissé convaincre de partir.

Les parents Asseldor marchaient serrés l'un contre l'autre. Ils pensaient à leur fils qu'ils laissaient derrière eux. À aucun moment, ils ne se retournèrent vers leur ferme de Seldor.

La maison ne leur en voulait pas. Elle les regardait partir avec l'effacement de ces vieilles bâtisses qui survivent aux hommes mais ne vivent que par eux.

La valse s'arrêta brusquement.

Qu'avaient-ils fait à Mô ?

Maï tira un peu plus fort sur la main de Mano. Milo se mit à chantonner l'air de *Petite sœur*. Les autres reprirent avec lui, bouche fermée. La forêt de lichen les laissait passer en s'inclinant. Ils venaient de quitter les Basses-Branches.

– On s'en va ? répétait Mano. On s'en va ?

Trois jours plus tard, à de nombreuses branches de là, la petite Neige trouva une noix dans un trou d'écorce. Elle hésita à prévenir ses parents de cette découverte extraordinaire. La noix faisait trente fois sa taille.

Neige n'avait aucune idée de ce que pouvait être cette grosse boule de bois aussi ridée que son grand-père Olmech.

Âgée de trois ans, Neige avait l'interdiction de

181

s'éloigner de la maison. Mais à quoi sert d'aller plus loin quand on peut trouver de merveilleux dangers près de chez soi ?

C'est ainsi qu'elle risquait sa vie tous les jours avec les objets et les lieux les plus familiers. Ses parents se souvenaient de la marmite dans laquelle elle s'était endormie après avoir remis le couvercle. Lex Olmech allait allumer le feu sous elle quand il l'avait découverte.

Elle aimait aussi se laisser rouler sur la pente enneigée du toit pour former autour d'elle une boule de plus en plus grosse qui allait se briser en bas. Neige poussait des cris de joie et recommençait aussitôt.

Cette fois-ci, elle avait trouvé mieux. Une noix posée en équilibre dans un trou et prête à lui tomber dessus au premier mouvement. Une noix haute comme trente petites filles les bras en l'air. Un vrai bonheur.

Neige remarqua que l'objet étrange était composé de deux parties légèrement décollées l'une de l'autre. Cela formait une fente d'où l'on devait voir l'intérieur de la boule. De quoi éveiller la curiosité de la fillette qui s'apprêtait à grimper.

Elle mit le pied sur la première veine de la noix. Et ce petit être plus léger qu'une poussière ne tarda pas à faire vaciller la coque. Neige ne se rendit même pas compte que la boule de bois allait lui rouler dessus et l'écraser. Elle continua son escalade.

La noix bascula lentement. Ce globe haut de cent pieds se mettait en mouvement sans un bruit…

À l'instant où Neige allait disparaître, une main l'attrapa par le col et la tira vivement. La noix acheva son tour et s'immobilisa.

La petite fille regardait celui qui l'avait attrapée. C'était un homme assez âgé. Il la serrait dans ses bras. Neige lui lança un regard de reproche. Il y avait toujours quelqu'un pour l'empêcher de s'amuser, et lui sauver la vie.

– Qu'est-ce que tu fais là, petite ? dit l'homme.

Neige aurait aimé lui poser la même question.

On entendit un sifflement à l'extérieur du trou. L'homme y répondit. Deux femmes apparurent, suivies de deux jeunes gens dont l'un était très pâle.

– Tu as trouvé quelque chose ?

– Ça ! répondit l'homme en montrant la petite fille.

Les Asseldor regardèrent Neige comme s'ils n'avaient jamais vu un enfant de trois ans. Ils avaient l'air intimidés. Mme Asseldor finit par s'avancer, émue, et toucha la joue de la petite fille en lui demandant :

– Je pense que vous pourrez nous dire où est la maison de Lex Olmech, mademoiselle.

Le père Asseldor lança un regard de reproche vers sa femme. Quand on est fugitif et qu'on cherche la maison d'autres fugitifs, on ne demande pas son chemin à n'importe qui.

Neige fit un sourire suivi d'une pirouette qui lui permit de se retrouver sur les épaules de M. Asseldor. Elle n'était pas n'importe qui. Elle donna un petit coup de talon pour inviter sa monture à se mettre en marche. Ils sortirent du trou.

Le trajet dura cinq minutes, mais ce bref voyage changea beaucoup de choses pour le vieil Asseldor.

En sentant ce poids de douceur sur ses épaules, il réalisait qu'il n'avait plus envie d'autre chose que ça.

Que ses enfants aient des enfants, et qu'il ait le droit de s'en occuper.

Pour le reste, il avait beaucoup donné. Le travail, les épreuves, il n'en pouvait plus... Il voulait du repos et des petits-enfants qui lui grimpent dessus.

Parfois il sentait la main de Neige dans ses cheveux. Il enviait le grand-père qui pouvait être avec elle tous les jours, lui apprendre l'inutile : les cabanes, les histoires sans fin, et la musique...

Les membres de la famille marchaient les uns derrière les autres et ne laissaient qu'une seule trace.

Au détour de la piste, ils virent quelqu'un arriver, au loin, dans la neige. Maï fut la première à reconnaître Mia. Elle lâcha la main de Mano et courut vers sa sœur.

Mia, après un moment d'incrédulité, se mit à courir aussi. La neige était profonde, elles avançaient avec peine et les retrouvailles paraissaient toujours retardées, mais les deux sœurs finirent, hors d'haleine, dans les bras l'une de l'autre. Le reste de la famille suivit.

Ils formaient tous un petit paquet de bras et de visages emmêlés. La neige leur arrivait aux genoux. Ils se tenaient par les épaules.

– Et Mô ? demanda Mia.

– Il va nous rejoindre, répondit Maï.

Des flocons tombaient des arbres. Ils leur chatouillaient le cou et fondaient dans leur dos. La famille Asseldor aurait pu rester là des siècles. On les aurait retrouvés au dégel.

À un moment, le père dit :

– Et ce petit poids que j'ai sur le dos, tu le connais ?

Il montrait Neige.

– Non…, dit Mia avec un air très sérieux.

Mme Asseldor paraissait surprise, elle aurait juré que cette petite était…

Devant la tête furibonde de Neige, Mia cessa sa plaisanterie :

– Mais si, papa, dit-elle à son père, c'est ma fille !

– Ta fille, répéta-t-il en reniflant. Ta fille.

– Neige, dit Mia à la petite, c'est ton grand-père.

Il sentit glisser Neige de tout là-haut. Elle arriva dans ses bras et ne le quitta plus jamais.

12

Les silences du voltigeur

Dans le groupe des voltigeurs, le nouveau venu, qui portait le numéro 505, était apprécié de tous. Peu bavard, mais serviable, débrouillard et souple, il se proposait pour les tâches les plus périlleuses. On aimait l'œil pétillant de ce garçon de seize ans, l'oreille attentive qu'il avait pour chacun. On aimait aussi ses silences avec ce petit nuage de mystère qu'il savait parfois faire oublier en égrenant quelques renseignements sur sa vie. Pas de nom, pas de famille, et une existence vagabonde, ni facile ni vraiment malheureuse.

En quelques jours, il avait conquis la confiance de ses nouveaux compagnons.

La section des voltigeurs s'était créée au moment de l'apparition de nouvelles variétés de lichen qui ne formaient plus seulement des fourrés ou des bois sur l'écorce de l'arbre, mais retombaient en lianes, en cascades, à des hauteurs vertigineuses.

Il y avait dans l'arbre une cinquantaine de voltigeurs. Tous étaient volontaires. Ils travaillaient par groupes de trois. On ne comptait plus le nombre d'accidents mortels qui avaient lieu dans leurs rangs.

Le 505 s'était présenté un peu avant Noël. Les candidats étaient rares. Il fallait être d'une grande habileté et n'avoir peur de rien. Dès le premier jour, il avait donc été adopté. Il parlait peu et travaillait beaucoup. Il avait surtout une aisance fascinante dans les situations les plus difficiles. On l'avait vu grimper dans des cascatelles de mousse aussi fragiles que de la dentelle.

– Pourquoi tu n'as pas de nom, 505 ?

– Quand on n'a pas de famille, on n'a pas de nom. Je n'y peux rien.

– Moi, si je n'avais pas de nom, je crois que je me sentirais perdu.

Ces trois voltigeurs travaillaient dans une sorte de coulée verte qui pendait d'une branche. Ils étaient retenus par des câbles de soie. La neige tombait autour d'eux.

– Il m'est arrivé d'avoir des surnoms, dit 505 en remettant sa hache dans sa ceinture.

– Quel surnom ?

Les lianes bougeaient dans le vent. Les voltigeurs se laissaient glisser vers le bas.

– Certains m'ont appelé Petit Arbre.

– Je peux t'appeler Petit Arbre ?

– Si tu veux.

Les deux autres s'appelaient Châgne et Torfou. Ils avaient dix ans de plus que Tobie. Ils faisaient équipe avec lui depuis Noël. Châgne avait épousé la sœur de Torfou. Ils vivaient dans un hameau à quelques heures

du domaine de Jo Mitch. Comme tous les voltigeurs, ils ne rentraient chez eux qu'une nuit et un jour par semaine.

Tobie avait réussi l'exploit de les faire parler de la situation de l'arbre.

On connaît la réputation des bûcherons. Le moins que l'on puisse dire est qu'ils ont du mal à aborder avec sincérité les sujets sensibles. Eux-mêmes se moquaient parfois de ce qu'ils appelaient leur « langue des bois ». L'expression s'est ensuite transformée en « langue de bois » et s'est répandue bien au-delà de leur corporation. On observe la même évolution pour la formule « gueule des bois » qui rendait hommage au goût des bûcherons pour la fête.

Les confidences de Châgne et de Torfou permirent à Tobie de mieux comprendre la ruine de l'arbre depuis son départ. Jo Mitch et Léo Blue étaient alliés sans être amis. Ils se détestaient copieusement, mais parvenaient à s'entendre sur des ambitions et des intérêts communs.

Léo n'était pas mécontent de profiter du cratère de Jo Mitch pour faire disparaître ses Pelés. Mitch, de son côté, voyait arriver avec satisfaction des bras nouveaux pour creuser son grand trou.

De même, l'emprisonnement des personnalités de l'arbre arrangeait Léo Blue et empêchait la création d'un mouvement de résistance. Jo Mitch, lui, espérait profiter de ces cerveaux pour faire oublier qu'il n'en avait guère, et améliorer ses méthodes de destruction.

L'accord entre les deux patrons était donc un de ces équilibres qu'on trouve dans la nature, quand une bestiole en supporte une autre qui lui mange les puces sur le dos.

À peine Châgne et Torfou eurent-ils donné ces explications qu'ils les regrettèrent aussitôt. Faisant avec la main le geste d'effacer ce qu'ils venaient de dire, ils répétaient à Tobie :

– Tout ça, c'est ce qui se dit, mais ce n'est pas notre problème. Avec nos familles, notre travail, nos amis, on a assez à faire…

– Mon fils, dit Châgne en riant, ne sait même pas que le gros Mitch existe. Il le confond avec le grand méchant pou des histoires que je lui raconte !

– Occupons-nous des nôtres, conclut Torfou. Si chacun rendait heureuses les vingt personnes qui l'entourent, l'arbre serait un petit paradis.

Tobie croyait entendre Nils Amen : « Je prends soin de ceux qui m'entourent. » Oui, ce principe était beau. Mais que faire de ceux que personne n'entoure ?

La première fois que Tobie revint dans le refuge des Olmech, après une semaine de travail, il découvrit une maison bruissante de joie. Il faisait nuit. C'était le 31 décembre.

Avant d'entrer, voyant les bougies encadrant la porte, Tobie se rappela la vieille tradition du réveillon. Il frotta la neige de ses bottes sur le seuil. Il avait oublié qu'on fêtait ce genre de date.

Dans les herbes, les fêtes sont rares. Elles ne dépendent

jamais du calendrier. Elles surgissent dans la vie au fil des petits bonheurs. On dit parfois « Quelle fête ! » en plongeant la tête dans une goutte de rosée le matin. Il n'y a pas besoin de guirlandes et de serpentins. Mais Tobie avait parfois eu la nostalgie des fêtes obligatoires, des robes à traîne, et des embrassades à minuit précis.

Tobie poussa la porte. Ils étaient dix à table.

Découvrant la famille Asseldor réunie à nouveau, avec les Olmech, la petite Neige, et cette odeur de rôti et de cire fondue, Tobie se crut revenu dans le temps. Les retrouvailles furent muettes et mouillées d'émotions.

Il y avait maintenant dans l'arbre un vrai îlot d'humanité.

Au fond des bois, entre des bouquets de lichen, une famille reprenait vie.

Maï n'avait pas changé. Ses cheveux roux étaient peut-être un peu plus foncés. Tobie l'embrassa. Elle avait minci mais gardait ses joues haut perchées. Milo, lui, affichait toujours son allure d'aîné trop sérieux. Les parents Asseldor se tenaient bien droits avec un sourire qui creusait les plis de leurs yeux et marquait leurs grands fronts.

Et Mano… Quand Tobie prit Mano dans ses bras, il comprit que la vie ne l'avait pas épargné. Le pauvre Mano semblait fragile comme une goutte gelée au bout d'une branche. Le battement d'aile d'une coccinelle aurait suffi à le briser.

– J'ai beaucoup pensé à toi, Tobie Lolness…, lui dit Mano dans un filet de voix.

191

Tobie trouva une place parmi eux. Les épaules se touchaient. La chaleur volait autour d'eux. Il y avait dans la cheminée un moucheron à la broche, farci de noix fraîche. On servait aussi un vin de noix dont les vapeurs rappelèrent à Tobie les nuits dans les Basses-Branches quand, avec son père, couchés sur le toit de la maison, ils écoutaient le murmure de l'arbre.

La petite Neige était toute fière de voir tant de monde se nourrir de la noix qu'elle avait trouvée. Elle s'était rempli les poches d'éclats de cerneaux frits et avait le contour de la bouche tartiné de beurre. Assise sur le rebord de la fenêtre, elle regardait les réjouissances en maîtresse de maison.

Au dessert, Lex se pencha vers l'oreille de Tobie.

– M. Amen est passé aujourd'hui. Il veut te parler.

Sans attendre, Tobie se leva de table. On lui cria :

– Bonne année !

On venait de basculer dans la nouvelle année.

Tobie arriva donc en plein milieu de la nuit du côté de la cabane perchée de Nils. Il allait entrer quand il entendit une voix forte à l'intérieur. Tobie se glissa sous le plancher.

– Tu étais où, mon fils ?

– Je voyageais.

– On t'a vu dans les mousses grises, au départ des Cimes.

– On me surveille ? demanda Nils, un sourire dans la voix.

Il y eut un silence.

– Tu ne fais pas la fête, ce soir ?

– Non. J'ai rapporté des relevés de là-haut. Je dois avancer sur la grande carte des forêts. Et toi, papa ?

– Tu travailles beaucoup, mon fils.

– Et toi ? Tu ne fais pas la fête ?

– J'y vais, expliqua Norz Amen. Je suis invité chez les voltigeurs.

– Châgne…

– Oui, Châgne et son beau-frère. Tu veux venir ?

– Je travaille. Salue-les pour moi.

– Châgne a une sœur qui n'est pas mariée, dit Norz.

– Ah bon…

– Je crois qu'elle te plairait. Tu devrais la voir de temps en temps…

Tobie entendit un bruit sourd. Le père et le fils devaient se donner l'accolade.

– Alors, embrasse pour moi la sœur de Châgne, papa.

– Avec plaisir, dit Norz d'une voix gourmande.

Le parquet grinça. La voix de Norz Amen résonna encore pour dire :

– Je suis fier de toi, Nils. Parfois, je pense à El Blue, le père de l'autre fou. S'il vivait encore, je ne sais pas ce qu'il penserait de son fils. Moi, je suis fier du mien.

– Si le père Blue vivait encore, dit Nils, son fils ne serait pas devenu ce qu'il est.

– Moi, bougonna Norz, j'aurais été capable du pire si mon fils avait trahi.

Le pas de Norz Amen se dirigeait vers la porte. Tobie

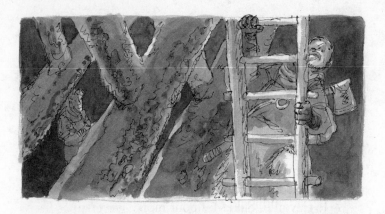

vit son ombre massive descendre l'échelle. Norz Amen était tellement solide qu'on l'appelait la brindille. Il était large comme un morceau de bois. L'échelle grinça.

D'une voix forte, Norz appela son fils d'en bas.

Nils se pencha à la fenêtre.

– Pourquoi tu vis là-haut ? demanda le père. Hein ? Tu ne voudrais pas une vraie maison sur l'écorce ? Quelle fille montera sur ton perchoir ? Tu y penses ? On ne grimpe pas aux échelles avec des jupons et des nœuds dans les cheveux.

– Je n'aime pas les bonheurs faciles, répondit Nils.

On entendit le père maudire au sujet de son fils, mais il termina par un « espèce d'andouille » bourré de tendresse.

Il s'en alla.

Tobie entra dans la cabane un instant plus tard.

Nils le regardait et lui sourit.

Le visage de Tobie semblait dire :

– Alors ?

Mais il se taisait. Nils finit par articuler :

– Je l'ai vue.

Tobie gonfla ses poumons. Il ne touchait plus terre.

– Elle est…, murmura Nils. Elle est magnifique, Tobie.

Tobie baissa les yeux.

– Tu es sûr que c'était elle ?

– Non, répondit Nils avec un sourire. Elle ne m'a pas dit un mot. C'est une fichue tête de pioche. Elle ne répond pas. Elle te regarde sans bouger et tu as les os qui ramollissent.

– Oui. Alors, c'était elle, dit Tobie, ému.

Il la voyait. Il l'imaginait. Il retrouvait ce petit étourdissement qu'il avait ressenti à leur dernière rencontre. Ils avaient dévalé la pente, jusqu'au lac. Ils s'étaient retrouvés dos contre dos, debout, à bout de souffle, sur la plage d'écorce. Ils n'arrivaient pas à parler. Une onde de joie les encerclait et effleurait leur peau.

L'histoire reprenait là. Trois ans plus tard.

Tobie demanda :

– Tu lui as dit que je suis revenu ?

– Non. Quelqu'un nous écoutait. Je ne lui ai rien dit. Léo est content de moi. Il veut que je revienne. Il veut que je passe du temps avec Elisha. Mais…

– Quoi ?

– Je dois faire attention. Si je suis vu dans le nid…

– Tu dois y retourner, Nils.

– De quoi parlerai-je à cette fille, si je ne peux rien lui dire sur toi ? Tout ça ne sert à rien, Tobie.

– Si. Tu vas lui parler de moi. Je vais te dire comment. Mais d'abord, jure-moi que tu te méfieras de Léo. Il est plus intelligent que tout ce que tu imagines. Depuis que je suis petit, j'ai appris quelque chose, Nils. Il y a deux énergies dans la vie. La haine et l'amour. Les gens vivent de l'une ou de l'autre. Mais Léo a les deux. Elles coulent dans ses veines en même temps.

En disant ces mots, Tobie pensait à Ilaïa, la fille des herbes. Elle aussi était traversée de ces vagues contraires qui font les tempêtes.

– Comment parler de toi à Elisha, si je ne peux pas prononcer ton nom ?

Tobie alla s'asseoir près de son ami.

– Ce que je vais te dire maintenant, c'est elle qui me l'a appris. Il y a, sous les mots, des doubles fonds, comme sous le parquet de ta cabane. On peut y cacher des messages secrets qui ne sont trouvables que par certains.

Tobie lui expliqua ce qu'il devait dire.

Il lui parla longuement, jusqu'au matin. Le toit de la cabane grinçait sous la neige. Les deux amis respiraient le parfum sucré de la lampe à huile.

À la fin, Nils dit à Tobie :

– Pourquoi tous ces secrets ? Pourquoi me faire confiance ?

– Parce que je ne peux pas faire autrement.

Nils serra la main de Tobie.

– Je retournerai voir Elisha.

Le jour se levait. Il y avait dans les branches une lumière dorée.

– C'est le premier matin du monde, dit Tobie en

regardant la voûte de l'arbre qui dessinait un vitrail de soleil et d'ombre. Viens avec moi. Ne reste pas seul aujourd'hui.

Il lui tapa sur l'épaule en riant.

– Mon pauvre Nils, poursuivit-il, on ne t'a même pas prévenu que tu caches cinq personnes de plus dans ton refuge du fond des bois. Viens. La famille Asseldor est arrivée. Tu vas les aimer.

Quand Maï Asseldor se réveilla, ce premier matin de l'année, ce premier matin du monde, elle ignorait que ce jour ne serait pas pour elle comme les autres jours.

Elle ouvrit les yeux. À côté d'elle dormaient ses parents, ses deux frères, et la petite Neige tout enroulée dans une couverture bleue.

Mia et Lex avaient leur chambre juste en dessous.

En arrivant, quelques jours plus tôt, Maï s'était inquiétée de retrouver Lex dont elle avait été longtemps amoureuse en secret. Mais à peine entrée dans cette maison, voyant le couple que Lex formait avec sa sœur, voyant la douce Neige à leurs pieds, Maï avait compris que ces deux-là étaient faits l'un pour l'autre.

Il n'y avait plus pour Maï la sensation d'un bonheur qu'on lui aurait volé. Il y avait d'un côté le bonheur de Mia, d'un autre le sien qui prenait un chemin plus sinueux et plus long.

Mais qui pense que les plus beaux voyages sont toujours les plus courts ?

Maï se leva donc avec cette légèreté neuve de quelques jours.

Elle se glissa en dehors du grenier, prit sa gabardine mauve qui pendait à la porte et descendit vers la cuisine.

Les Asseldor retrouvaient peu à peu les gestes simples de la liberté.

Maï entra dans la cuisine. Elle vit d'abord Tobie, le visage penché sur la fumée d'un bol de jus d'écorce noir. Puis elle vit en face de lui un autre garçon qui buvait le même breuvage.

– Bonjour, dit-elle.

– Bonjour, Maï, dit Tobie.

Elle passa derrière la chaise de Tobie et l'embrassa sur la joue.

– C'est Maï Asseldor, dit Tobie à l'inconnu. La grande sœur de Mia.

– Bonjour, dit le jeune homme.

Elle attrapa une tasse, sortit et revint avec de la neige.

Maï s'assit et versa un peu de sirop de sucre dans son bol de neige.

– Qu'est-ce que vous mangez ? demanda l'inconnu.

– De la neige avec du sucre. J'aime ça.

– Pour le petit déjeuner ?

– Oui.

– Vous n'avez pas envie de quelque chose de chaud ?

– Non.

Tobie retrouvait bien là le grain de folie des sœurs Asseldor. Il poussa son bol bien chaud vers Maï.

– Goûte ça. C'est bon, c'est brûlant, c'est le bonheur.

Maï refusa en souriant. Elle regarda Tobie et lui dit gravement :

– Je n'aime pas les bonheurs faciles.

Où Tobie avait-il entendu cette phrase ? Il aurait juré l'avoir entendue le jour même… Il se tourna brusquement vers Nils.

– Maï, dit Tobie… Je ne t'ai pas présenté Nils Amen…

Nils ne put dire un mot. Il avait déjà les yeux perdus dans la rousseur de Maï Asseldor.

13

Le vieux avec la crêpe sur la tête

– Tu restes là.

Voilà ce que lui avait dit Mika en lui dessinant un rond avec le doigt sur la paume de sa main, et un point au milieu. Le rond et le point, ça voulait dire :

– Tu restes là. Je reviens.

Mais Mika n'était pas revenu.

Liev restait donc là. Il savait bien qu'il faisait nuit depuis longtemps. Il ne faut pas prendre les aveugles pour des imbéciles.

Il savait aussi que le silence devait être presque complet. On a beau être sourd, on n'est pas forcément bouché.

Même sans voir ni entendre, Liev avait des millions d'indices qui lui disaient à tout moment ce qui se passait autour de lui. Il posait sa main sur le sol, humait l'air ou le goûtait avec la langue… Il n'était pas du tout une petite créature terrorisée dans sa boîte fermée.

Liev était un grand gaillard qui avait poussé au milieu des herbes et développé toutes les ruses pour survivre.

Mais il devait bien reconnaître qu'il avait besoin de Mika.

À quelques centimètres de là, Mika attendait. Il avait rampé et grimpé au milieu de toutes les piques emmêlées qui servaient de clôture. Il était en train d'attraper froid.

Le cratère était traversé de cette terrible barricade hérissée. En tentant de la franchir, on risquait de se faire transpercer par ces épingles dressées. Aucun contact n'était possible entre les vieux savants et les Pelés.

Pourtant depuis plusieurs jours, Mika, Tête de Lune et les autres se relayaient pour aller se perdre un par un en plein milieu de la barricade, comme un brin de paille dans une botte d'aiguilles.

Ils voulaient parler au vieux.

Le vieux avec les ronds sur les yeux.

Le vieux avec la crêpe sur la tête.

C'est Tête de Lune qui en avait parlé le premier. Et tous se rappelaient l'avoir vu en arrivant dans le cratère. Un vieux, avec des ronds sur les yeux et une crêpe

noire sur la tête. Ainsi voyaient-ils les lunettes et le béret de Sim Lolness. Un vieux qui avait l'air gentil et intelligent et qui pouvait peut-être les aider. Et puis ils savaient que cet homme avait parlé à Tête de Lune du signe que Petit Arbre portait autour du cou.

Le peuple de l'herbe, qui a l'habitude de tresser ses épis ensemble au début de l'hiver, sait bien qu'il doit compter sur les autres. Il y avait, de l'autre côté de la barricade, d'autres prisonniers qui seraient peut-être prêts à nouer leurs pauvres destins avec les leurs.

– J'ai vu des vieux arbres à cheveux blancs qui creusent comme nous toute la journée, avait dit Jalam. Je les ai vus en passant. Au milieu d'eux, j'ai vu le vieux avec la crêpe sur la tête.

Certains Pelés ne voulaient pas croire qu'on pouvait compter sur quiconque dans cet arbre.

– Ne faisons confiance à personne, disaient-ils.

Mais Jalam et les autres leur demandèrent :

– Souviens-toi de Petit Arbre… Est-ce que tu ne lui aurais pas confié la ceinture de lin de ta fille ?

Un bourdonnement favorable répondit à la question. Même les plus inquiets devaient reconnaître que l'exemple de Petit Arbre prouvait que tout n'était pas pourri au royaume des branches.

L'un après l'autre, ils passèrent donc leurs nuits à guetter dans la barricade le passage du vieux à la crêpe.

Mika se rappela soudainement que Liev l'attendait. Le vieux ne passerait plus cette nuit-là. Il fit demi-tour et déchira un peu son pyjama brun contre une pointe.

On avait habillé les gens de l'herbe de ces tenues de bagnard, qui leur allaient aussi bien que des bretelles à un lézard.

C'était peut-être le seul épisode qui avait fait franchement rire les Pelés depuis bien longtemps. Le moment où on leur retirait leurs tuniques de lin pour les vêtir de l'uniforme réglementaire donnait lieu à des scènes qui les amusaient énormément. Ils se regardaient les uns les autres, se montrant du doigt, pliés en deux à force de rire. Le pantalon était sûrement l'accessoire qu'ils trouvaient le plus drôle. L'idée de ces deux tubes reliés à la taille leur paraissait hautement comique. Et pourquoi pas des housses pour glisser les oreilles ?

Les gardiens étaient exaspérés par ces fous rires qui surgissaient à ce moment prévu pour être le plus humiliant. En fait, les Pelés ne cessaient de surprendre et d'agacer leurs gardiens. Ce n'était pas qu'ils étaient insoumis, au contraire. Mais leur bonne humeur, leur patience et leur solidarité avaient quelque chose d'insultant pour ceux qui se fatiguaient à les persécuter.

Ne pouvant voir ni entendre, Liev ne savait pas exactement où il se trouvait depuis six mois, mais il avait compris les règles du jeu.

Une prison. Des gentils. Des méchants. Du travail à faire.

Le devoir de rester debout.

Au début, les hommes de Jo Mitch l'avaient pris pour un imbécile. Liev ne répondait pas aux questions, souriait en gardant ses yeux noirs dans le vague. Ils avaient bien envie d'éliminer ce simplet inutile, ou de s'en servir comme cible pour progresser aux fléchettes. Mais Mika avait montré ce que Liev était capable de porter à lui seul. Avec cinq seaux de toile pleins de copeaux à la ceinture, et deux sur les épaules, il montait et descendait le cratère en suivant une corde. Il travaillait comme quatre.

On lui avait donc donné sa chance en attendant qu'il s'épuise ou se casse un bras. Le jour venu, on lui réglerait son compte.

Liev sentit une vibration lointaine. Quelqu'un venait. Il reconnut le pas caressant d'un Pelé, puis la main de Mika qui prenait la sienne.

Ils allèrent se coucher auprès des autres. Tête de Lune se redressa dans le noir en s'appuyant sur le coude.

– C'est vous ?

– Oui.

– Vous avez vu le vieux ?

– Non.

– Belle nuit, Mika. Belle nuit, Liev.

– Belle nuit, Tête de Lune, répondit Mika.

Liev dormait déjà. La nuit, il retrouvait dans ses rêves les provisions d'images et de sons, récoltées par paniers entiers, quand il était tout petit, avant sa maladie. Ses nuits étaient remplies de couleurs, de couchers de soleil, de visages, de voix douces, de chants et de bruits de ruisseaux dans l'herbe…

Au même instant, de l'autre côté, une réunion avait lieu dans le dortoir de Sim Lolness. La trentaine de vieux sages, assis sur leurs lits superposés, avait l'air d'attendre le signal de départ d'une bataille de polochons.

En fait, ils attendaient plutôt le verdict de Sim qui faisait de savants calculs, les yeux fermés.

– Trois mois. Il faudra trois mois de plus.

Il y eut des soupirs de lassitude et même des larmes écrasées sur les joues ridées. Quelques heures plus tôt, ils croyaient être au bout du tunnel. Trois mois !

Chaque jour compte quand on est vieux et fatigué.

Un peu plus tôt dans la soirée, Zef Clarac, allongé dans le tunnel, avait donné quelques derniers coups de rabot, soulevé une latte de parquet et glissé un œil dehors. Il était revenu précipitamment dans le tunnel. Le vieux Lou Tann qui était avec lui murmura :

– Alors ?

Le visage hideux de Zef était en plus défiguré par une grimace. Le résultat était abominable.

– Ça sent mauvais.

Lou Tann poussa Zef et sortit la tête à son tour.

Il la rentra aussitôt en se pinçant le nez.

– C'est une infection.

– Le parfum de la liberté, ricana Zef. Qu'est-ce qu'on fait ?

On entendit des bruits bizarres, des gargouillis suivis de détonations.

– J'y retourne. Je vais essayer de comprendre.

Cette fois Zef passa la tête jusqu'au cou. Il découvrit deux gros souliers qui n'étaient pas là une minute plus tôt. L'atmosphère était irrespirable. Il comprit tout quand il reconnut l'odeur de vieux mégot qui se mêlait au reste. Il rabattit la lame de parquet sur sa tête et se tourna vers Lou Tann.

– Les cabinets…, bredouilla-t-il. Les cabinets de Jo Mitch.

Lou Tann se tapa la tête contre la paroi.

– Nom d'une mite ! On s'est trompés.

La nuit même, dans le dortoir, ils expliquèrent aux autres leur découverte. Toute l'équipe fut effondrée. Des mois de retard ! Sim Lolness ne tenait plus en place. Il avait l'air ravi. Il était même au comble de l'excitation.

– C'est la meilleure nouvelle que je n'ai jamais reçue, dit-il.

Même à cent deux ans, le conseiller Rolden aurait bien cassé la gueule de son ami.

– Dis plutôt que tu t'es planté, vieux schnock, dit-il à Sim Lolness.

– Tais-toi, Rolden. Je te dis que c'est une bonne nouvelle.

– Tu crois que c'est une bonne nouvelle de crever ici ?

Ils allaient en venir aux mains. Maïa jeta un regard à son mari.

– Il faudra apprendre à compter, murmura quelqu'un, au fond.

Sim serrait les dents.

– Qui a dit ça ?

Personne ne bougea. Sim retira ses lunettes et se frotta les yeux. Il respira un grand coup, se tourna vers Albert Rolden.

– Parfaitement, jeune homme, je me suis lamentablement trompé. Je comptais bien, mais je ne comptais pas sur lui.

– Qui ?

– Lui. Celui qui nous porte, nous alimente, nous habille… Lui !

Sim fit un geste en agitant les bras autour de lui. Personne ne comprenait rien. Le professeur répéta trois fois d'un ton pénétrant :

– Il se bat. Il se bat. Il se bat.

– Qui ?

– Quoi ?

– Qu'est-ce qu'il dit ?

Les détenus regardaient Sim Lolness comme un illuminé.

– L'arbre, je vous dis ! L'arbre se bat ! L'arbre se défend contre nous ! L'arbre résiste ! Il bouge ! Il se cuirasse ! Tous mes calculs étaient justes, mais j'oubliais

207

que l'immense trou du cratère est comme une cicatrice. L'écorce cherche à guérir cette plaie. Elle rampe sur les bords du trou. Voilà pourquoi on s'est trompé. L'écorce bouge. L'arbre se bat !

Sim reprit son souffle. Il se tourna vers sa femme et lui dit :

– Voilà cinquante ans que je le crie dans les branches : l'arbre est en vie !

Le conseiller Rolden était allé s'asseoir sur son lit. Le petit dortoir était maintenant tout recueilli autour de cette grande nouvelle. Mais Zef Clarac osa demander :

– Et nous ? Comment on fait ?

Sim lui fit un sourire.

– On creuse, répondit-il.

Il y avait donc encore trois mois de travail. On reboucherait soigneusement l'issue des cabinets, pour éviter de mourir asphyxié. Sim avait fait de nouveaux calculs. Il fallait prolonger la galerie de quinze centimètres.

Rolden ne parla pas pendant plusieurs jours.

Ces longs mois, Sim avait l'intention de les mettre à profit pour retrouver le petit Pelé qui portait le signe des Lolness.

Ce garçon savait sûrement quelque chose de Tobie. Il fallait réussir à parler avec lui.

C'est alors qu'il pensa à Minouilleka.

Minouilleka était la seule gardienne du cratère. Elle était deux fois plus large et haute que le plus épais de ses collègues. Minouilleka s'occupait de Maïa Lolness, seule femme détenue dans cette partie du cratère. Elles

208

s'étaient déjà trouvées l'une en face de l'autre, il y a bien longtemps, dans des moments douloureux, quelques secondes avant que Tobie ne disparaisse à jamais.

À cause de ce souvenir et pour bien d'autres raisons, Maïa aimait bien Minouilleka. Elle avait très vite compris que cette montagne avait du cœur. Leur relation s'était renforcée quand Mme Lolness avait interrogé sa gardienne sur son enfance.

Cette dernière ne répondit pas, garda le silence pendant plusieurs semaines, mais au bout d'un mois, elle reconnut :

– J'ai pas été une enfant couvée…

Maïa découvrit au fil des jours que Minouilleka avait passé la plus grande partie de son enfance dans un cageot, au fond d'un garde-manger. De là venaient son solide appétit et quelques déséquilibres dans sa tête.

Dès le lendemain de l'intrusion dans les cabinets de Jo Mitch, Sim Lolness demanda à voir Minouilleka.

– J'ai un petit service à vous demander, chère madame, dit Sim.

Il s'était frotté les yeux pour qu'ils soient rouges. Il se mouchait régulièrement.

Minouilleka se courba pour l'écouter. Même s'il mesurait quasiment deux millimètres, le professeur avait l'impression soudaine d'être un nain. Elle penchait son oreille vers lui. Cette femme colossale était capable d'une grande délicatesse. Sim regretta de devoir lui mentir.

– J'ai perdu quelque chose, expliqua-t-il. Un petit

pendentif gravé. C'est un souvenir. Mon fils l'avait offert à ma femme qui m'a demandé de le lui garder. Je l'ai perdu, je ne veux pas encore le dire à Maïa. C'était tout ce qu'elle avait, oui, tout ce qui lui restait de notre fils…

Il montra un dessin représentant le signe des Lolness.

– Si vous le trouvez, dites-le-moi. Quelqu'un l'a peut-être pris… Je vous serai éternellement reconnaissant, madame.

Minouilleka écouta chaque mot de cette dernière phrase. Elle ne savait même pas que ce genre de formule existait.

« Éternellement reconnaissant, madame… »

Ces trois mots collés, ça faisait plaisir à entendre.

Elle articula :

– Ouais, d'accord, ouais, un peu gênée de n'avoir que son pauvre langage pour répondre à un tel poète.

Minouilleka attrapa le papier entre ses gros doigts rassemblés en tas comme des bûches, et elle s'en alla.

Le lendemain, elle se présenta au professeur, très embarrassée. Elle avait retrouvé celui qui portait le signe.

– Mais… il veut pas.

– Comment ? demanda Sim.

– Il veut pas le rendre.

Sim prit quelques secondes pour réfléchir. Comment Minouilleka pouvait-elle obéir à ce petit Pelé ? Cette femme n'était pas qu'une montagne. C'était aussi un mystère. Sim venait d'avoir une idée.

– Alors expliquez-lui que je suis le père de celui qui a fait cette médaille. Demandez-lui où il l'a trouvée.

– Ouais, dit Minouilleka.

Elle laissa Sim tout étonné de l'échange qui débutait à distance avec cet étrange correspondant. Le soir même, le miracle continua.

– Il veut pas dire où il l'a trouvé. Mais il veut bien vous parler.

Sim demanda :

– Où ?

– Il peut venir ici demain.

– Ici ? répéta-t-il.

Tout cela devenait un conte de fées. Sim allait enfin savoir.

Ce soir-là, Sim fit une conférence au sujet des insectes. Ce fut la conférence la plus brève, la plus simple et la plus brillante de sa carrière. Les bonnes conférences sont celles qui donnent envie de chercher, de vérifier, de poser des questions. Les bonnes conférences ouvrent les yeux sur les réalités les plus simples.

Enfin, les conférences sont comme les plaisanteries ou les maladies : les plus courtes sont les meilleures.

Voici le texte intégral de la conférence prononcée dans les premiers jours de janvier par Sim Lolness et qui portait le titre suivant : « Les insectes ».

– Les insectes ont six pattes.

C'était tout.

Après avoir dit ces cinq mots, le professeur commença à ranger ses affaires. La conférence était finie. Il laissait son public en ébullition.

– Des questions ? demanda-t-il distraitement.

Toutes les mains se levèrent. Plum Tornett avait un sourire jusqu'aux oreilles. Il admirait l'audace de son maître. Sim répondit brièvement à ceux qui l'interrogeaient.

– Mais les araignées ont dix pattes ! lança Zef.

– Alors ce ne sont pas des insectes, M. Clarac ! Ce sont des arachnides.

– Les fourmis ?

– Six pattes, donc ce sont des insectes.

– Les mille-pattes, professeur, ne me dites pas que les mille-pattes ne sont pas des insectes ?

– Je crois que j'ai été clair. Les insectes ont six pattes, pas une de moins, et pas neuf cent quatre-vingtquatorze de plus. Les insectes sont les seuls animaux au monde à avoir six pattes. Les seuls, vous entendez ? Je n'ai rien d'autre à dire. Et hop !

Personne n'avait jamais donné une définition de l'insecte aussi claire, aussi évidente. On se torturait l'esprit à différencier l'insecte et les autres espèces, par leur alimentation, leurs antennes, leur taille ou leurs œufs.

Comme toujours, Sim allait droit au but.

Il devait aussi reconnaître qu'il était impatient de se coucher et de rencontrer, dès le lendemain matin, le jeune Pelé.

– Jolie conférence, mon chéri, lui dit Maïa en arrivant au dortoir.

– Quand je serai vraiment grand, répondit le professeur, je ferai une conférence avec un seul mot.

Au-dessus d'eux, dans le lit superposé, une petite voix passait en revue tous les insectes :

– Les punaises, par exemple, les punaises ont six pattes. Les papillons, six pattes. Les scarabées…

C'était Lou Tann, le cordonnier. Il parlait tout seul. Sim et Maïa riaient doucement. Émerveillé par la révélation de Sim, Lou Tann y passa la nuit.

– Les mouches, six pattes. Les coccinelles, six. Les grillons…

Le pauvre Rolden qui creusait seul le tunnel ce soir-là sortit à minuit de la trappe du bureau. La classe était vide depuis longtemps. Le cours s'était terminé avec deux heures d'avance. Il était enfermé. Il frappa très fort contre la porte de la salle. Deux hommes de Jo Mitch vinrent lui ouvrir. Ils ricanaient bêtement.

– Alors, pépé, on s'est endormi à l'école ? On est un peu ralenti… Il faut prendre des vitamines…

Le centenaire haussa les épaules devant ces deux nigauds. Qui pouvait croire que cet homme venait de passer quatre heures à creuser un tunnel pour s'évader ? Il n'était pas le plus ralenti des trois.

Sim attendait maintenant la fameuse rencontre. Il patientait dans le minuscule placard qu'on lui avait donné comme bureau et comme laboratoire. La porte s'ouvrit. Minouilleka passa la tête.

– Il est là.

Sim sortit. Il sentait ses jambes vaciller.

Il arriva dehors un peu aveuglé par la lumière. De la poussière de bois volait dans l'air. Ses compagnons étaient au travail depuis l'aube dans le cratère.

Devant lui, il n'y avait pas de Pelé. Il y avait un soldat avec un sourire tordu. Un grand soldat au regard vénéneux qui jouait avec son harpon comme un scorpion au soleil.

– Il s'appelle Tigre, dit Minouilleka.

Tigre portait autour du cou le signe des Lolness. Il l'avait arraché dès les premiers jours à Tête de Lune.

Depuis quelque temps, Sim communiquait donc avec cet homme. Il lui livrait sans le savoir des informations précieuses.

– C'est intéressant, tout ça…, dit le soldat. On en découvre des choses, avec vous, professeur.

– C'est mon métier, dit calmement Sim.

Tigre passa sa langue sur sa lèvre supérieure. Il touchait du doigt le petit morceau de bois qui pendait à son cou.

– Comment ce Pelé a-t-il trouvé cette chose, si cette chose appartenait à votre fils ?

– Ma femme l'a égaré. Elle le portait dans le cratère. Ce garçon a dû le ramasser.

– Tout le monde pense que Tobie Lolness a disparu pour toujours…

– Oui, dit Sim.

– Et si moi, je commence à penser le contraire ? Peut-être qu'il rôde encore… Je connais quelqu'un qui serait content d'avoir ce genre d'information.

– Oui, dit Sim. J'en connais un : il s'appelle Sim Lolness. Rien ne le rendrait plus heureux.

– Non, lâcha le soldat. Je pense à un certain Jo Mitch.

En réalité, Tigre n'avait pas l'intention de dévoiler ses soupçons. C'était une piste trop rentable. S'il pouvait en même temps retrouver Tobie, ennemi public numéro un sur la fameuse liste verte, et démontrer le lien des Lolness avec les Pelés, ce serait une gloire double… Ce serait surtout une double récompense.

Enfin, dans un recoin sordide de l'esprit de Tigre, il y avait l'idée qu'il récupérerait peut-être la pierre de l'arbre.

– Je crois que mon fils n'est plus de ce monde, dit Sim Lolness. Mais je vous remercierais de tout mon cœur si vous me prouviez le contraire.

Sim lui tourna le dos. Il savait qu'il avait fait une immense erreur.

– Méfiez-vous, lui lança Tigre.

Sim Lolness marmonna :

– Vous ne me faites pas peur.

– Vous êtes bien sûr ? Nous avions un ami commun, M. Lolness. Il disait la même chose que vous.

Sim s'arrêta. Que lui voulait encore cet homme ?

– J'ai été le gardien de Nino Alamala, il y a des années.

Sim planta son regard dans celui de Tigre. Il comprit immédiatement.

Alamala avait été un très cher ami de Sim. Tout le monde se souvenait de ce peintre qu'on avait accusé de l'assassinat de sa propre femme.

Sim s'était chargé de défendre son ami au procès.

C'était une histoire terrible. Une histoire qui avait changé à jamais la vie des Lolness.

La belle Tess Alamala avait été retrouvée le crâne fracassé sur une branche. Elle était danseuse et funambule. On avait vite compris qu'elle était tombée de son fil tendu quelques rameaux plus haut. Nino était inconsolable.

Les premières enquêtes conclurent à un accident imbécile. Beaucoup de gens répétaient que Tess Alamala l'avait bien cherché. Personne ne lui demandait de marcher sur un fil. Elle n'avait qu'à se promener comme tout le monde les pieds sur les branches.

Assez vite, ces reproches s'étaient portés sur Nino, le

peintre, dont l'activité était aussi fantaisiste et inutile, et qui avait laissé sa femme grimper là-haut. On répétait qu'ils avaient un bébé, que c'était irresponsable et criminel.

Ces dernières accusations avaient poussé un vérificateur à venir chez Nino Alamala pour fouiller dans ses affaires. Il avait trouvé un petit tableau dans un coin. Le portrait représentait Tess marchant dans les airs. Au dos, il y avait une phrase qui servait de titre : *Je couperai le fil pour te voir voler.*

Le soir même, Nino Alamala était jeté en prison.

Le procès commença quelques mois plus tard. Le professeur Lolness défendait donc son ami. Sa plaidoirie fut brillante. Il disait que c'était la poésie qui était en procès, que la vie ne serait pas la vie sans les peintres et les funambules. Sim disait :

– Si j'écris à ma femme : « Tu es ma petite flamme », je n'ai pas forcément l'intention de la griller dans ma

cheminée. La merveilleuse Tess Alamala est morte par accident, dans l'exercice de son art. Nous ne pouvons que pleurer avec Nino.

Nino Alamala était apparu très digne et très beau sur le banc des accusés. On lui avait tout de suite reproché de se présenter les mains tachées de peinture. On parlait de manque de respect. Il s'était excusé humblement.

Sim s'était mis en colère. Plutôt que de regarder les mains d'un travailleur, comme on inspecte celles d'un enfant qui passe à table, il fallait lire sur son visage et dans son cœur, lire surtout la douceur de ses tableaux ! Nino était innocent.

Sim aimait les tableaux d'Alamala. C'étaient des œuvres de petit format. Et sa signature s'inscrivait toujours en bas, en rondeurs, comme un paysage vallonné, une signature si harmonieuse qu'on pouvait la lire en commençant par la fin : Alamala.

Une nuit, avant le résultat du procès, Nino Alamala fut tué dans sa cellule. On ne fit pas vraiment d'enquête sur cette mort, sous prétexte qu'on n'allait pas courir derrière l'assassin d'un assassin. On soupçonnait vaguement un de ses gardiens d'avoir voulu rendre une justice plus rapide.

L'histoire était vieille de quinze ans mais le souvenir restait intact. Sim réalisa que, bien avant l'arrivée d'un Mitch ou d'un Blue, la haine était déjà dans sa larve, prête à bondir.

En regardant Tigre s'éloigner, Sim Lolness comprit qu'il venait d'avoir devant lui le tueur d'Alamala.

Tigre était satisfait. Dès la tombée de la nuit, il irait faire un tour chez les Pelés. Tête de Lune ne pourrait pas lui résister bien longtemps.

On trouve toujours un moyen amusant de faire parler un enfant de dix ans.

14

Je reviens

Tobie et ses deux équipiers avaient suspendu leur filet à une guirlande de mousse échevelée qui se balançait au-dessus du vide. Ils faisaient une sieste dans ce hamac, bercés par le goutte-à-goutte de la neige qui fondait autour d'eux.

Ce mois de janvier connaissait une troisième grande journée de soleil. La nature se laissait tromper par le réchauffement. On entendait des sifflements d'insectes et des craquements dans les branches comme aux jours de printemps. Tobie ne dormait pas. Il écoutait le réveil de l'arbre au creux de l'hiver. Il savait que la fée hivernale s'abattrait à nouveau sur les branches le lendemain et rendormirait le monde sous son aile blanche.

Au milieu des gouttes d'eau du dégel, Tobie voyait passer dans l'air des traînées de boue. Ce devait être des flocons fondus. Il entendait aussi le ronflement rassurant de Châgne et de Torfou à côté de lui.

– Et si, un jour, l'arbre ne se réveillait pas… pensait Tobie.

Il savait le danger qui pesait sur les branches. Lex Olmech lui avait parlé de la réduction de la couche de feuilles, du pourrissement de l'écorce vers le nord.

Les prévisions de Sim Lolness se réalisaient toutes. Au printemps précédent, une partie des bourgeons avait séché sur place. On rejetait la responsabilité sur la mousse et le lichen… Mais Tobie, qui avait vécu dans la prairie, savait bien que le lichen pousse même sur le rocher. On ne pouvait donc pas l'accuser de pomper l'énergie de l'arbre. Il profitait seulement de l'espace et de la lumière laissés par la disparition des feuilles.

Les mousses et les lichens font partie de ces peuples vagabonds qu'on devrait remercier de planter leur camp dans les territoires abandonnés. Aurait-on idée de reprocher à des nomades de coloniser les branches ravagées par la sécheresse ou les incendies ?

Tobie aurait médité longtemps de cette manière, s'il n'avait entendu s'arrêter brutalement la respiration de ses deux amis. Il se redressa et tourna lentement les yeux vers Châgne et Torfou.

C'était un cauchemar. Deux sangsues en forme de bonnets allongés et gluants leur recouvraient la tête jusqu'au cou. Elles s'apprêtaient à les étouffer avant de les aspirer pour n'en laisser qu'un sachet vidé de son sang. Voilà donc ces traînées boueuses qui tombaient autour de lui. Des sangsues de printemps qui s'étaient perdues dans le calendrier.

Tobie se jeta avec sa hache sur la tête de Châgne. La matière élastique et glissante de la sangsue ne se laissait

pas entamer. La lame dérapait et risquait de trancher le cou des pauvres bûcherons. Tobie se mit à hurler. D'autres sangsues pleuvaient autour de lui dans le filet.

Fuir. C'était la seule solution. Mais Tobie n'en avait pas la force. Même s'il s'échappait, l'image de ses compagnons gesticulant à côté de lui le poursuivrait jusqu'à sa mort.

Une grosse sangsue tourna sa ventouse vers les épaules de Tobie. Il se croyait condamné, quand, venue de nulle part, une flèche enflammée vint traverser entièrement la gluante bestiole. Celle-ci se rétracta d'un seul coup et tomba au fond du filet.

D'autres flèches jaillissaient de tous les côtés. Le feu prenait dans le hamac. Les bestioles se débattaient. En un instant on vit réapparaître les visages de Châgne et de son beau-frère. Les sangsues lâchaient prise en se recroquevillant et roulaient au milieu des flammes. Tobie poussa un cri de victoire, mais ce qui retenait les trois voltigeurs n'était plus qu'un filet de cendre. Il céda brutalement.

Les hommes tombèrent de plusieurs centimètres et atterrirent dans une sorte de pâte brunâtre qui leur arrivait au torse. Sauvés ! Ils reprirent pied et s'étreignirent les uns les autres, le corps et le visage recouverts de cette matière presque noire. Tobie regardait dégouliner sur ses mains la sauce étrange dans laquelle ils nageaient. Où pouvaient-ils se trouver ?

– On vous dérange ? demanda quelqu'un, à côté d'eux.

Torfou, Châgne et Tobie étaient tombés dans une grande cuve montée sur un traîneau à plumes. Ils étaient entourés d'arbalétriers et de porteurs de torches qui les regardaient sans trop de tendresse. Torfou et Châgne se jetèrent un coup d'œil inquiet.

– M. Mitch fait son boudin ! dit Torfou entre ses dents.

Tobie tourna et retourna cette phrase dans sa tête, il pensait qu'elle comportait un message codé.

– M. Mitch fait son boudin…, répéta-t-il lentement pour comprendre.

À ce moment on fit monter un gros machin jusqu'au ras de la cuve, une grosse chose vêtue d'un petit costume de chasse et qui débordait d'une chaise à porteur.

Tobie se figea sur place.

C'était Jo Mitch. Et il n'était pas content.

En le regardant bien Tobie se dit que cet homme ressemblait de plus en plus à un grumeau. Il n'avait pas de forme précise. À chaque expiration, il laissait échapper un shluuurp aussi distingué qu'une fuite de sauce entre deux tartines.

Jo Mitch. Le monstre allait-il reconnaître Tobie ?

– M. Mitch fait son boudin, expliqua quelqu'un à côté de lui.

Décidément, la formule était à la mode.

Ce que Tobie n'avait pas compris, c'est que Jo Mitch était effectivement en train de préparer son boudin pour l'hiver.

Entouré d'un nombreux équipage, il chassait la sangsue. On tapait sur les branches, car les sangsues se laissent tomber quand elles sentent les vibrations. On

les abattait avec des flèches enflammées. Il suffisait ensuite de presser les bestioles sur place pour récolter leur sang caillé.

Tobie et ses amis étaient tombés dans la cuve de sang dont on allait pouvoir tirer de gros boudins noirs, longs et épais comme des bras de bûcheron.

Même sans cette couche de liquide noir sur le visage, Tobie n'aurait pas été démasqué par Jo Mitch. Il avait trop changé. Pourtant, tassé sur le marchepied de la chaise à porteurs, quelqu'un l'avait immédiatement reconnu.

Ce personnage était attaché à une laisse que tenait Mitch. Il était traité comme un animal domestique, ou

comme un porte-clefs au bout d'une ficelle. En voyant Tobie Lolness, son regard de bête traquée s'illumina.

Tobie n'eut pas la moindre hésitation. C'était Plum Tornett, le moucheur de larves des Basses-Branches, le neveu muet de Vigo Tornett. Tobie et lui échangèrent un regard.

— Nous sommes bûcherons, dit Torfou à Jo Mitch.

Cette phrase parut contrarier Mitch qui comptait bien intégrer ces trois vermines à son boudin. Il se gratta l'oreille en ronronnant puis il fit signe à l'un de ses hommes. Celui-ci se pencha vers son chef pour entendre son message baveusement susurré. Il se redressa, très pâle, gêné de contrarier le patron.

— Grand Voisin, je… Vous vous rappelez qu'on ne touche pas aux bûcherons…

Nouveau grondement de Jo Mitch.

— C'est un accident, dit Châgne. Nous avons été attaqués. Ça ne se renouvellera pas.

Mitch tira un peu sur la laisse et frotta les cheveux de Plum Tornett. Pour l'instant, la corporation des bûcherons était intouchable. Jo Mitch pensait au jour où il ferait une grande brochette de ce tas de prétentieux. Cette idée le détendait. Il aimait aussi sentir trembler sous sa main la petite tête du jeune Tornett.

Après quelques minutes de négociations, on fit sortir les voltigeurs de leur cuve et le cortège de Jo Mitch se mit en branle, les abandonnant là.

Les trois bûcherons trouvèrent une flaque où se rincer de l'odeur du sang avant que tous les charognards de l'arbre ne se jettent sur eux.

Tobie, en essorant ses vêtements de bûcheron, regardait au loin le petit point de Plum qui disparaissait au bout de la branche. La colère lui montait aux yeux. Quand viendrait l'heure de la vengeance ?

Il pensa enfin à Elisha.

Pouvait-elle se souvenir ? Elle était si sauvage. Pourquoi l'aurait-elle attendu, elle qui n'était jamais là où on la croyait, elle qui ne voulait appartenir à rien ni à personne ? C'était comme si Tobie avait laissé un papillon vivant sur un bourgeon, des années plus tôt, et qu'il s'attendait à le retrouver au même endroit, les ailes poudrées ! Impossible…

Nils était retourné dans les Cimes avec Léo Blue. Peut-être était-il en train de parler à Elisha. Tobie eut brusquement très peur. Existait-il encore pour elle ?

Oui, Nils parlait à Elisha.

Mais elle ne l'écoutait pas.

Elle se moquait de lui. Elle aurait préféré passer du temps toute seule avec l'ombre qui avait rejoint son poste d'observation au sommet de l'œuf. L'ombre était d'une compagnie bien moins ennuyeuse. Sa venue était toujours un rendez-vous troublant. Nils Amen, lui, enchaînait les banalités.

Elisha caressait le dessous de ses pieds. Il y avait bien longtemps qu'elle avait caché le trait bleu lumineux tracé dès sa naissance à l'encre de chenille.

C'est sa mère qui lui avait parlé un jour, dans les Basses-Branches, juste avant le massacre de leurs bêtes.

– Je ne pensais pas que ça arriverait un jour, avait-elle dit…

Ce jour-là, après un souper silencieux, la belle Isha prit le visage de sa fille entre ses doigts.

– Elisha, je ne t'ai jamais caché l'endroit d'où nous venons.

Elisha fit une petite grimace. Elle savait qu'elle venait des herbes, que sa mère avait grandi parmi les Pelés. Mais que connaissait-elle d'autre de ses origines ? Comment étaient-elles arrivées toutes les deux dans les branches de l'arbre ?

Elisha pencha un peu la tête. Elle n'avait jamais rien demandé à sa mère et ne se sentait pas capable de commencer ce soir-là.

– Tu sais, Elisha, le monde devient dangereux pour nous.

Isha avait pris un bol rempli d'une teinture brune.

– C'est de la poudre de maure, un papillon de nuit.

Elisha regarda sa mère attraper sa cheville et passer la poudre brune un peu grasse sur le plat de son petit pied. L'encre lumineuse s'éteignit. Le trait avait disparu.

Elisha frissonna. Elle se sentait toute nue. Isha lui tendit le bol de poudre. La jeune fille le saisit et passa à son tour la poudre de maure sur les pieds de sa mère.

Elles ressentaient toutes les deux ce que cet acte avait de grave et de triste.

Le dessous du pied est sacré chez les Pelés. Il est le seul point de contact permanent avec le monde. On l'appelle « la plante du pied », parce qu'il quitte rarement la surface des plantes.

L'effacement de la ligne était un acte rarissime qui rappelait les grandes tragédies de ce peuple.

Elisha et sa mère dormirent cette nuit-là l'une contre l'autre dans la maison aux couleurs. Elles croyaient entendre le battement d'ailes d'une armée de maures, ces papillons de nuit au vol lugubre. Quelles racines ou quels liens avaient-elles coupés pour se sentir toutes les deux aussi seules ?

Prisonnière des Cimes, Elisha regardait maintenant ses pieds éteints. Elle savait que, ce soir-là, en effaçant ce signe, sa mère lui avait sauvé la vie.

— Vous m'écoutez ?

— Non, répondit Elisha.

Nils Amen était devant elle et lui faisait lourdement la morale à propos de Léo Blue.

— Vous vous faites une idée fausse, continuait-il. On se fait toujours des idées sur les gens. Je connais bien Léo…

« Et c'est reparti… », pensa Elisha.

Elle avait compris le message. Elle commençait à se demander si ce garçon était tout à fait stupide. Elle jeta un regard vers le sommet de l'œuf, un regard qui implorait l'ombre perchée là-haut de la libérer de ce casse-pieds. Mais, comme toujours, l'ombre ne bougeait pas.

– Léo Blue n'est pas celui que vous croyez. Léo Blue…

– J'ai compris ! cria enfin Elisha, exaspérée. J'ai compris ! J'ai compris !

Nils se tut. Il savait que le moment était venu.

Elisha respirait à nouveau. Comment Tobie avait-il pu se lier d'amitié avec ce balourd ? Léo Blue, Nils Amen… Elle essayait de se consoler en se disant qu'il était peut-être mieux que Tobie ne soit plus là pour voir ce qu'avaient pu devenir ses anciens amis.

Était-ce parce qu'elle venait de penser à Tobie ? Elisha fut traversée d'une sensation étrange. Elle ferma les yeux et réalisa que Nils s'était remis à parler.

Mais il ne parlait plus de la même manière.

Il parlait lentement, suspendait chaque mot sur un fil de voix émouvant et fragile. On ne reconnaissait plus Nils Amen.

– La vie, c'est un nid d'abeilles abandonné, Elisha. Tu te promènes. La lumière ressemble à du miel. Il fait doux. Tu t'es perdue. On sent l'odeur de la cire. Tu appelles. Ta voix résonne. Tu cherches celui que tu as perdu. La vie, c'est ça.

Nils reprit sa respiration.

– Et puis une grosse ouvrière qui fonce vers toi en vrombissant. Tu te couches sur le sol, les bras protégeant ta tête. L'abeille passe au-dessus. Tu te relèves, la robe couverte de miel. Tu as eu peur. Tu entends une voix. C'est l'autre. Il est là. Tu cours dans les couloirs du nid. Tu le retrouves. Tu ne lui dis pas que tu as eu peur. La vie, c'est ça, Elisha.

Elisha tourna la tête pour enfouir dans l'obscurité son visage recouvert de larmes. Que se passait-il ? Que se passait-il ?

À la verticale de cette scène, Léo Blue venait de plisser imperceptiblement les yeux. Que voulaient dire ces mots étranges, incompréhensibles ? D'où venait cette émotion qui montait jusqu'à lui ?

Nils ne parvenait pas à savoir si son message atteignait la belle Elisha. Il disait simplement ce que Tobie lui avait demandé de dire.

– C'est aussi une averse sur la forêt de mousse, reprit-il. Tu crois que tu vas tenir accrochée là-haut, jusqu'au bout, jusqu'à la dernière goutte de pluie. En bas, on te supplie de descendre. Tu grelottes. Tu vas être malade. Il faut arrêter, aller te mettre à l'abri, Elisha. Mais tu restes là. Et même tes vêtements fondent. Tu es trop têtue, Elisha.

Là-haut, Léo Blue pensait aux soupçons d'Arbaïan. Sa main tremblait légèrement sur la coquille de l'œuf. Qui était vraiment ce Nils Amen ?

Elisha, elle, ne savait même plus où elle était. La voix rebondissait entre ses tempes.

Ce n'était plus la voix de Nils Amen. C'était une

autre voix revenue de très loin, une voix oubliée, cachée sous des années de tristesse, la voix de Tobie Lolness.

Les souvenirs tissent un langage secret, inviolable.

Le nid d'abeilles. La grande averse. Personne d'autre que Tobie et elle ne connaissait ces souvenirs lointains. Tout cela appartenait à ce qu'ils avaient de plus intime.

Elle en était certaine. Nils lui parlait au nom de Tobie.

Écoutant la voix de Nils Amen, dans la triste solitude de l'œuf, Elisha entendait ce message silencieux de Tobie, ce message codé, cousu entre les mots. Un message qui la soulevait du sol et la transportait ailleurs.

Tout devenait possible, car ce message disait : « Je reviens. »

Seconde partie

15

La trahison

Trois mois avaient passés.

L'hiver s'attardait dans les branches.

Ce qui jetait Norz Amen dans un gouffre de désespoir, ce qui lui déchirait les entrailles, c'est qu'il n'y avait plus aucun doute possible...

Norz le savait depuis longtemps : Nils était passé dans le camp ennemi.

Le premier jour, il n'y avait pas cru.

C'était au creux de l'automne. Norz dînait à la belle étoile avec le gros Solken, son plus ancien compagnon. Un vent presque chaud soufflait sur ce mois de novembre. Les deux bûcherons écoutaient la nuit : le frottement des dernières feuilles, le grésillement d'un hanneton égaré.

Ils se nourrissaient de pain et de bière de mousse.

Pour Norz Amen, ce vieil ami était le fidèle des fidèles. Solken avait autrefois été témoin de son mariage avec Lili, témoin de leur joie ce jour-là, de la danse traditionnelle des époux, nez contre nez jusqu'au matin, témoin de l'effroyable désespoir de Norz quand Lili était morte en accouchant de Nils, l'année suivante.

Pourtant, à l'époque, Solken s'était senti impuissant à consoler son ami. Il n'arrivait même pas à se consoler lui-même de la perte de Lili qui était comme une sœur pour lui et pour tant d'autres.

Lili Amen était une petite jeune femme, très douce, très légère, avec des yeux verts.

Ce qui est beau a toujours l'air immortel… Personne ne pouvait imaginer que Lili disparaîtrait un jour. Et sûrement pas en donnant la vie à son premier enfant.

Le gros Solken, brisé par le chagrin, avait mis plusieurs semaines avant d'être capable de se mettre debout devant son ami Norz, et de lui dire : « On l'aimait tous beaucoup, tu sais. On va t'aider, mon vieux. »

De toute façon, Norz, droit comme une brindille, n'avait accepté aucune aide, aucun soutien. Il avait élevé Nils tout seul. Ou plutôt, il l'avait regardé s'élever tout seul.

Solken, lui, savait que ce n'était pas la voix rugueuse et les claques de Norz qui avaient fait de Nils l'être exceptionnel qu'il était devenu, c'était une main aérienne, invisible : la main de l'absente.

Le jour où Nils, dans la grande clairière, sauva la vie de Tobie Lolness, ce jour-là seulement, Norz découvrit l'homme qu'était devenu son fils.

Maintenant, trois années plus tard, Solken se tenait en face de Norz Amen, dans la clairière. Et tout allait s'effondrer.

– Pourquoi tu ne parles pas ? demanda Norz.

Solken regardait son ami. Il ne trouvait plus la force de prononcer les mots qu'il était venu dire.

– Parle, cloporte ! dit Norz en éclatant de rire.

– Ton fils, Nils…

– Oui ?

– Où est-il ?

– Ne prends pas cet air ténébreux, Solken. Mon fils est chez lui, dit Norz. Si tu veux lui demander un service, il fera pour toi tout ce qu'il pourra.

– Je ne veux rien devoir à un traître.

Norz se leva, ferma son poing et prit son élan pour assommer le bûcheron Solken. Il arrêta ce poing un pouce avant qu'il n'écrase la face de son ami.

– Répète ce que tu viens de dire.

La voix de Solken tremblait d'émotion.

– J'ai dit que je ne parle pas aux traîtres.

Norz ferma les yeux pour ne pas réduire son meilleur ami en bouillie. Son poing restait serré, tremblant, prêt à exploser. Solken poursuivit :

– Pardonne-moi, Norz, mais ce que je dis est vrai. J'ai vu ton fils là-haut près du nid. Il y va souvent. Il rencontre Léo Blue en secret.

– Nils ?

– Oui, Nils. Je l'ai vu. Si tu me donnes la preuve que j'ai inventé cette histoire, alors tu pourras même me tuer avec ton poing.

Norz ouvrit sa main, il regarda sa paume et la passa lentement de haut en bas sur son propre visage comme pour chasser un fantôme. Puis il tourna la tête vers Solken en l'interrogeant des yeux.

Le courageux Solken hocha la tête. Il ne mentait pas.

Le lendemain, Norz constata de ses yeux la faute de Nils. Il vit même Léo lui serrer la main à la sortie du nid. Norz mordait ses lèvres pour ne pas hurler le prénom de son fils.

Solken avait juré qu'il ne dirait rien. Avec Norz, ils étaient les seuls à connaître le crime de Nils Amen.

Norz savait ce qu'il devait faire. Au fond de lui, il le savait.

Il n'y a qu'un seul châtiment pour les traîtres.

Il avait prévenu Nils depuis longtemps. La liberté ou la mort. La vie de centaines de bûcherons en dépendait. La survie de l'arbre aussi.

Norz devait éliminer le traître, même s'il était son fils.

Il prévoyait d'agir seul pour garder intacte la réputation des Amen. On ferait croire à une mort accidentelle. Personne n'apprendrait la trahison.

La dernière nuit de l'année, Norz avait failli passer à l'acte. Il était avec Nils dans sa cabane, une arme cachée dans sa ceinture. Mais il n'avait pas trouvé la force de tuer.

On peut tout demander à un père, sauf ce geste.

Ce soir-là, après avoir laissé Nils, Norz n'était pas allé festoyer avec Châgne et les autres. Il avait couru se réfugier dans un trou et pleurer comme il n'avait jamais pleuré.

Trois mois passèrent encore. On était entré dans le mois de mars.

Sans s'en rendre compte, Norz évitait son ami Solken. Ce dernier lui avait juste dit :

– Si tu n'es pas capable de le faire, je peux comprendre. Alors, je m'en chargerai.

Norz répondit qu'il guettait le bon moment. Solken le regarda et dit :

– Il n'y a pas de bon moment, mon pauvre Norz. Est-ce qu'il y a un bon moment pour donner la mort à son fils ?

Nils Amen, lui, ne pouvait être plus heureux.

Sa mission auprès d'Elisha se déroulait parfaitement. Léo Blue avait l'air de lui faire pleinement confiance. Et Tobie s'en réjouissait.

Tout allait donc pour le mieux.

Mais il y avait autre chose. Un événement qui donnait le tournis au jeune chef des bûcherons. Il en perdait l'équilibre. Comme si l'arbre se retrouvait brusquement la tête en bas et se mettait à danser sur les branches.

Pour Nils, le monde n'était plus le même depuis l'arrivée de la divine Maï Asseldor…

Pendant tout l'hiver, Nils ne la vit qu'une fois par semaine quand il allait rencontrer Tobie dans la maison du fond des bois.

– Vous venez voir Tobie, M. Amen ?

Nils n'osait pas dire non. En vérité, il venait surtout voir Maï.

Il regardait la jeune femme qui lavait sa nièce dans une bassine. Elle renversait des pots d'eau chaude sur la tête de Neige qui éclaboussait tout autour.

Maï avait les manches retroussées et un tablier serré à la taille. Entre les douches brûlantes, Neige frissonnait sous ses mains. Devant la douceur de ce tableau, Nils se sentait terriblement maladroit. Il demandait toujours l'âge de Neige. Et Maï répondait :

– Trois ans. Comme la semaine dernière.

– Ah oui… Elle fait plus petite.

– Tobie est de l'autre côté de la maison.

– Ah…

Mais Nils ne s'en allait pas, il avançait vers la fenêtre et faisait un commentaire sur le temps. Maï souriait discrètement derrière le voile de vapeur d'eau. Elle ne comprenait pas comment un garçon aussi important pouvait être aussi timide. Mille bûcherons à ses ordres, des forêts sans fin, et ce rouge qui lui montait aux joues quand il parlait… Lui, un chef ! Maï était sensible à cette fragilité. Ses mains ralentissaient dans les cheveux de Neige. Elle disait :

– C'est vrai qu'il fait froid depuis hier soir.

– Je vous apporterai des couvertures, disait Nils.

Parfois, il osait proposer de puiser de l'eau dans la grande marmite. Il craignait de défaillir s'il touchait les doigts de Maï en lui mettant le pot dans les mains. Il le posait donc à côté d'elle, sur le sol.

Quand Nils sortait enfin, Maï sentait qu'elle avait les épaules un peu cotonneuses. Elle se mettait à frotter le ventre de Neige avec la serviette bleue. Et Neige enfonçait son regard dans celui de Maï avec un tout petit sourire. Elle ne quittait pas les yeux de sa tante avant que celle-ci la roule entièrement dans cette serviette et se mette à la chatouiller en disant :

– Tu devines tout, toi, la puce ! Tu devines tout !

Oui, la puce devinait tout. Après les rires, Neige posait son index sur ses lèvres en disant « chut ». Et Maï, pour jouer, faisait le même geste en rêvant qu'il y ait un jour un vrai secret à cacher.

Nils racontait à Tobie ses visites auprès d'Elisha. Il n'y avait pas beaucoup à dire.

– Aujourd'hui, j'ai croisé son regard. À un moment, elle a bougé la main.

Chaque fois il redisait :

– Je suis sûr qu'elle a compris que tu es derrière moi.

Tobie n'avait qu'une seule préoccupation.

– Léo. Est-ce que Léo ne se doute de rien ?

– Non. Il a l'air content de moi. Même Arbaïan me fait parfois un sourire.

Tobie prenait un temps de silence. Il se méfiait terriblement de Léo Blue.

– Léo ne sera jamais content de personne. S'il est content, c'est qu'il prépare un mauvais coup. Je connais Léo. Il était mon meilleur ami…

Tobie tendait alors le doigt vers Nils.

– Le jour où il te serrera dans ses bras, ce sera parce qu'il a tout découvert. Ce jour-là, va-t'en ! Disparais ! Ne reste pas une seconde de plus dans le nid.

Nils souriait.

– Je m'en souviendrai, Tobie. Mais pour le moment, tout va bien. Léo est peut-être en train de changer.

– Il ne change pas pour rien, lui rappelait Tobie.

– Il aime Elisha. Il change à cause d'elle, murmura un jour Nils qui regretta aussitôt ces mots.

Tobie se détourna brusquement et s'éloigna.

À cet instant précis, dans l'œuf du Sud, un poignard luisant se ficha dans le matelas, tout près du visage endormi d'Elisha Lee. Elle ouvrit les yeux et roula hors de son lit.

Elle resta longtemps, haletante, le long de la paroi de l'œuf.

La mauvaise nouvelle, c'était qu'on venait de tenter de l'assassiner. Mais il y avait une bonne nouvelle. Elle allait pouvoir récupérer ce poignard. Avec une arme, elle pourrait peut-être s'échapper. Si elle restait en vie jusque-là.

Elisha commença à ramper sur le dos. Le couteau avait forcément été lancé du sommet de l'œuf. En surveillant cette direction, elle pourrait peut-être éviter d'autres attaques.

Les mains et les pieds à plat sur le sol, elle avançait comme une araignée vers le centre de l'œuf. Elisha guettait le moindre changement de lumière. Parfois, renversant la tête, elle jetait un coup d'œil au poignard luisant dans l'ombre.

Elle arriva enfin à la hauteur de sa paillasse. Ne quittant pas du regard l'ouverture qui se trouvait à la verticale au-dessus d'elle, Elisha lança sa main de côté pour attraper l'arme.

Elle recommença le geste plusieurs fois, puis tourna la tête.

Le poignard n'était plus là.

Elle fit alors un bond en arrière, atterrit sur les mains, poussa le sol de toutes ses forces pour retomber sur ses pieds, debout, en position de défense.

Quelqu'un avait récupéré ce couteau. Il devait être là, embusqué dans la pénombre. L'assassin pouvait lui sauter dessus à tout moment.

Une minute passa. Rien n'avait bougé dans l'œuf.

Elle s'approcha une nouvelle fois du matelas. Quel magicien avait pu récupérer cette arme sans se montrer ? Elisha trouva un carré de papier percé qu'elle n'avait pas remarqué. Il avait dû arriver à la pointe du poignard. Quelques mots étaient inscrits dessus. Elle l'approcha de ses yeux et lut lentement.

« Je suis… »

Un éclair. Elisha regarda l'ouverture de l'œuf. Elle était sûre d'avoir vu l'ombre passer là-haut.

Elle relut le message.

« Je suis un ami de Nils Amen. »

Elisha lisait et écrivait très mal. Elle avait appris de son côté, en cachette de Tobie auquel elle n'avait jamais avoué cette faiblesse.

244

Isha Lee, sa mère, ne savait ni lire, ni écrire.

Elisha se souvenait du temps où Tobie lui montrait une feuille ou un carnet sur lequel étaient écrites de longues phrases. C'était toujours douloureux pour elle. Après un temps, il lui disait :

– Alors ?

Elisha ne pouvait pas lire. Elle répondait :

– Ça ne m'intéresse pas vraiment.

Elle regrettait de devoir dire cela, alors que tout l'intéressait.

Peu à peu, elle avait donc recueilli quelques secrets de l'écriture. Un certain Pol Colleen, vieux poète des Basses-Branches, lui avait appris à lire et à écrire.

La preuve du talent de Colleen fut de très vite mettre son élève dehors avec un petit billet qui disait : « Si tu peux lire ces mots, c'est que tu n'as plus besoin de moi. Adieu. »

Mais Elisha se sentait encore maladroite et ne se faisait pas confiance. Elle relut donc une troisième fois la phrase avant de laisser éclater sa joie.

On n'avait pas cherché à la tuer. Au contraire, on voulait l'aider. L'ombre était du côté de Nils et de Tobie.

Ils étaient en train d'organiser sa délivrance. Peut-être même que cette ombre... Elisha pensa au visage de Tobie...

Pour la première fois depuis des années, elle articula une demande. Elle laissa tomber tous ses masques de dureté et murmura dans le silence de la salle :

– Aidez-moi. Dites-moi ce que je dois faire.

L'ombre sembla écouter ces mots et disparut.

Elisha s'effondra sur son matelas. Elle ferait tout ce qu'on lui dirait. Elle n'était plus seule.

Elle souleva sa main. Il y avait une région humide sur le haut du matelas, près de son visage. Elle sourit. Elle avait compris le mystère du poignard. Les nuits de mars étaient encore très froides. Le message avait été accroché à un couteau de glace. La tiédeur de la pièce l'avait fait fondre.

Non loin de là, l'ombre glissa sous une passerelle, évita quelques gardiens bruyants, et poussa la porte de l'œuf du Levant. En franchissant cette porte et en entrant dans la lumière, Léo Blue eut juste le temps de laisser tomber son manteau noir. Arbaïan entra.

– Vous m'avez appelé.

Léo regarda son conseiller. Il lui dit :

– Vous aviez peut-être raison.

– Comment ?

– À propos de Nils Amen, vous aviez peut-être raison. Il n'est pas avec nous.

Arbaïan mit la main sur la garde de son aiguillon.

– Sachez, dit Arbaïan, que je ne m'en réjouis pas. J'aurais préféré avoir tort.

Léo Blue n'avait plus aucun doute. Tout l'hiver, il avait écouté les mots mystérieux que Nils disait à Elisha, mais il lui manquait des preuves.

Après plusieurs mois, il avait eu une idée. En faisant passer l'ombre pour l'amie de Nils, il aurait ses preuves. Si Elisha lui demandait de l'aide, c'est que Nils était un ennemi.

– La prochaine fois que viendra Nils Amen, déclara fiévreusement Léo Blue, j'aimerais qu'il ne sorte pas vivant de ce nid.

Arbaïan salua et sortit.

Le pauvre Nils, dont le cœur dansait joyeusement au son de la voix de Maï qui venait de lui dire « à bientôt », le pauvre Nils qui rentrait chez lui à ce moment-là, ne savait pas qu'il avait au moins deux arrêts de mort suspendus au-dessus de la tête.

16

La mariée était en vert

— Il y a un homme qui est dehors avec sa fille. Il veut vous parler.

Arbaïan savait que ce n'était pas le moment de venir ennuyer Léo Blue. Mais il devinait aussi qu'il ne fallait pas contrarier ces visiteurs importants, proches de Jo Mitch.

— Mets-les dehors, dit Léo.

— C'est un maître verrier. On a toujours intérêt à l'écouter.

— Qu'est-ce qu'il demande ?

— Il veut vous proposer son aide.

— Son aide…

Léo se mit doucement à rire. Il était allongé dans un hamac tendu dans l'obscurité. Il n'avait pratiquement pas quitté son œuf depuis trois jours. L'affaire Nils Amen le plongeait dans un état de grande violence et de désespoir. Il avait fait confiance à Nils. Il l'avait laissé approcher Elisha. Et Nils s'était joué de lui.

– Je vais les faire entrer, osa dire Arbaïan. Je leur expliquerai que vous avez très peu de temps.

Léo ne répondit pas. C'était sa manière d'acquiescer. Il replongea dans ses pensées.

Quelques instants plus tard, Arbaïan introduisit dans l'œuf du Levant deux personnages assez extraordinaires.

Le père était un gaillard rondelet vêtu d'une chemise à jabot d'une autre époque. Il avait les cheveux graissés et coiffés en arrière avec de la pâte de mouche qui laissait des reflets bleus. Ses chaussures blanches étaient vernies et il se tamponnait le visage à l'aide d'un grand mouchoir à pois. On se doutait en le regardant qu'il était l'un de ces éleveurs de vers luisants rapidement enrichis par l'interdiction du feu dans les Cimes.

Sa fille faisait beaucoup de peine à voir. Elle était aussi éteinte qu'il était brillant. C'était une sorte de jeune paillasson de quatorze ans qu'on avait décoré avec quelques nœuds, quelques rubans, et des dentelles sur sa robe. Son visage n'exprimait rien d'autre que le rien.

– Cher monsieur, dit le visiteur qui devinait dans l'ombre la présence de Léo. Je viens vous annoncer une heureuse nouvelle.

Léo se redressa très légèrement. Il manquait de bonnes nouvelles en ce moment.

– Vous pardonnerez mon indiscrétion, chuchota l'homme aux souliers blancs, mais je crois savoir que vous avez quelques soucis sentimentaux.

Cette fois Léo faillit tomber de son hamac. Personne n'avait jamais osé lui parler de ce sujet.

– M. Blue, je suis là pour résoudre définitivement tous vos ennuis.

Léo essaya de chasser son envie d'étrangler ce zozo.

– Vous serez marié demain si vous suivez mes conseils. Votre situation est tout à fait ridicule. On se moque de vous dans la région…

Léo sauta sur ses pieds.

– Il y a une solution toute simple, reprit tranquillement le visiteur, et je vais vous la donner dans un instant…

Arbaïan écoutait, posté à la porte. Il savait que tout cela allait très mal se terminer. Il le voyait dans les yeux de Léo Blue.

– La solution, dit l'homme, la voici. Épousez ma fille, Bernique.

La pauvre Bernique, car c'était bien l'inoubliable Bernique, tenta une révérence, mais se prit le talon droit dans le nœud de sa chaussure gauche. Elle glissa sur le sol sans même pousser un cri. Gus Alzan se précipita vers elle.

– Bernichou, mon petit…

Il essayait de la relever par le col, mais elle retombait toujours. On aurait dit qu'il faisait la poussière avec une serpillière.

En quelques années, la redoutable Bernique avait changé. Elle qui assommait par bouquets les prisonniers de la boule de gui de Tomble, elle qui mordait le nez de ceux qui se penchaient pour l'embrasser, elle qui passait sa vie à mâcher des ongles de pied qu'elle conservait dans sa poche, elle, la redoutable Bernique, était devenue aussi inexpressive qu'un bidet. Et son père regrettait presque la Bernique d'autrefois.

À la suite de l'incendie de Tomble, Gus Alzan avait quitté cette prison qu'il dirigeait et s'était consacré à l'élevage de vers luisants. Il était devenu maître verrier dans les Cimes et n'avait toujours qu'une seule obsession : marier sa fille à quelqu'un d'honorable.

Gus possédait des dizaines d'employés pour s'occuper des lampyres, ses vers luisants. Un seul candidat au mariage s'était proposé parmi ces ouvriers. Il s'appelait Toni Sireno. C'était l'assistant qui avait trahi Sim Lolness. Il travailla d'abord pour Jo Mitch mais fut jeté dehors, ne parvenant pas à faire avouer au professeur le secret de Balaïna. Il se fit donc embaucher chez Alzan Lumière.

Impossible, à première vue, de ne pas être ébloui par cet élevage. Les œufs, les larves, les adultes, chez les lampyres tout est lumineux. On entrait donc dans un entrepôt incandescent qui faisait pousser des cris d'admiration au visiteur. Ces cris se transformaient vite en cris de terreur.

Les vers luisants paralysent leurs proies par un venin. Les ouvriers verriers étaient tous atteints régulièrement. Ils s'affaiblissaient peu à peu.

Toni Sireno devint l'ombre de lui-même, aussi mou et endormi que Bernique qui, elle aussi, avait un peu trop taquiné les lampyres. Leurs fiançailles ne durèrent qu'un jour et demi.

– Alors ? demanda Gus Alzan.

Léo ne réagissait pas. Gus insista lourdement :

– Vous n'allez pas vous mettre dans cet état pour trois Pelés et une tondue !

Gus pouffa. En quelques mois, depuis qu'on entendait parler des malheurs de Léo, l'expression était entrée dans le langage populaire. Trois Pelés et une tondue : c'était en effet les seules préoccupations de Léo Blue.

Celui-ci s'approcha de Gus Alzan. Léo avait le corps parfaitement immobile, mais sa tête balançait de gauche à droite, comme s'il devait évacuer la tension qui montait en lui. Il finit par chuchoter quelque chose à l'oreille de Gus.

– Comment ? Je n'entends pas ! demanda Gus, ravi de cette familiarité.

Fermant les yeux, Léo répéta son message à l'oreille de Gus. Ce dernier fit un sourire. Il avait cru entendre « merci ».

– C'est tout naturel. Ravi de vous faire plaisir.

– J'ai dit : « Sortez d'ici. »

Stupéfait, Gus lâcha sa fille qui depuis un moment penchait dangereusement vers le sol. Elle retomba aussitôt comme une loque.

Arbaïan vit venir le moment où son patron allait commettre l'irréparable. Bernique était la filleule de Jo Mitch. Il fallait éviter un incident. Arbaïan fit un geste d'avertissement vers Léo. Celui-ci prit une grande inspiration, retint le coup de tête qui lui démangeait l'arrière du cou, et sortit de l'œuf à pas lents.

La pauvre Bernique regardait ses pieds bouffis.

Gus Alzan, la bouche ouverte, montrait du doigt la porte derrière laquelle venait de disparaître Léo Blue.

– Où va-t-il ? demanda Gus.

– L'émotion, expliqua Arbaïan. L'émotion… M. Blue est bouleversé par votre proposition. Laissez-lui un peu de temps…

– Vous croyez ?

– On vous tiendra au courant.

– Ma fille lui a fait de l'effet ?

– Le plus grand effet.

– Il craque ? demanda Gus avec un clin d'œil complice.

– Pour craquer, il craque, M. Alzan. Je vous raccompagne.

Gus attrapa la main de sa fille.

253

– Viens, mon chiffon.

Il la traîna jusqu'à la porte, salua Arbaïan, et se cogna contre quelqu'un qui entrait précipitamment.

Le personnage qui venait de surgir s'excusa platement. Gus écarquillait les yeux.

– Patate ?

Patate s'immobilisa. Il ne pouvait même pas parler. Le seul homme qu'il s'était promis de ne plus recroiser était devant lui. Gus Alzan se tourna vers Arbaïan.

– Ne me dites pas que vous faites confiance à ce voyou, dit Gus…

L'arrivée de Patate dans la prison de Tomble, ses conseils d'éducation pour la petite Bernique, tous ces souvenirs correspondaient à une terrible période de la vie des Alzan. À partir de ces mésaventures, Bernique n'avait plus jamais été la même.

– Vous avez affaire à la pire crapule, dit Gus en montrant Patate. Méfiez-vous de ses grandes phrases. Je vous préviens que si mon poussin doit se marier et emménager dans cet œuf, je ne veux pas d'une telle fripouille dans le paysage.

Gus claqua des talons, et s'éloigna en tirant Bernique par la traîne de sa robe.

Arbaïan interrogea son soldat du regard. Patate était incapable de répondre. Il était rouge et balbutiant.

– Je… Je vous promets que… Je ne vois pas à quoi il fait illusion…

Arbaïan lui mit la main sur l'épaule et dit d'un ton plein d'indulgence :

– Bien sûr. Je n'ai aucune raison d'écouter ce que dit cet homme, cher Patate.

Patate se remit à respirer.

– Merci, j'avais peur que…

– Vous avez été irréprochable, interrompit Arbaïan. Vous gardez notre captive avec la plus grande attention. Mais il y a quelque chose que je retiens de vous…

– Ah ?

– Vous dites toujours : « On n'est jamais trop prudent. » Et vous avez bien raison.

Patate salua en souriant.

– Vous êtes bien indigent avec moi, M. Arbaïan.

Son travail était enfin reconnu. Il en avait les larmes aux yeux. Il fit un pas vers la passerelle. Arbaïan continuait :

– Et comme on n'est jamais trop prudent… je vous demande de quitter ce nid avant demain soir.

Patate s'arrêta net. Il ne se retourna pas. Il aurait été capable de se jeter dans le vide.

Elisha n'entendit pas entrer Patate. Elle était accroupie. Elle tenait dans ses mains un message qu'elle venait de recevoir. L'ombre le lui avait envoyé à la pointe d'un second poignard de glace.

« Dites oui à Léo. »

Voilà tout ce que disait ce message.

« Dites oui à Léo. »

Et ces mots la plongeaient dans une profonde tristesse. Fallait-il passer par là pour retrouver la liberté ? Bien sûr qu'elle y avait pensé depuis longtemps. Céder à Léo, se marier et puis lui échapper, partir, ne plus jamais revenir.

Sa fierté avait toujours chassé cette idée de son esprit.

– Ah... C'est toi..., dit-elle, la gorge serrée.

– Oui, répondit Patate. Je viens vous dire adieu.

– Tu pars...

Patate ne parvint même pas à répondre. Il n'avait jamais pensé qu'il était aussi attaché à cette petite. Il passa sa manche sur ses yeux.

– Tu pars quand ? demanda doucement Elisha.

– Demain.

Ils restèrent en silence de longues minutes. On entendait Patate renifler. Elisha jouait à rouler le message entre ses mains. La lumière était grise et triste.

– C'est pas juste, dit Patate.

La prisonnière et son geôlier ressemblaient à deux vieilles branches qui se font leurs adieux.

Elisha appela d'une faible voix :

– Patate...

Il fit un mouvement vers elle.

– Je peux te demander un dernier service ?

La rumeur se posa sur le nid comme une volée d'oiseaux.

– Non...

– Mais si !

– Non…

– On vient de me le dire !

– Elle ?

– Oui, elle.

– Avec lui ?

C'était une nouvelle vraiment inattendue et les habitants des Cimes la répétaient pour se convaincre que tout cela était bien vrai.

– Non…

– Mais puisque je te le dis !

– Avec lui ?

La captive avait cédé. Elisha allait se marier avec Léo Blue.

En quelques heures, personne ne put échapper à la folie des préparatifs. Le mariage aurait lieu le lendemain matin, le 15 mars. Il fallait faire vite. On avait trop peur d'un changement d'avis de la fiancée.

Celle-ci avait demandé à se marier en vert, dans la plus pure tradition de l'arbre.

– Pour le reste, vous faites ce que vous voulez, avait-elle dit à Arbaïan.

Arbaïan décida de faire honneur à l'événement. Il lança le jour même une campagne d'aménagement du troisième œuf qui était un grenier à feuilles.

Il fit repeindre l'intérieur avec une poudre dorée. Il pendit un énorme lustre en boule dans lequel scintillait une dizaine de vers luisants. Il convia enfin des invités pour le lendemain. Arbaïan se chargea lui-même de convaincre le grand chandelier de célébrer la cérémonie.

Le chandelier gardait une certaine rancune des quelques mauvais traitements que lui avait fait endurer Elisha. Mais il accepta finalement, comprenant qu'on n'hésiterait pas à lui retirer sa fonction s'il refusait.

Le seul qui n'était pas dans la fièvre des préparatifs s'appelait Léo Blue. Il ne quittait pas sa chambre, balançant sa mélancolie au rythme du hamac. La grande nouvelle l'avait simplement fait pâlir un peu plus. Arbaïan regardait Léo s'enfoncer dans son silence. Il ne comprenait pas cet abattement, à la veille d'un si beau jour.

Mais Léo Blue savait. Il savait pourquoi Elisha avait enfin accepté.

Après la visite de Bernique et Gus, Léo s'était précipité vers l'œuf d'Elisha. Il avait grimpé au sommet de son œuf. Et, abusant de la confiance de la jeune femme, il lui avait donné la consigne de dire oui. Un simple message à la pointe d'un couteau de glace.

Elisha avait suivi les conseils de l'ombre. Et l'ombre, c'était lui, Léo Blue.

Léo savait qu'elle n'espérait que la liberté. Il n'y avait pas la place pour la moindre poussière d'amour entre les trois lettres de son oui.

Elisha glissait juste ce oui dans l'entrebâillement de sa cage afin de la maintenir ouverte, et de s'envoler.

Léo était accablé de honte. Il avait agi de cette manière pour retrouver un peu de fierté face à son peuple et à lui-même. Gus Alzan avait dit qu'on se moquait de lui. Cela, Léo ne le supportait pas. Toute sa vie était une lutte pour sauver son honneur et celui de son père.

Mais ce mariage n'était qu'un trompe-l'œil. Léo n'ignorait pas qu'il serait obligé de garder captive son épouse jusqu'à la fin de ses jours. Il avait même donné l'ordre discret à Arbaïan de mettre toute la garde du nid autour du troisième œuf au cas où Elisha tenterait de s'échapper pendant la cérémonie.

La nuit arriva. Elisha entendait le bruit des préparatifs. On consolidait les passerelles entre les œufs. Quelques jours avant le printemps, il neigeait encore. Des hommes échangeaient des ordres.

Elisha regardait son grand voile vert qui pendait à un fil au-dessus d'elle. On le lui avait apporté dans la soirée, fraîchement teint. Elle l'avait rincé elle-même, et maintenant il séchait. Elle buvait un bol d'eau chaude en écoutant le glissement de la neige sur l'œuf.

D'où venait cette paix qui paraissait laver ses traits de toute inquiétude ? Ses cheveux lui faisaient maintenant une frange qui se posait au-dessus de ses yeux. Elle avait accroché deux rubans qui ressemblaient à des nattes dans son cou.

Elle était sûre d'être libre le lendemain.

Tout cela commença comme le plus beau mariage du siècle. Le voile de la mariée était une splendeur. Il la recouvrait entièrement. Elle sortit de son œuf, seule. Des dizaines de soldats formaient une haie d'honneur. Elle avança au milieu d'eux dans la neige à peine balayée. On voyait le frémissement d'émotion qui parcourait la robe verte par instants.

L'œuf était rempli d'invités. Des pauvres gens qu'Arbaïan avait fait venir des quartiers des Cimes. En ce temps-là, en échange d'une mauvaise soupe, on pouvait trouver des centaines de figurants prêts à dire « bravo ! » quand on leur en donnait l'ordre. C'étaient des hommes, des femmes, des enfants au regard triste qu'on sortait des branches vermoulues où ils s'entassaient. Ils étaient éblouis par la beauté du lustre et l'allure de Léo Blue au milieu d'eux.

Celui-ci se tenait debout, comme un somnambule, dans sa sombre veste en cuir de frelon.

Au fond de lui, Léo savait qu'il n'arriverait pas à ressentir la moindre joie au cours de ce grand jour. Tout était faux. Même les invités. Pourtant, Elisha allait devoir prendre sa main. Il tremblerait forcément. Il n'avait jamais pu toucher sa peau. Peut-être que cette jeune femme n'existait pas vraiment. Peut-être que ses doigts la traverseraient en voulant se poser sur ses épaules…

Léo n'espérait plus apprivoiser ce fantôme. Il n'avait qu'un seul but, la garder près de lui. Qu'elle l'aime un jour ? Il n'y croyait plus vraiment.

Le chandelier traversa la foule pour aller chercher la mariée à la porte. Il la salua de loin avec une petite grimace. Il se mit devant elle et la guida à travers le public, vers Léo Blue.

Toute la cérémonie se passa pour Léo dans une brume épaisse. Il n'entendait rien de ce que marmonnait le

chandelier. Celui-ci agitait un cube d'encens à l'odeur poivrée. Les mots se déformaient en atteignant l'esprit de Léo. Il n'arrivait pas à croire qu'elle était enfin là. Cela dura longtemps.

– Voulez-vous, Léo Blue, prendre Elisha pour épouse ?

La voix du chandelier était comme un ronronnement. Léo ne répondit pas. Très loin, au dernier rang, Arbaïan ne quittait pas son patron des yeux. Il sentait qu'il se passait quelque chose. L'émotion, peut-être…

Mais ce n'était pas de l'émotion, c'était un égarement profond. Un doute. Un doute démesuré. Léo fixait la silhouette de la mariée, à côté de lui. Il ne ressentait rien.

Le chandelier toussa.

– Voulez-vous, Léo Blue, prendre Elisha…

La foule osa un murmure d'étonnement. Léo Blue ne réagissait toujours pas.

– M. Blue ? M. Blue ? interrogea le maître de cérémonie.

Soudain, Léo fit un pas vers Elisha. Il repoussa violemment le chandelier, attrapa un coin du voile de la mariée et le tira d'un seul coup. Le public ne put retenir un cri.

C'était Patate.

Elisha courait pieds nus entre les plumes blanches.

Elle se jetait de branche en branche, et ses bras montaient comme des ailes quand elle s'élevait dans l'air. Elisha se sentait ivre de liberté.

Elle avait quitté l'œuf du Sud juste après la sortie solennelle de la fausse mariée. Il n'y avait plus personne dans les allées du nid. Tous étaient à la noce. Elle avait couru vers la forêt blanche.

Quand l'ombre lui avait demandé de dire oui à Léo, elle avait su immédiatement que ce conseil ne pouvait venir d'un ami. Mais elle avait décidé de se servir de cette occasion.

Elisha était émerveillée du courage de Patate. Il lui avait dit :

– Je n'ai plus rien à perdre. Demain, je serai mis dehors.

Il avait un peu rougi et ajouté en baissant les yeux :

– Et puis j'ai toujours rêvé d'un grand mariage.

En effet, tandis qu'elle l'habillait de son voile, Patate n'avait pas l'air d'un homme malheureux. Il était presque recueilli. Il avait juste demandé de pouvoir mettre ses pantoufles à ses pieds.

– Je veux finir dans mes pantoufles, avait-il dit, droit comme un brave.

Elisha, en bondissant dans les allées du nid, se rappelait l'expression de son ami, quand il avait rabattu le voile sur son visage.

À l'instant où ce souvenir revenait à son esprit, elle découvrit deux silhouettes qui avançaient vers elle au détour du chemin.

Elle sauta sur le côté et se cacha derrière un buisson de duvet blanc.

Elisha fut stupéfaite de ce qu'elle vit passer. Il y avait une mariée exactement identique à celle qui était au même moment dans l'œuf du Nord. Et, derrière elle, un homme qu'Elisha reconnut immédiatement. Gus Alzan.

– Dépêche-toi, Bernichou. Ton fiancé t'attend.

La mariée s'appelait Bernique.

En apprenant qu'un mariage allait être célébré avec Léo Blue, Gus Alzan s'était convaincu que sa fille était la promise. Il la conduisait donc fièrement vers le lieu de la cérémonie.

On entendait ses derniers conseils à sa fille.

– Tu dois juste dire oui.

– Oui, dit mécaniquement Bernique.

– Pas maintenant, tu sais bien. On a tout répété. Quand on te posera la question du mariage, tu diras oui.

– Oui.

– Pas maintenant, non.

– Non, répéta Bernique.

– Non ! Ne dis surtout pas non.

– Non.

– Si !

– Non.

Elisha attendit qu'ils disparaissent et se remit en route.

La pauvre Bernique n'était évidemment attendue par personne. Mais cette triste erreur de Gus Alzan fit gagner un temps précieux à Elisha. Peu après, quand les premiers hommes lancés à la recherche de l'évadée trouvèrent cette jeune mariée perdue dans la forêt blanche, ils la prirent évidemment pour Elisha. Ils l'attrapèrent sans hésiter malgré les lamentations de son père.

Les trois ou quatre malheureux qui livrèrent triomphalement Bernique à Léo Blue virent tout de suite dans le regard du patron qu'ils allaient regretter cette confusion.

Elisha regarda le trou noir qui s'ouvrait devant elle. Patate lui avait dit de se laisser glisser. À la sortie de la forêt blanche, le nid était traversé de longs brins de paille qui dessinaient des tunnels. Ce tube de paille l'emmènerait vers les branches.

Elisha s'élança dans la pente.

Allongée sur le dos, les bras autour des genoux, elle descendait à grande vitesse à l'intérieur du tunnel.

Enfin, elle pouvait se laisser aller…

Enfin, elle arrêtait de se battre ou de résister.

Le bonheur était peut-être au bout de ce long couloir doré.

Et malgré l'espoir fou de retrouver un jour Tobie vivant, Elisha pensait d'abord aux bras de sa mère.

17

Le dernier Pelé

Le bruit fut tellement violent que Sim crut que le dortoir s'était effondré. On venait de faire sauter la porte.

Dans le noir, Maïa agrippa le bras de son mari.

– Qu'est-ce que c'est ?

– Ne bouge pas, répondit Sim.

Des bruits de bottes circulaient entre les lits. Des gardiens entrèrent avec des torches. Ils arrachaient les couvertures pour découvrir les visages des prisonniers. Ils cherchaient quelqu'un.

Une flamme s'approcha brutalement du visage de Sim.

– Le voilà ! cria le porteur de torche. Dépêche-toi de me suivre. Ça sent le brûlé pour toi, Sim Lolness.

– Oui, ce sont mes sourcils.

– Quoi ?

– Si vous pouviez éloigner cette flamme, vous me brûlez les sourcils.

– Tu ne vas pas plaisanter longtemps.

Le soldat l'attrapa par le col de son pyjama et le traîna derrière lui.

– Je crois que j'ai oublié mes lunettes, parvint à dire le professeur. Sous mon oreiller…

– Ferme ta bouche, tu verras mieux.

Ils disparurent dans un vacarme assourdissant.

Quand la porte se referma, quelqu'un chuchota simplement :

– Je crois qu'ils ont trouvé le tunnel.

Ils savaient tous que leur tunnel était pratiquement terminé. L'évasion était prévue pour la semaine suivante.

L'obscurité et le silence regagnèrent le dortoir.

Maïa mit sa tête entre ses bras. Elle n'en pouvait plus.

Tant de violence. Tant de bêtise. Tant de peur.

Maïa Lolness ne se sentait pas la force de continuer. Une fois de plus, on venait de lui arracher son mari. Les yeux dans le vieux drap du matelas, elle se mit à pleurer. Elle faisait tout pour qu'on ne l'entende pas, mais elle pleurait à chaudes larmes.

C'était si dur de se battre toujours. Cela durait depuis si longtemps. L'espoir était si mince à l'horizon… Sur qui compter si son mari devait disparaître un jour ? Elle était toute seule au fond de ce cratère.

Les autres prisonniers… Maïa les aimait bien, mais comment aurait-elle pu s'appuyer sur eux ?

D'ailleurs, est-ce qu'il y en avait un seul pour lui dire un mot dans ce moment de souffrance, un seul pour se pencher sur sa solitude, alors que tous savaient ce qu'elle venait de vivre ? Des hommes, rien que des hommes distraits et rustres ! Des hommes qui ne connaissaient pas les petites attentions, la délicatesse, la tendresse…

Maïa pleura longtemps, les yeux fermés. Et quand elle se sentit soulagée, après une heure de larmes, elle se retourna sur le dos avec un soupir.

Il lui fallut quelques secondes pour voir la troupe qui entourait son lit.

Les trente hommes du dortoir étaient autour d'elle. À peine un instant après le départ de Sim, ils étaient venus, un à un, se grouper contre son lit. On voyait la tête de Lou Tann dépasser de la paillasse du dessus, celle de Rolden à côté, et tous les autres, épaules contre épaules, qui la veillaient depuis une heure.

Oui, ils étaient bien bêtes et maladroits, ils n'avaient aucune idée de ce qu'ils devaient dire ou faire, mais ils étaient là.

Zef Clarac articula :

– Si vous avez besoin de quelque chose.

Maïa se mit à rire, très doucement. Un vrai rire de joie.

Ils étaient tous là, autour d'elle. Elle dit :

– Merci… Vous êtes gentils.

Les trente vieux garnements regagnèrent leurs lits.

Découvrant qu'on l'emmenait vers la salle de classe, Sim Lolness pressentit qu'on avait découvert leur tunnel. Cette fois, il ne savait pas comment il allait s'en sortir.

Jo Mitch était assis au bureau du professeur, une serviette autour du cou, et il mangeait.

Sim n'avait jamais assisté à un repas de Jo Mitch. Il se serait bien passé de cette première expérience.

Il y avait plus de nourriture sur la serviette de Jo Mitch que dans l'assiette. Mais plus encore sur ses genoux ou sur le plafond de la salle. Limeur et Torn se tenaient à une certaine distance pour éviter les projections de sauce. Même sans ses lunettes, Sim remarqua tout de suite avec soulagement que la trappe du tunnel n'était pas ouverte.

On jeta le professeur sur une chaise.

– Et hop, dit-il en souriant.

C'est Limeur qui prit la parole :

– Le Grand Voisin se lasse de vos histoires.

– Je vois que ça ne lui coupe pas l'appétit, dit Sim.

– Taisez-vous ! hurla Torn.

Un soldat donna un coup de botte dans la chaise pour appuyer cette aimable interpellation.

– Taisez-vous ! répéta Torn.

Limeur reprit :

– Vous avez demandé du temps avant de révéler le

secret de Balaïna. Vous nous avez dit que vous deviez y travailler encore jusqu'à...

– L'équinoxe, dit Sim Lolness.

– Les quoi ?

– L'équinoxe de printemps.

– On se fiche de vos kinox !

– Le 20 mars... c'est l'équinoxe de printemps.

– Taisez-vous ! hurla Torn. On ne vous a rien demandé !

Limeur reçut une goutte de graisse sur la joue, il regarda le plafond pour voir s'il pleuvait, mais c'était simplement Mitch qui venait de mordre dans sa viande.

Limeur toussa et se remit à expliquer :

– Le Grand Voisin est très patient. Mais le Grand Voisin n'est pas stupide.

Sim prit un air très étonné, comme si on venait de lui donner une information inédite.

– Vraiment ? dit-il.

– Taisez-vous ! hurla Torn.

– Pouvez-vous me confirmer que vous travaillez bien sur le projet Balaïna ?

– Je vous le confirme, dit Sim.

– Et ça ? Qu'est-ce que c'est ?

Limeur ramassa une caisse pleine de papiers et la vida sur les genoux du professeur. Sim regarda quelques feuilles en y collant le nez, parce qu'il voyait très mal sans ses lunettes. Les feuilles présentaient toutes le même dessin. Un arbre.

– M. Lolness, nous avons vidé votre laboratoire. Il

271

est rempli de ces papiers. Il n'y a pas la trace d'une seule recherche sur Balaïna.

Sim sourit aimablement.

– J'ai dit que le 20 mars, si je ne vous donne pas ce secret, vous ferez de nous ce que vous voudrez. D'ici là, je ne crois pas que vous soyez capables de juger mon travail. Veuillez remettre ces dessins dans mon laboratoire.

Mitch tendit sa main sale. On lui donna une liasse de dessins. Il les regarda lentement en suçotant un bout de carapace. Du jus verdâtre coulait de ses doigts sur le papier.

Sim bouillonnait. Ces quelques dessins qu'on était en train de souiller étaient le fruit d'une recherche qui le passionnait depuis son arrivée dans le cratère.

Tout était parti d'une fêlure sur ses lunettes. Elles étaient tombées et la partie brisée du verre dessinait un arbre. Sim avait soigneusement copié ce dessin. Le lendemain, un orage avait éclaté, et Sim avait remarqué la forme des éclairs. Des arbres ! Toujours des arbres ! Jour après jour, en observant le ruissellement de l'eau, la fissure de la glace dans un seau en hiver, les veines de son bras, les nervures des feuilles, Sim avait retrouvé ce dessin partout.

La forme de l'arbre le poursuivait. Il ne savait pas exactement où le mènerait cette découverte, mais il accumulait les exemples.

Et ce nouveau grand dossier le faisait vivre. C'était son jardin secret au fond de la mine.

Jo Mitch jeta la liasse de feuilles à travers la pièce. Sim se leva pour les ramasser. On le renvoya sur sa chaise.

Mitch retira sa serviette et se la passa sur le visage. Il étalait la sauce jusque dans ses cheveux. Ravissant.

— Professeur, n'oubliez pas que vous avez une épouse, dit Limeur. Il serait dommage qu'il lui arrive malheur. Mettez-vous sérieusement au travail. Nous voulons des résultats.

Sim rentra un peu avant l'aube au dortoir. Il tenait dans la main un paquet de feuilles grasses. Maïa le serra dans ses bras.

— Et hop ! dit Sim, très ému.

— Qu'est-ce qu'ils voulaient ?

— Ils voulaient savoir comment j'ai fait pour te plaire.

– Et alors ?

– J'ai dit que je ne savais pas.

Maïa fit un sourire triste. Sim pensa que c'était le moment de lui parler de Tobie :

– Maïa, d'habitude, je ne dis rien que je ne puisse pas prouver. Cette fois, je n'ai aucune certitude, pratiquement aucun indice, mais je crois que Tobie est en vie. Je pense qu'il n'est pas très loin.

Maïa ne parvint pas à dire un mot. Sim chuchota :

– Je t'en parle parce que cet espoir m'aide beaucoup.

Maïa lui répondit :

– J'ai l'impression que Plum Tornett a voulu me parler de Tobie, il y a quelques semaines. Il a vu quelque chose. Je n'osais pas y croire. Mais si tu dis que…

Par gestes, Plum avait en effet essayé de raconter à Maïa sa rencontre avec Tobie pendant la chasse aux sangsues.

Maintenant, Sim et Maïa étaient couchés l'un contre l'autre.

Dans les premières lueurs, on entendit la voix du vieux Rolden à deux lits de là :

– Professeur, j'ai cent trois ans demain.

– Je sais, Albert.

Depuis plusieurs semaines, le conseiller Rolden était très fatigué. Il répétait sans cesse qu'il n'était pas sûr de tenir jusqu'à cent trois ans.

– On fera une fête, dit Sim. Maïa vous préparera sa tarte blanche.

Rolden connaissait bien la tarte blanche de Maïa. Mais il savait qu'on ne faisait pas plus de tarte blanche dans le cratère de Jo Mitch que de poésie dans une bouse de mouche.

Maïa voulut corriger :

– Je vous la ferai bientôt, Albert.

– Demain ! répéta Sim. C'est son anniversaire demain.

Maïa donna un petit coup de coude à son mari, mais Sim se leva et vint se mettre debout au milieu du dortoir.

– Les amis, la nuit prochaine nous serons dehors. Préparez-vous. Nous partons ce soir.

De l'autre côté du cratère, dans le refuge des Pelés, personne n'avait fermé l'œil de la nuit. À une heure du matin, on avait amené deux hommes capturés aux abords de la prison, deux Pelés qui étaient parvenus à arriver jusque-là.

Ils étaient partis des herbes au creux de l'hiver. Ils avaient franchi tous les obstacles mais s'étaient fait prendre dans la neige alors qu'ils descendaient une branche en glissant sur leurs planches au cœur de la nuit. Les hommes de Jo Mitch tendaient des filets le soir pour attraper les rôdeurs et les moucherons.

Ils avaient pris ces deux Pelés.

On leur fit une place dans l'abri glacial où dormaient les autres prisonniers. Ils étaient à bout de force.

– Pourquoi être venus jusqu'ici ? leur demanda Jalam d'une voix sévère.

Il n'était pas content, Jalam. Il n'aimait pas les héros inutiles.

– On n'avait pas le choix, dit l'homme.

Tête de Lune était entre Mika et Liev. Ils regardaient ces nouveaux venus qui ne savaient pas que le pire était devant eux, dans ce cratère. Dans l'herbe, on appelait cela « se jeter dans la gueule du pou ».

Depuis des mois, Tête de Lune était persécuté par un soldat qui s'appelait Tigre. Ce Tigre voulait le faire parler de Tobie. Il l'interrogeait en cachette des autres gardiens. Tête de Lune était le seul Pelé qui connaissait le vrai nom de Petit Arbre.

Comme il était incapable de mentir, Tête de Lune trouvait des formules pour dire la vérité, sans trahir son ami : « Je n'ai jamais appelé quelqu'un Tobie » ou « Il n'y a personne qu'on nomme de cette manière chez nous. » À plusieurs reprises, Tigre avait failli l'embrocher sur son harpon, mais il ne voulait pas faire disparaître son seul témoin.

– Partir en plein hiver ! continua Jalam. Vous n'aviez aucune chance !

– On ne comptait pas sur la chance, dit le second Pelé.

– On n'avait pas le choix, répéta l'autre.

Tête de Lune demanda :

– Qu'est-ce que vous veniez faire ?

– Quelqu'un a quitté les herbes à la première neige. On était à sa recherche.

– Qui ? demanda Tête de Lune.

– C'est inexcusable, dit Jalam. Il ne fallait pas quitter la prairie.

– Qui cherchiez-vous ? demanda encore Tête de Lune.

Les deux nouveaux prisonniers se regardèrent. Ils se tournèrent ensuite vers Tête de Lune.

– Ta sœur : Ilaïa.

Tous les Pelés se turent.

– On ne comprend pas pourquoi elle est partie.

Tête de Lune revit les champs de neige, les montagnes d'écorce, le tronc vertigineux, et tout le reste. Ilaïa pouvait-elle avoir traversé cela toute seule ?

L'homme expliquait :

– On l'a encore vue passer tout près d'ici, il y a trois jours. Elle a failli me tuer quand j'ai voulu lui parler. Je ne sais pas ce qui lui est arrivé. Je ne sais pas ce qu'elle veut.

– Ta sœur, dit l'autre Pelé, a beaucoup de violence en elle depuis ton départ… et depuis le départ de Petit Arbre…

Tête de Lune pensa à la petite fille, plus vieille que lui de quelques années, qui lui avait appris le monde, qui lui avait servi de mère, de père, de famille entière. Il pensa aux chants d'Ilaïa, l'hiver, dans leur épi. Où était partie toute cette douceur ? Que venait faire Ilaïa dans l'arbre ?

— Ils vont la prendre, dit Tête de Lune.

Il y eut un silence.

— C'est déjà fait, petit. Ils l'ont prise en même temps que nous. Mais elle se débattait tellement qu'ils l'ont enfermée un peu plus haut. On a entendu ses cris en passant.

— Ma sœur est ici ?... chuchota Tête de Lune.

Le soir suivant, dans la salle de classe accrochée en haut du cratère, la trentaine de vieux élèves attendait l'heure de l'évasion. Un grand silence planait. Tous étaient prêts à partir, ils emportaient des maillots chauds sous leurs pyjamas, des provisions dans leurs petits cartables. Rolden avait les mains qui tremblaient un peu.

Comme personne ne se sentait capable d'animer le cours, Zef Clarac avait proposé ses services. On l'avait regardé avec étonnement. Zef n'était compétent sur rien. Il avait toujours été un mauvais élève. Il n'avait réussi dans son métier de notaire que par le hasard des circonstances.

Parmi les prisonniers, quelqu'un lui conseilla de faire un cours de cuisine ou de broderie, de réciter les tables de multiplication, mais Zef s'était excusé de ne rien connaître de tout cela.

C'est Maïa qui lui avait finalement soufflé la bonne idée.

Zef Clarac, l'homme le plus laid de l'arbre, l'épouvantail des Cimes, venait donc de commencer une conférence sur « La beauté intérieure ».

Personne, à part Maïa, ne sait ce qu'il raconta à ce sujet parce que personne ne l'écouta. Ils avaient tous l'oreille tendue vers le bruit des pas qui passaient et repassaient devant la fenêtre de la classe.

Zef parlait dans le vide. Lui ne pensait même plus à l'évasion prochaine. Il racontait tout simplement l'histoire de son enfance. Il redevenait l'informe petit Zef qui fit s'évanouir les sages-femmes le jour de sa naissance, le garçon repoussant qui apprit jour après jour à rayonner de l'intérieur.

Maïa trouva cela très beau.

Sim donna enfin le signal du départ. Il se mit à quatre pattes et se dirigea vers la trappe du bureau.

C'est à ce moment que la porte de la pièce s'ouvrit très doucement. Zef s'arrêta de parler. Sim se coucha vivement sur le parquet. Il entendit un pas qui venait vers lui puis la voix de Zef qui murmurait :

— Le professeur fait un petit somme.

— Je vais l'attendre, dit une grosse voix juste au-dessus de lui.

C'était Minouilleka.

Elle resta là quelques instants en silence, tout près de Sim. Zef reprit son exposé. Minouilleka écoutait, fascinée. La beauté intérieure, elle n'avait jamais entendu parler de cela.

Quand Sim comprit qu'elle n'allait pas partir, il s'étira, bâilla et se redressa un peu.

— Il y a quelqu'un d'autre qui est arrivé chez les Pelés, dit la gardienne. On a besoin de vous.

— Encore ? répondit Sim. Il y en avait déjà deux nouveaux ce matin.

— Faut venir voir…

Sim n'échappait jamais à cette confrontation. Chaque Pelé qui entrait dans le camp lui était présenté. Il haussa les épaules. Il pouvait faire vite et revenir dans peu de temps. Minouilleka le suivit à contrecœur. Elle brûlait d'entendre encore parler Zef Clarac.

— Je reviens, dit Sim avant de passer la porte. Attendez-moi. Le programme ne change pas.

Les vieux élèves poussèrent un long soupir. Rolden tremblait de plus en plus. Dans deux heures, il allait avoir cent trois ans.

Sim entra dans une petite pièce dans laquelle Minouilleka le laissa seul. Il attendait de voir le dernier Pelé. Il était surpris de cette seconde capture de la journée. On attrapait rarement un Pelé isolé. D'habitude, ils étaient pris en groupe.

Sim attendit plusieurs minutes. Il s'impatientait, revoyait dans son esprit le plan d'évasion. Le jour se levait à sept heures du matin. Même s'ils s'évadaient à minuit, ils auraient encore plusieurs heures de marche dans l'obscurité. C'était assez pour rejoindre un lieu sûr et attaquer la deuxième phase de l'opération Liberté. L'évasion de trente vieillards d'une prison aussi bien gardée était une aventure insensée. Mais Sim savait qu'il pouvait réussir.

Plus rien ne pouvait les arrêter.

On fit entrer le Pelé. La salle n'était pas éclairée. On voyait juste le trait bleu sous ses pieds.

– Tu connais ce vieux ? demanda le garde.

Les lunettes de Sim brillaient dans l'ombre. Il y eut un grand silence. Les deux prisonniers se regardaient fixement. Ils s'habituaient à l'obscurité. La paupière de Sim se mit à palpiter. Le visage d'ombre du Pelé ne bougeait pas. Il finit par répondre :

– Non. Je ne le connais pas.

Quand Sim retourna dans la salle de classe, il était très pâle. Il s'assit sur sa petite chaise et souffla une phrase à l'oreille de sa femme. Maïa blêmit à son tour et posa en souriant sa tête sur l'épaule de Sim. Celui-ci savoura cet instant, le poids de ce front contre son cou. Il sentait que revenait enfin au creux de sa vie l'espérance aux pattes de velours.

Zef essayait de continuer sa conférence malgré la distraction du public.

Sim se pencha en avant et murmura quelques mots qui circulèrent de table en table à travers la classe.

Ces mots arrivèrent enfin à Zef Clarac.

– Sim et Maïa ne partent plus. C'est à cause du garçon qui vient d'être capturé chez les Pelés. Sim a reconnu sa voix. Il dit que c'est Tobie Lolness.

Une petite flamme s'était rallumée dans les yeux de Maïa.

Sim ne quittait pas du regard le vieux Rolden. Il tentait de lui faire comprendre à quel point il était désolé.

Mais, au fond de lui, Sim sanglotait de joie.

Albert Rolden passa sa main dans sa barbe, il écrivit quelques mots sur une feuille. Le nouveau message passa dans les rangs. Il parvint entre les doigts de Sim et Maïa.

« Il y a des départs qui peuvent attendre. Nous savons tous ici que nous ne partirons pas sans vous.

Albert Rolden. »

Dans le silence, Maïa entonna une chanson d'anniversaire que les autres reprirent en entourant Rolden. Le départ n'était que retardé. Ils partiraient tous avec Maïa, Sim et Tobie.

Des gardiens surgirent pour les faire taire. Leurs bottes résonnaient sur le parquet.

Quand les chants s'arrêtèrent, ce fut presque un soulagement pour le vieux Rolden.

Lui seul savait que, à cent trois ans, il devait redouter un autre grand, très grand départ qu'aucun coup de théâtre ne suffirait à retarder.

18

La fugitive

Elisha avait l'impression qu'un vent bienveillant lui tenait le dos et la poussait à travers les branches de l'arbre. La grande glissade dans le couloir de paille l'avait jetée dans les Cimes sur un rameau déchiqueté. Elle était très vite entrée dans la forêt de lichen.

On voyait poindre le printemps. Le froid et la neige résistaient encore. Elisha ne s'arrêtait pas.

Il lui arriva de croiser les silhouettes errantes de vagabonds qui ne faisaient pas attention à elle. Elle contourna quelques cités tristes qui semblaient désertes mais où elle aperçut des familles entières qui la regardaient passer, cachées dans des fissures d'écorce. Elle hâtait le pas, impatiente de retrouver, plus bas dans les branches, un peu de nature et de pureté.

La seule pause qu'elle s'autorisa fut l'observation d'un perce-oreille qui surveillait ses œufs. C'était forcément une femelle parce que les époux de ces dames ne passent pas l'hiver. Elisha connaissait le soin que le perce-oreille porte à ses petits.

Un printemps, elle avait vu grandir une nichée près de sa maison des Basses-Branches. Isha apportait chaque jour un peu de nourriture à la petite famille. La fillette s'accrochait aux jupes de sa mère, effrayée par les dangereux crochets du perce-oreille.

Lentement, Isha avait appris à sa fille à ne pas avoir peur. Elle lui transmettait sa connaissance du monde. Une connaissance toute simple, qui se donne sans parole, par les gestes de tous les jours. Elisha aurait aimé quelques mots de plus. Mais elle savait que la confiance et la tendresse étaient déjà les plus beaux cadeaux.

Elisha voulait maintenant revoir sa mère. Pour cela, elle devait aller à l'endroit où elle l'avait laissée, dans la ferme de Seldor, aux portes des Basses-Branches. Isha était sûrement encore là-bas, avec la famille Asseldor.

Elle avait donc pris le chemin des Basses-Branches, couru plusieurs jours et plusieurs nuits. Elle savait que Tobie avait fait ce long voyage, autrefois, quand ses parents étaient déjà aux mains de Jo Mitch. Elle avait donc l'impression de suivre les traces encore fraîches du petit fugitif.

Pendant tout l'hiver, Elisha n'avait vécu que par les visites de Nils Amen.

C'était toujours le même cérémonial. Arbaïan entrait dans l'œuf pour annoncer l'arrivée de Nils.

– Votre visiteur est là.

Arbaïan paraissait méfiant. Il ne les abandonnait

jamais sans avoir jeté un regard noir vers Nils. Ces regards renforçaient la confiance qu'Elisha mettait dans le jeune bûcheron.

Les premières minutes, le visiteur débitait une petite leçon moralisatrice qu'Elisha écoutait à peine. Il parlait de Léo Blue, de sa droiture, de son combat courageux contre les Pelés, ce peuple qui avait assassiné son père. Il disait :

– Moi aussi, je me suis longtemps fait une mauvaise image de Léo. Mais il suffit de lui tendre la main… Tu dois lui donner sa chance…

Chaque fois, Elisha guettait l'instant où Nils allait commencer à parler le langage secret. Le langage des souvenirs. Ça venait doucement, sans qu'on puisse vraiment s'en rendre compte…

– Pour l'instant tu es prisonnière, disait-il par exemple, tu es seule au cœur de l'hiver. Tu as peint les murs de ta caverne avec tous tes souvenirs. Mais tu es seule. Quelqu'un va venir te chercher. Quelqu'un va gratter la glace qui bouche l'entrée. Quelqu'un va te faire danser sur la branche au bord du lac immense.

Nils revenait souvent à l'image du lac. Elisha croyait alors entendre la voix de Tobie. Elle résistait à l'envie de se tourner vers Nils et continuait à lui montrer son dos. Mais, derrière ses yeux fermés, passait le profil de Tobie.

Épuisée, Elisha voyagea en pleine nuit à la hauteur du cratère de Jo Mitch. Elle connaissait les dangers de cette région. Elle devait pourtant garder son avance sur ceux qui la poursuivaient certainement. Elisha espérait arriver avant eux, avant que ne se répande la nouvelle de sa fuite.

Elle n'osait pas s'arrêter.

La fatigue gagnait son corps. Son pas devenait de plus en plus incertain. Elle faisait tout pour s'éloigner du secteur avant le matin. Au petit jour, sa tête commença à tourner, elle s'effondra à genoux, et roula dans un fossé d'écorce.

Elle avait perdu connaissance.

Un curieux piétinement la réveilla quelques heures plus tard. Il faisait grand jour. Elisha s'appuya sur ses coudes pour voir qui passait sur l'étroit sentier en contrebas duquel elle était tombée.

C'était une brigade de fourmis sauvages.

Les fourmis avançaient très lentement. Elles poussaient un objet aussi gros qu'elles.

Elisha reconnut un piège-cage. Les chasseurs posaient ce genre de pièges pour attraper des pucerons. C'était une grande cage en forme de boule qu'on installait ouverte, camouflée dans la mousse, et qui refermait brutalement ses deux moitiés sur l'animal quand il s'y aventurait.

Les fourmis s'étaient emparées du piège et de la bestiole qui devait y être enfermée. Elles rapportaient la cage chez elles pour forcer son verrou et partager le butin avec leurs sœurs.

Elisha n'avait pas beaucoup de tendresse pour ces fourmis rouges qui vous piquent avant de vous dévorer. C'était un des rares insectes qui la terrorisaient vraiment.

Elle allait donc replonger dans son trou et laisser passer ce petit monde quand elle vit la cage se coincer sur une tige de bois. Il y eut un peu d'agitation dans les rangs des fourmis qui hésitaient sur la manœuvre à réaliser. Elles en discutaient à la manière fourmi, c'est-à-dire en se chatouillant cordialement les antennes.

Poussée par la curiosité, Elisha sortit la tête.

Plaquant sa main sur sa bouche, elle s'empêcha de crier et revint aussitôt dans son trou. Ce qu'elle venait de découvrir faisait battre son cœur dans sa poitrine.

La proie qui était enfermée dans le piège-cage n'était ni une punaise, ni un puceron, ni un petit scarabée. C'était une jeune fille de quinze ans dont les grands yeux affolés avaient croisé ceux d'Elisha.

Les fourmis avaient du mal à dégager la cage de l'ornière. On entendait leurs stridulations impatientes. Elisha ne prit même pas le temps de réfléchir. Elle sauta hors de son trou et courut au milieu des fourmis. Avant même qu'elles aient remarqué sa présence, Elisha avait grimpé sur le sommet de la cage. Elle tenait un bâton à la main et le faisait tournoyer autour d'elle.

La jeune prisonnière la regardait sans réagir.

— Je vais t'aider, lui cria Elisha.

Dix fourmis l'encerclaient déjà et commençaient à grimper sur les barreaux. Elisha hurlait. Elle frappa une première bête en pleine tête. Celle-ci glissa de la cage et tomba sur l'écorce. Un coup de pied donné de toutes ses forces fit rouler une fourmi qui en entraîna deux autres dans sa chute.

La prisonnière n'avait toujours pas bougé. À l'abri

derrière ses barreaux, elle était finalement plus en sécurité que celle qui risquait sa vie pour la délivrer.

Le bâton d'Elisha remuait l'air autour d'elle, mais les fourmis étaient de plus en plus nombreuses. Elles avançaient inexorablement vers la combattante. Quand Elisha en repoussait deux, quatre autres repartaient à l'attaque.

Après plusieurs minutes de résistance, Elisha comprit qu'elle ne pourrait plus se battre longtemps. Elle envoya un dernier coup de bâton. Il se brisa sur la cage entre deux fourmis. Elle resta ainsi désarmée, exténuée, regardant autour d'elle les guerrières à peau rouge. Puis elle leva les yeux au ciel.

Elisha pensa à son père.

Jamais elle ne s'était permis de donner un visage, un nom, une silhouette, à ce père. Mais pour la première fois, elle croyait entendre son rire qui résonnait dans un couloir de sa mémoire. C'était un rire très doux.

Elle ne savait rien de lui. On ne lui en avait jamais parlé.

À entendre la précision de ce rire, Elisha crut qu'elle était déjà passée de l'autre côté.

La tête toujours jetée en arrière, elle ouvrit les yeux et vit une forme verte lui fondre dessus. On entendait comme le sifflement d'une lame dans l'air. La forme frôla Elisha et s'abattit sur une fourmi qu'elle saisit et coupa en deux d'un coup sec. De l'autre côté, une autre fourmi était emportée par la tête. Aucune ne cherchait à fuir cette force verte et monstrueuse qui allait les détruire une à une.

À l'attaque suivante, elles commencèrent à s'éparpiller.

C'était une mante religieuse.

Le plus calme et le plus violent de tous les insectes.

Une mante pouvait croquer n'importe quelle bestiole aussi grosse qu'elle. Elle jeta son immense patte pour attraper une fuyarde et lui trancher l'abdomen. En ramenant sa proie vers sa gueule, la mante décocha sa patte arrière qui fit rouler la cage.

Elisha s'accrochait aux barreaux.

La tête mobile de la mante fit un tour sur elle-même pour contempler le piège-cage qui glissait dans la pente. La mante lâcha la fourmi qu'elle tenait. Elle se mit en mouvement comme un monstre articulé. Lançant une de ses pinces, elle saisit la cage et l'approcha de ses grands yeux éteints. La prisonnière avait perdu connaissance, mais Elisha était toujours accrochée à l'extérieur.

La mante déchiqueta quelques barreaux. Elisha parvint à se glisser à l'intérieur. L'insecte regarda longuement les deux jeunes filles, puis il reposa la cage sur le sol. Une sorte de vibration parcourut la longue carcasse verte. Les antennes et les pattes arrière s'affaissèrent. La mante roula sur le dos, morte.

Elisha resta immobile un long moment. Par une anomalie de la nature, cette mante avait survécu à plusieurs mois de neige, oubliée de l'hiver. Elle s'était cachée quelque part, vivant sur son trésor de chasse. Elle avait sauvé la vie de ces deux jeunes filles. Et elle s'effondrait maintenant, sans même les avoir touchées.

Ce miracle redonnait confiance à Elisha.

Elle tira la jeune prisonnière, toujours inanimée, hors de la cage et la recouvrit avec le manteau de Patate. De longs cheveux emmêlés tombaient sur ses épaules couvertes de boue. Elisha savait que c'était une Pelée. On voyait par intermittence la ligne bleue sous ses pieds.

À part Isha, sa mère, c'était la première fois qu'elle voyait quelqu'un de son peuple. La jeune fille ouvrit enfin les yeux. Elisha la dévisageait.

– Je vais rester un peu avec toi, lui dit-elle en lui posant la main sur le front.

La fille tira le manteau pour cacher son visage.

Elisha se leva et fit quelques pas pour aller prendre de l'eau.

Elle revint s'accroupir à côté du manteau.

– Tu veux boire ?

Il n'y eut pas de réponse. Elisha souleva le manteau par le col.

La fille avait disparu.

Elisha regarda autour d'elle. Les bois de lichen étaient immobiles. Le silence était presque inquiétant. D'où sortait cette fille, cette apparition qui venait de se volatiliser ?

– Reviens ! cria-t-elle dans le vide.

Elle entendit alors un bruit derrière un fourré et s'approcha.

Elisha découvrit des centaines de fourmis affairées. Elles étaient revenues sur la dépouille de la mante et commençaient à la dévorer. Ces bestioles finissent toujours par gagner.

Glacée, Elisha s'éloigna à reculons et attrapa le manteau.

«Cette fille ne restera pas libre longtemps», pensa-t-elle en se mettant à courir.

Ilaïa fut capturée dès le lendemain par une patrouille de Jo Mitch.

Elisha arriva bientôt à proximité de la ferme de Seldor.

Il faisait encore sombre. Quelques reflets roses commençaient à se répandre autour d'elle.

L'entrée dans les Basses-Branches avait été pour Elisha une grande bouffée d'odeurs et d'émotions. Le froid piquant réveillait tous les parfums de son enfance. Il y avait dans l'air le fumet d'une tisane aux feuilles, le goût des premiers matins de printemps, et puis cette odeur de feu de bois qui prolongeait le souvenir de l'hiver.

Elisha savait exactement ce qu'elle allait faire. Elle

connaissait les risques de son plan. Aucune autre solution ne se présentait à elle. La ferme était si bien gardée qu'elle ne pouvait y pénétrer en secret pour libérer sa mère.

Il fallait donc arriver en fanfare, tenter le tout pour le tout.

L'intérieur de son manteau était doublé. Elle le retourna sur lui-même pour avoir l'air d'une grande dame en fourrure jaune et noire. Elle ajusta la capuche sur ses cheveux, et, avec son doigt, passa un peu de poussière noire autour de ses yeux.

Elisha s'approcha du premier poste de garde, prit une grande inspiration et se lança dans l'aventure.

– Je vais les faire jeter aux oiseaux ! hurla-t-elle. Où sont mes bougres d'imbéciles de porteurs ?

Les deux gardes qui entendirent approcher Elisha restèrent interdits. Elle vociférait, insultait ses chaussures dont les talons s'étaient cassés et qu'elle prétendait avoir dû abandonner.

– Espèces d'étourneaux, de troglodytes, de linottes à plumes !

Tous ces noms d'oiseaux résonnaient dans la forêt de lichen. Elisha finit par apercevoir les soldats et leur lancer :

– Vous non plus, vous ne faites rien pour moi, bande d'incapables. Je veux parler à votre chef !

Intimidés, ils commencèrent par retirer leurs chapeaux.

– Je… Nous… On va voir ce qu'on peut faire…

– Faites plutôt ce que je vous dis ! cria Elisha.

L'un des gardes poussa l'autre avec le coude.

– Tu as vu qui c'est ?

– Non…

– C'est la petite prisonnière de là-haut.

– Tu crois ?

– Je la reconnais. J'étais ici quand Blue est venu la chercher.

Après un instant d'hésitation, ils sautèrent sur Elisha, la prirent chacun par un bras et l'emmenèrent.

Elisha ne cria pas. Elle eut simplement un petit sourire inquiétant et se laissa conduire. Qui pouvait imaginer que c'était exactement ce qu'elle attendait d'eux ?

La caserne de Seldor se réveilla aussitôt. On alla prévenir Garric, le chef de garnison.

Elisha observait du coin de l'œil le bâtiment de la ferme. Il était maintenant en ruine et ne paraissait plus habité. Elisha releva son col de fourrure pour cacher

294

son désarroi. Où pouvait être passée la famille Asseldor ? Où était surtout Isha Lee ?

Garric surgit dans la cour en se frottant les mains. Depuis la fuite des Asseldor qui avait fait beaucoup de bruit, il cherchait un moyen d'améliorer sa réputation auprès de Mitch et de Blue. La capture de la fiancée de Léo Blue s'annonçait comme une excellente occasion.

– Je ne savais même pas que vous vous étiez évadée, gloussa Garric.

– Moi non plus, répondit immédiatement Elisha.

– On m'avait dit que vous alliez enfin vous marier avec M. Blue.

– Il me semblait aussi.

– Alors qu'est-ce que vous faites entre ces deux hommes comme une fugitive ?

Un sourire au coin des lèvres, Elisha haussa les épaules.

– Je me pose la même question, monsieur… monsieur comment ?

– Garric.

Elle tendit le bout de ses doigts vers lui pour un baisemain.

– Enchantée, M. Barrique, Léo Blue m'a beaucoup parlé de vous.

Garric était à la fois flatté et perplexe. Cette jeune femme avait presque l'air de s'amuser. Elle avait beaucoup changé et ressemblait maintenant à une princesse capricieuse.

– Je vais vous ramener à Léo Blue, lança-t-il sans oser toucher la main tendue.

– Il sera ravi de vous voir. Voilà quelque temps qu'il veut vous couper la tête…

– Comment ?

Garric avait failli s'étrangler. Elisha expliqua :

– Je dis que je ne donne pas cher de votre tête quand Léo saura comment vous avez traité…

Tapotant avec le dos de la main la poussière sur son col de fourrure, elle prit son temps avant de finir la phrase.

– … quand il saura comment vous avez traité Mme Elisha Blue.

Les soldats qui l'encadraient regardèrent leur chef en écarquillant les yeux. Était-il possible que…

– Je sais que Léo a été choqué que vous ne soyez pas à notre mariage, M. Barrique…

– Garric, corrigea Garric entre deux grincements de dents.

– Oui, Garric… Excusez-moi, je devrais me rappeler votre nom. Léo parle toujours d'un certain Garric qui ne finira pas l'hiver…

– Vous êtes… Vous êtes Mme Blue ?

– J'imagine que mon mari n'est pas encore arrivé.

– Non, madame.

– Quel dommage. Pouvez-vous dire à ces deux soldats de lâcher les poils de mon manteau ?

– Lâchez-la, gémit Garric qui pleurait presque. Je suis vraiment, totalement, absolument… Je suis…

– Ne vous excusez pas, mon garçon. Dites-moi plutôt si quelqu'un, parmi vous, possède un cerveau…

Garric ne savait pas comment réagir.

– Un… ?

– Un cerveau. J'ai une question importante. Mais je ne veux pas la poser à n'importe qui.

– Je peux… peut-être…

Elisha se mit à rire. Garric essayait de ricaner aussi. Elisha s'arrêta pour dire :

– Vous ?

Elle riait de plus belle.

– Vous plaisantez ?

Garric rougissait. Il n'avait jamais vu une telle insolence.

– On peut toujours essayer, dit finalement Elisha. Savez-vous, M. Barrique, où se trouvent les gens qui habitaient autrefois cette maison ?

Garric était pris de tics nerveux. Ses yeux commençaient à loucher comme deux mouches amoureuses. Il balbutiait :

– Ces gens sont partout, Mme Bli… Je… Je veux dire… Ces gens sont partis, Mme Blue.

– Ah oui ? Il n'en reste pas un seul ?

– Non… Enfin…

– Oui ?

– Il en restait peut-être un petit.

– Un petit.

– Un petit qui a fait des bêtises.

– Où est-il ?

– Dans ma cave.

– Montrez-le-moi !

– Il ne doit pas être beau à voir. Je l'avais un peu… oublié.

Elisha se fit conduire dans la cave de Garric. On mit

du temps à trouver les clefs. La trappe n'avait pas été ouverte depuis des mois.

– Cassez-moi cette porte, ordonna Elisha.

Quand on sortit Mô Asseldor, il ne pouvait même pas regarder la lumière du jour. Garric l'avait enfermé après l'évasion de sa famille. Mô avait mangé les réserves de la cave. Il pensait qu'on ne le sortirait jamais de là. Il reconnut la voix d'Elisha. Trop faible pour réagir, il entendit qu'elle donnait des ordres.

Il ne comprenait plus rien.

On jeta Mô sur une sorte de banquette. Il sentit l'air frais sur son visage. L'odeur de la forêt.

On l'emmenait en traîneau quelque part.

Mô Asseldor ne se réveilla que le lendemain. Les grands yeux d'Elisha planaient juste au-dessus de lui. Il était allongé sur un traîneau de plumes avec une couverture.

Dans la ferme de Seldor, elle avait promis qu'elle ne dirait rien à Léo de la monumentale erreur de Garric.

– Vraiment ? supplia Garric.

– Je n'ai qu'une condition, M. Barrique. Laissez-moi emmener ce petit faire un tour.

Maintenant, arrêtée avec Mô dans une clairière toute blanche, sous un ciel de branches entremêlées, elle lui faisait boire de l'eau tiède.

Mô réussit à dire :

– Où va-t-on ?

Et Elisha répondit :

– On va chez ma mère…

Elle se remit à tirer le traîneau sur la neige qui fondait.

19

Papillon

C'était le troisième jour de fièvre d'Isha Lee. Elle était allongée dans la maison aux couleurs. Elle savait qu'elle avait besoin d'aide mais n'attendait aucun secours.

Personne n'était entré ici depuis des mois.

Isha avait attrapé cette fièvre en tombant dans l'eau du lac. La glace s'était brisée sous ses pas. Elle avait à peine pu se traîner jusqu'à chez elle, toute tremblante de froid.

Elle connaissait le remède qui pourrait apaiser sa souffrance.

Isha connaissait tous les remèdes.

Mais son corps n'avait même pas la force d'aller jusqu'à cette fougère qui poussait dans l'écorce, tout près de là, et qui guérissait les fièvres les plus violentes.

Isha n'avait pas peur. Tenant un petit portrait bien serré au creux de sa main, elle grelottait sur son matelas bleu. Elle avait pu se redresser pour jeter du bois

dans le feu. Dans ses yeux, des larmes brûlantes déformaient la lumière et projetaient des formes étranges.
Lentement, ces formes devinrent des paysages et des
gens.

Elle revit la prairie de son enfance, cette étendue
infinie inclinée vers le soleil.

Le bourdonnement des guêpes, le matin.

Jadis, quand Isha s'endormait dans une fleur, elle
était parfois réveillée par le vol d'une abeille au petit
jour. Elle ouvrait les yeux à l'approche de cette minuscule tornade : le bruit assourdissant de l'insecte, l'air
chassé par le battement des ailes, et l'odeur du miel. Le
pollen soulevé par l'abeille faisait un petit nuage rose
autour d'elle pendant qu'elle se relevait.

Isha ne craignait ni les guêpes, ni les abeilles, ni les
gros frelons. Il suffisait de leur abandonner la place avec
une révérence. Elle se glissait entre deux pétales et descendait sur la tige.

Isha traînait parfois auprès des papillons. Elle leur
flattait le ventre avec le plat de la main. Rien n'est plus
chatouilleux qu'un papillon.

Isha était la plus belle et la plus sauvage des filles des
herbes.

La fièvre avait jeté Isha Lee dans ses souvenirs. Elle
essaya un instant de résister pour ne pas se laisser basculer dans l'absence.

À bout de force, assommée par la fièvre, elle finit par lâcher prise.

Les années ruisselèrent sur elle. Elle se retrouva le lendemain de ses quinze ans, le jour qui avait décidé de toute sa vie.

Isha faisait la sieste à l'ombre d'un papillon sur une large feuille d'herbe qui dominait la prairie. Elle venait de se disputer avec son père qui lui avait demandé de choisir un mari.

Elle avait toujours autour d'elle une douzaine de chevaliers servants. Tous rêvaient de l'épouser. La jeune fille ne faisait rien de particulier pour les attirer, mais il suffisait de croiser son regard pour rejoindre immédiatement l'armée de ses soupirants.

Certains d'entre eux avaient fait de grosses bêtises pour attirer son attention. Nouk avait sauté de son épi avec une graine de pissenlit en guise de parachute. Il s'était brisé les deux genoux.

Isha n'aimait pourtant rien autant que la solitude, et elle pouvait disparaître plusieurs jours sans que l'on sache où elle se trouvait. Son père en avait pris l'habitude.

Chaque fois, Isha revenait.

Ce jour-là, elle pensait justement à sa prochaine fugue, quand le papillon sous lequel elle s'abritait du soleil s'envola d'un coup d'aile, dévoilant un homme, de l'autre côté.

Il portait un grand panier sur le dos.

– Bonjour.

Isha ne lui répondit pas tout de suite. Elle voyait

bien qu'il était différent. Ses vêtements ne ressemblaient à rien de ce qu'elle connaissait. Il avait un bras blessé accroché en écharpe.

– Je suis désolé, dit-il, c'est moi qui l'ai fait s'envoler. Je ne vous avais pas vue.

Malgré sa fatigue apparente et un voile de tristesse dans le regard, il y avait une grande solidité dans cet homme.

De la poudre de papillon multicolore s'étalait jusque dans ses cheveux.

Isha n'avait jamais fait très attention aux hommes, mais celui-ci éveillait en elle une certaine curiosité.

– Je viens de l'arbre, dit l'homme. Je travaille sur les papillons.

« Travailler sur les papillons », l'expression sonnait étrangement à l'oreille d'Isha. Ces mots n'allaient pas ensemble.

Le voyageur voulut retirer la hotte qu'il avait sur le dos, mais il s'arrêta dans son mouvement. Son bras le faisait souffrir.

Isha se leva et vint vers lui. Pour la première fois de sa vie, elle faisait un peu attention à sa manière de mettre un pas devant l'autre, à son allure dans sa robe. Elle décollait du bout des doigts le tissu de lin trop serré sur la hanche.

Elle regarda la blessure en y passant délicatement la main.

– Vous avez mal, dit-elle.

– C'est rien. C'est un moustique qui m'a attaqué, il y a trois nuits. Vous êtes une Pelée ?

– Il faut soigner ce bras.

Le voyageur la regardait en souriant.

– Si vous saviez ce qu'on dit de votre peuple…

– Venez avec moi.

– On dit que vous mangez vos visiteurs.

Isha se mit à rire.

– Pour le moment, vous me coupez l'appétit avec votre bras malade.

Ce rire d'Isha, et puis leur rire à tous les deux : cet instant avait décidé de tout.

Le papillon repassa au-dessus d'eux.

Isha emmena le voyageur dans l'épi de son père. Ils le soignèrent et le gardèrent chez eux une première semaine. Les enfants pelés venaient l'observer pendant des heures.

Au début, ils n'osaient pas s'approcher, mais l'étranger les apprivoisa peu à peu en leur montrant le contenu de son sac. Il transportait de longues boîtes divisées en cases dans lesquelles étaient rangées des milliers de couleurs. Les Pelés ne connaissaient que quelques couleurs simples, le rouge, le jaune, le vert, et ils ne faisaient pas de mélanges. Ils tiraient tous leurs coloris des plantes de la prairie.

Mais ce visiteur venu de l'arbre chassait les couleurs des papillons. Il y en avait un nombre infini. Les nuances allaient du doré au noir en passant par tous les bruns, les ocres, les gris argentés et les orangés.

La variété de toutes ces couleurs fascinait les Pelés. Entre eux, ils nommèrent le voyageur : Papillon.

Ils défilaient les uns après les autres et Papillon leur mettait une pointe de couleur sur le bout du nez.

Isha ne s'échappait plus. Elle était assise dans un coin et ne quittait pas l'homme des yeux. Il se tournait parfois vers elle quand il parlait aux enfants. Elle baissait un peu le regard en essayant de retrouver ce petit œil sauvage qu'elle avait toujours eu. Mais, face à cet homme, elle n'avait plus rien de sauvage. Elle aurait pu rester là à tout jamais, comme une petite bête familière, dans l'épi de son père.

Après deux semaines, par malheur, la blessure fut guérie.

– Ça n'est pas encore parfait, dit Isha en regardant le bras.

– Vous croyez ? demanda Papillon. On ne voit plus rien...

– C'est... C'est à l'intérieur..., expliqua-t-elle maladroitement.

Ils étaient seuls tous les deux, ce soir-là. Papillon

montrait son avant-bras à Isha, éclairé par les flammes d'un feu de paille.

– Je ne sens plus rien, dit Papillon.

– On ne sent pas toujours ce qui fait mal. Il faut vous reposer encore ici.

Il la regarda en silence.

– Je dois partir, Isha. Je dois retourner dans l'arbre.

– Vous n'êtes pas guéri, insista-t-elle avec un sanglot dans la voix. C'est grave, c'est très grave. Il faut rester.

Cette fois, Papillon remarqua ses longs cils ourlés de larmes.

– Qu'est-ce qui est grave ? demanda-t-il doucement.

Isha était tout près du feu. Elle dit :

– C'est moi qui ai mal si vous partez.

Craquements, froissements, rumeur de la nuit, tout se tut pour célébrer cet instant.

Isha posa sa tête sur l'épaule de Papillon.

Combien d'hommes dans la prairie auraient rêvé d'être à la place de Papillon ?

Ils n'osaient plus bouger.

– Moi aussi, j'aurai mal si je pars, dit l'homme, mais il y a quelque chose dont je ne vous ai pas parlé, Isha.

Il laissa chantonner quelques instants le petit feu devant eux.

– J'ai eu une vie dans mon arbre. J'étais marié à quelqu'un. J'ai perdu la personne que j'aimais. Il faudra du temps.

– J'aime le temps avec vous, murmura Isha d'une voix brisée.

Papillon décida de rester encore un peu. Ils gardèrent pour eux ce secret. Et cela dura jusqu'à la fin de l'été.

Les gens de l'herbe continuèrent à traiter leur hôte avec beaucoup de bienveillance.

Les vieux invitaient Papillon à boire la violette avec eux. Les jeunes le suivaient dans ses chasses aux papillons. Les femmes se peignaient avec ses couleurs. Les petits enfants se cachaient dans sa hotte quand il partait en promenade.

Tous prenaient l'habitude de passer dans l'épi du père d'Isha pour recevoir leur petite tache sur le nez.

Un jour pourtant, les choses changèrent. Quelqu'un vit Papillon qui marchait main dans la main avec Isha au pied d'un bouquet de roseaux.

La rumeur parcourut la prairie à la vitesse d'un lièvre.

On ne devait pas toucher à Isha. C'était la préférée, la princesse des herbes, et on ne pouvait imaginer qu'un jeune arbre étranger vienne cueillir cette fleur interdite, cette fleur sauvage qu'aucun homme de la prairie n'avait eu le droit de respirer.

Il y eut parmi les Pelés ce qu'il n'y avait jamais eu jusque-là dans les herbes : des ragots, des murmures, des conciliabules. Lee, le père d'Isha, n'entrait pas dans ce jeu. Dès que le vieil homme approchait, les gens se taisaient.

Les enfants reçurent l'ordre de ne plus rendre visite à Papillon. Les vieux buvaient leur violette entre eux. Les femmes abandonnèrent les couleurs de Papillon.

Mais le pire arriva aux derniers beaux jours, quand une petite assemblée convoqua l'étranger pour lui ordonner de s'en aller.

Le lendemain matin, les amoureux disparurent.

Ils s'étaient mariés sans le dire à personne. Maintenant, ils partaient vers l'arbre.

Seul, le père d'Isha leur fit ses adieux dans la nuit. Il sentait un goût amer sur ses lèvres. Devinait-il qu'il ne les reverrait plus jamais ?

Le vieil homme resta longtemps au pied d'un bouquet de trèfle. Il regardait s'éloigner ces deux ombres et leur secret.

Il venait d'apprendre que sa fille attendait un enfant.

Se rappelant le départ des herbes, quinze ans plus tôt, Isha, toute brûlante de fièvre, sentit la chaleur gagner son ventre, à l'endroit où avait grandi son bébé. Alors, elle entendit une voix qui disait :

– C'est moi…

Isha savait qu'elle était en train de sombrer dans le délire. Elle avait revécu ses souvenirs avec une vérité bouleversante. Elle respirait de plus en plus mal.

Mais toujours cette chaleur sur son ventre, cette voix qui insiste :

– C'est moi, maman…

Et une très grande lumière à travers ses paupières fermées.

Elle ouvrit les yeux, les flammes étaient hautes à côté d'elle. On y avait jeté du bois sec. Isha se releva légèrement.

– Qui est là ?

Quelqu'un avait posé sa tête sur son ventre.

– C'est moi, dit la voix.

Alors Isha reconnut le visage qui était tout près d'elle. Les cheveux courts donnaient à ces traits une énergie étrange.

– Elisha.

Elisha enfouit sa tête dans le cou de sa mère.

– Je vais m'occuper de toi. Je suis revenue, maman.

Elisha n'était pas seule. La silhouette de Mô Asseldor attendait derrière le feu. Il était amaigri, mais souriant. Il contemplait la mère et la fille enlacées.

Isha serrait toujours dans son poing le portrait de
Papillon.

Au même moment, beaucoup plus haut, là où l'arbre
touche le ciel, Nils Amen entrait dans le nid de Léo
Blue.

Il voulait voir Elisha.

Il n'avait rien su de l'aventure des derniers jours,
ni du mariage ni de la fuite d'Elisha, parce qu'il avait
voyagé dans les rameaux du nord, au cœur d'une jungle
de lichen en lianes…

Il était à la recherche d'un groupe de voltigeurs.

Nils voulait retrouver Tobie qui n'était pas revenu
depuis longtemps dans la maison des Olmech et des
Asseldor. Les familles étaient inquiètes de cette disparition. Nils avait promis à Maï qu'il le retrouverait très
vite.

– Je peux compter sur vous ? demanda Maï.

Nils et Maï osaient maintenant se regarder dans les
yeux.

Nils répondit :

– Je suis votre homme, mademoiselle.

Il s'était immédiatement rendu compte de l'autre
sens de ces mots. Mais Maï ne semblait pas troublée.
Elle repoussa une mèche qui tombait sur ses yeux, la

rentra dans son bandeau de velours noir, et, retirant son gant, elle lui serra la main.

Au moment de lâcher cette main, Nils garda une seconde les doigts dans les siens. Dans cette seconde, il passa autant de douceur que dans un baiser.

En se quittant, ils avaient tous les deux la sensation nouvelle de voir s'éloigner un morceau d'eux-mêmes.

Nils hésita à se retourner. Il se disait qu'il serait déçu si par hasard elle était déjà rentrée dans la maison plutôt que de le regarder partir. Mais il préféra tenter sa chance. En haut de la côte d'écorce humide, il se retourna lentement.

Il n'y avait plus personne dehors.

Il eut un petit sourire moqueur pour lui-même et se remit en marche.

Derrière la fenêtre, le visage et les mains écrasés contre la vitre, Maï était toute fondante d'émotion. Elle l'avait vu se retourner et elle commençait à se demander s'il n'était pas un peu amoureux d'elle.

Nils chercha donc Tobie pendant plusieurs jours. Il finit par découvrir son groupe de voltigeurs. Châgne et Torfou lui expliquèrent que Tobie n'était plus avec eux.

C'était donc avec une certaine inquiétude que Nils arrivait dans le nid des Cimes. Il ne voulait pas manquer sa rencontre habituelle avec Elisha, mais il était impatient de tirer au clair les raisons de cette mystérieuse disparition.

Nils entra dans l'œuf de Léo. Il n'y avait personne.

– Léo ! appela-t-il.

Il marchait dans l'œuf obscur à pas lents. Il s'approcha de la cage en berlingot où brillait le ver à soie et retira le tissu qui la recouvrait. Le jaillissement de lumière éclaira un grand désordre dans lequel Nils reconnut le matelas jaune d'Elisha.

Il s'était passé quelque chose.

– Je n'ai pas eu le temps de ranger… J'étais sur mon petit balcon, là-haut.

La voix venait de derrière lui. C'était Léo.

– Je vais parler à Elisha, dit Nils.

On entendait le souffle de Léo. Il n'était pas dans son état normal. Nils essayait de rester calme et jovial.

– Je viens la voir… Je crois qu'elle va mieux, continua-t-il. Elle m'écoute maintenant.

Léo s'approcha de Nils Amen.

– Je te fais confiance, dit Léo d'une voix de glace. Si tu crois qu'elle va mieux… Je te fais confiance.

– Il aura fallu un hiver, dit Nils.

– Oui. Un long hiver. Tu sais ce que je me disais…

– Non.

– Je me disais que tu étais la première personne en qui je mettais ma confiance depuis longtemps.

– Merci, Léo. Je suis ton ami.

Léo Blue ne put s'empêcher de rire silencieusement. Nils essayait de sourire avec lui.

Enfin, Léo s'approcha de Nils. Il le dévisagea, et ouvrit ses bras.

– Mon ami.

Il le serra contre lui.

Nils ferma les yeux. Puis il dit :

– Je peux monter sur ton balcon, là-haut ? Je n'y suis jamais allé.

Léo fit un geste large qui voulait dire : « Tu es chez toi. »

Nils lui tourna le dos et monta les marches qui longeaient en spirale la paroi intérieure de l'œuf. Léo le suivait des yeux.

Quand il eut disparu, Arbaïan fit irruption avec une dizaine d'hommes.

Léo ne les regarda même pas.

– Il est là-haut, dit-il. Faites ce que vous devez faire.

Les hommes allèrent vers les premières marches. Léo fit un signe vers Arbaïan qui s'approcha.

– Alors ? demanda Léo.

– J'ai peur qu'elle soit déjà très loin. Toutes nos troupes sont en action depuis le premier jour, mais l'arbre est grand.

– Si vous ne la trouvez pas, je la chercherai moi-même.

D'un coup, ils poussèrent la porte qui donnait sur le balcon.

Arbaïan surgit le premier. Il avait dégainé l'aiguillon de frelon qui pendait à sa ceinture.

Personne.

Le paysage des Cimes s'étendait à perte de vue. Le petit balcon accroché à la coquille de l'œuf dominait le nid. La forêt de plumes, les fagots du nid, et plus loin, pointant vers le ciel, des bourgeons dont les sommets enneigés se détachaient dans la lumière. Mais Nils Amen avait disparu.

– À la garde ! hurla Arbaïan. Il ne peut pas être loin !

– Là ! Son gant !

Un gant était resté sur la coquille, juste en dessous du balcon.

– Il est descendu par là…

Tous les soldats se jetèrent sur la pente de l'œuf et se laissèrent glisser sur la coquille. Arbaïan resta un moment sur le balcon puis il rentra dans l'œuf et ferma la porte.

Quelques secondes passèrent et Nils apparut. Il s'était caché juste au-dessus. Il sauta sur le balcon.

Au moment où Léo l'avait embrassé, il s'était rappelé la phrase de Tobie : « Le jour où il te serrera dans ses bras, ce sera parce qu'il aura tout découvert. »

Dès cet instant, Nils avait décidé de s'enfuir.

– Je m'étonnais que vous ayez laissé traîner votre gant.

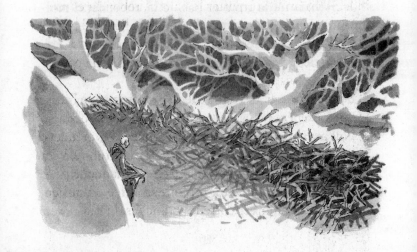

Arbaïan avait poussé la porte et se trouvait juste derrière lui, l'arme à la main.

Nils recula. Arbaïan pointait sur lui son aiguillon de frelon.

– Je savais que tu étais un traître, dit Arbaïan. Je le savais depuis le début.

– C'est vous qui trahissez, dit Nils. Vous trahissez tout ce que vous êtes, Arbaïan.

Les deux hommes se regardaient.

– Quand j'étais petit, se rappela Nils, je vous voyais passer dans les bois d'Amen pour ramasser vos couleurs sur les ailes des papillons…

– Tais-toi, Nils Amen.

– Vous étiez ce que je voulais devenir. Un passionné. Vous êtes devenu un valet. Le valet d'un fou.

Minos Arbaïan se jeta sur le jeune bûcheron.

Nils fit un pas de côté. L'arme d'Arbaïan passa juste à côté de son cou. Nils prit son élan et se lança dans le vide. Arbaïan le vit quitter le balcon, rebondir et rouler sur la paroi, puis s'écraser au pied de l'œuf. Il pensa que c'était fini. Mais après une poignée de secondes, Nils se releva péniblement sur ses jambes et fila par un couloir de bois sec.

Arbaïan lançait des ordres depuis le sommet de l'œuf. La troupe repéra Nils qui avançait vers la forêt de plumes.

Nils avait assez d'avance pour échapper à ses premiers poursuivants, mais quelques soldats surgirent sur le côté. Ils lui barrèrent la route. La tige sur laquelle progressait Nils était étroite. Il passa en force au milieu d'eux et les fit tomber entre les branches du nid.

Nils traversa la forêt blanche. Sa jambe lui faisait mal. Il sentait qu'il ralentissait. Ses poursuivants gagnaient du terrain. Nils allait sortir du nid. Brusquement, épuisé, il eut l'impression que ses membres ne répondaient plus. Il s'arrêta et s'écroula sur le sol. Il entendait les voix des hommes d'Arbaïan qui approchaient. Nils Amen se savait pris.

Les soldats s'arrêtèrent juste derrière lui.

Nils avait la tête contre une tige de lichen. Il pensait à Maï, sa voix, ses gestes, sa douceur perdue pour lui à jamais. Il aurait dû lui parler, une fois, rien qu'une fois.

– On t'a eu, saleté… dit un des hommes, suffoquant d'avoir trop couru.

Il s'approcha de Nils, mais à l'instant où il allait poser sa main sur son épaule, il entendit :

– Cet homme est à nous.

Nils leva la tête. C'était la grosse voix de son père. Une quinzaine de bûcherons étaient à ses côtés.

– Nous sommes ici dans notre forêt, dit Norz Amen.

Il y eut un moment d'effarement.

Les soldats d'Arbaïan se regardèrent et comprirent très vite qu'ils ne pourraient rien faire. C'était la règle. On ne touchait pas aux bûcherons.

Nils les vit hésiter encore quelques secondes.

Ils crachèrent sur le sol et s'en allèrent.

Le jeune bûcheron se tourna vers son père.

Un grand sourire illuminait le visage du jeune homme.

Tous les bûcherons détournaient le regard. Certains essuyaient discrètement leurs yeux.

Norz mit la main sur la hache qu'il avait à la taille. Il regarda le gros Solken, immobile, tout près de lui, et il dit :

– En vérité, Nils, tu n'es plus l'un des nôtres. Tu es notre prisonnier, en attendant ta condamnation.

On attrapa Nils Amen comme un voyou et on l'emmena.

Norz essayait de garder la tête bien haute, mais son cœur était fendu comme une bûche.

20

Dans les griffes de Tigre

Le seul personnage qui aurait pu témoigner de l'innocence de Nils Amen, le seul à connaître son plan et ses intentions, se trouvait au fond du cratère de Jo Mitch à creuser le bois dans un nuage de poussière.

Tobie avait remis sur son corps la couche de boue des Pelés et il était venu rôder autour du cratère. La ligne bleue de ses pieds se repérait de loin. À la tombée de la nuit, on l'avait pris.

C'était précisément ce qu'il recherchait. Tobie s'était livré à l'ennemi.

Tête de Lune, Jalam et tous les autres retrouvèrent avec plaisir leur Petit Arbre. Mika essayait de faire comprendre à Liev que Tobie était de nouveau parmi eux. Mais Liev avait très bien compris. Il passa ses doigts dans les cheveux de Tobie et les ébouriffa, comme il faisait autrefois dans la prairie.

Les Pelés retrouvaient le sourire.

– J'ai vu mon père, dit Tobie. On m'a mis face à lui et on m'a demandé si je le connaissais.

– Ton père ?

Tous les Pelés se regardèrent. Le vieux avec la crêpe sur la tête… C'était donc le père de Tobie.

– C'est un homme bon, dit Jalam. On voit que tu es son fils.

Tobie hocha la tête.

Sim n'était pas vraiment son père. Tobie le savait depuis les révélations de Pol Colleen. Mais il était heureux que Jalam parle de cette ressemblance.

– On va tous s'en aller, dit Tobie. Je suis venu pour vous aider à partir, vous, et mes parents, et tous ceux qui creusent dans ce cratère.

Les Pelés chuchotèrent entre eux puis Mika demanda :

– Tu sais où est la sortie, Petit Arbre ?

– Pas encore, s'excusa Tobie, mais il y a toujours une sortie.

– Ici, il n'y a pas de sortie, dit Tête de Lune qui sentait monter les larmes dans ses yeux.

Jalam expliqua tout bas à Tobie comment un certain Tigre venait tous les jours interroger Tête de Lune. Il lui raconta l'histoire du pendentif.

– Je n'ai plus beaucoup de temps, dit Tête de Lune.

– Qu'est-ce qu'il veut ? demanda Tobie.

– Il veut te trouver.

Tobie resta longtemps silencieux.

– Je vais faire attention. Personne ne doit me reconnaître.

Et il répéta pour lui-même :

– Il y a toujours une sortie.

Avant de s'endormir, le soir, Tête de Lune se tourna vers Tobie et lui souffla :

– J'ai quelque chose à te dire, Petit Arbre.

– Dis-moi, dit Tobie en bâillant.

– Ma sœur est ici.

Tobie essaya de cacher sa stupeur.

– Où est-elle ?

– Je ne sais pas. Je crois qu'ils la font travailler dans la cuisine. Mika l'a vue là-haut.

Tobie articula :

– Ta sœur ne doit surtout pas savoir que je suis là.

– Pourquoi ?

– Je ne peux pas te le dire. C'est très important. Ta sœur ne doit pas me voir.

Du haut de ses dix ans, Tête de Lune ne sentit pas la gravité de la demande. Il pensa que c'était une des règles de ce jeu incompréhensible que les grands appelaient l'amour.

Tobie resta éveillé toute la nuit. C'était un autre jeu

qui se jouait, celui de la vie ou de la mort. Ilaïa était maintenant le plus grand danger qui le guettait dans ce camp.

Les jours suivants, Tobie découvrit le travail dans le cratère.

Il apprit à se fondre dans le groupe des Pelés. Personne parmi leurs surveillants ne reconnut celui que, trois ans plus tôt, tout le monde cherchait.

Tobie souffrait de chaque coup de pioche qu'il donnait. L'outil s'enfonçait dans le bois avec un grincement terrible et, quand une goutte de sève remontait à ses pieds, il ne pouvait s'empêcher de penser à l'agonie de l'arbre.

Un matin, ils étaient alignés avec une dizaine de Pelés, au pied d'une falaise de bois rongé, quand Tigre surgit au milieu d'eux. Jalam fit signe à Tobie.

— C'est lui.

Tigre avait un fouet qui venait frôler les épaules des bagnards.

— Baisse la tête, Petit Arbre…, dit Jalam. Il va te reconnaître.

Mais Tobie tourna au contraire son visage vers le soldat pour croiser son regard. Il devait être certain qu'on ne pouvait le démasquer. Tigre n'eut pas la moindre réaction. Il continuait à faire claquer son fouet.

De l'autre côté du ravin, Liev montait et descendait perpétuellement la côte. Harnaché de plusieurs sacs remplis de copeaux, il s'orientait en tirant une corde sur laquelle ses mains s'abîmaient. Quand on accordait

une brève pause aux travailleurs, Liev, lui, ne s'arrêtait pas. Un garde vérifiait qu'on le chargeait toujours plus.

Les Pelés s'alarmaient de le voir s'épuiser ainsi. Ils le regardaient grimper de son pas régulier.

– J'ai vu ses mains et ses pieds, dit Tobie à Mika. Ils sont en sang, chaque soir. Il ne pourra pas résister long-temps.

– Liev est fort, Petit Arbre.

– Il faut qu'il s'arrête.

– S'il s'arrête, dit Mika, ils se débarrasseront de lui.

Tobie ne cessait de penser à ses parents qui vivaient juste là, de l'autre côté. Comment Maïa pouvait-elle résister à cet enfer ?

Il fallait agir vite. Tobie le savait. Il observait le fonctionnement du cratère, les habitudes, les remplacements des gardiens. Il cherchait le petit défaut d'organisation qui lui permettrait d'entrer en communication avec ses parents et tous les autres.

Une fois de plus, les événements précipitèrent les plans de Tobie.

Tous les soirs, les Pelés recevaient un bol de soupe cramoisie dans laquelle flottaient quelques morceaux d'éponge bouillie. On jetait en fait dans une marmite un gros champignon dégoûtant qui colorait l'eau en rouge. Ce repas leur était donné à l'entrée d'une tanière qui servait de cuisine. Les Pelés se mettaient en file, les uns derrière les autres, et tendaient leur bol à un vieux gardien posté derrière la marmite.

Le cantinier ressemblait précisément à une éponge,

et il devait avoir l'impression de découvrir son reflet rougeaud quand il regardait la surface de la soupe.

Ce jour-là, en arrivant pour le repas, Tête de Lune donna un coup d'épaule à Tobie.

– Regarde ! murmura-t-il.

À côté du vieux cantinier, il y avait Ilaïa.

Elle était agenouillée au pied de la marmite et soufflait sur le feu. Tobie tressaillit.

Sans perdre un instant, il abandonna Tête de Lune, laissa passer le Pelé qui était derrière lui, et entreprit de reculer peu à peu dans la file. Lentement, il gagnait l'arrière de la longue ligne de Pelés qui attendaient leur tour.

Tobie préférait se priver de repas plutôt que d'être vu d'Ilaïa.

– Qu'est-ce qu'il nous fait comme numéro celui-là ?

Il venait de bousculer deux gardes qui fermaient la marche.

Tobie comprit qu'il ne pouvait plus reculer. Docile, penchant la tête vers l'avant, il avança vers la marmite.

Loin devant lui, Tête de Lune venait d'être servi. Il avait souri à Ilaïa mais n'avait pu reconnaître le regard de sa sœur. C'était un regard égaré et violent. Les traits de son beau visage ne bougèrent même pas.

Tobie n'était plus qu'à quelques pas. On servit, un par un, les trois Pelés qui étaient devant lui. Il s'avança.

Tobie tendit son bol en détournant les yeux. Ilaïa s'était remise à souffler sur les braises. On ne voyait que ses cheveux qui tombaient sur son dos. Le cuisinier remplit le bol, et Tobie commença à s'éloigner.

Il était passé. Il baissait les paupières, cherchant à se rendre invisible.

Tout à coup, quelque chose entrava son pas et le fit trébucher. Un grand éclat de rire accompagna sa chute. La soupe brûlante coulait sur le sol.

– Tu ne regardes pas où tu marches, sauvage !

Les gardiens qui l'avaient fait tomber mettaient leurs bottes dans le jus rougeâtre.

– Toujours à vous rouler dans la boue…

– Eh toi, petite ! ordonna le cantinier. Ramasse son bol. Il a assez mangé.

Ilaïa obéit. Elle quitta son feu, et fit quelques pas vers le corps qui gisait toujours sur le sol. Tobie se releva à ce moment-là, et quand il ouvrit les yeux, il vit Ilaïa qui le regardait.

Elle était belle, mais sa beauté faisait peur.

Elle souriait.

– Bonjour, dit-elle.

Tobie s'en alla rejoindre les autres.

La nuit venue, Tobie trouva Tête de Lune recroque-villé, le visage enfoncé dans les genoux. Il pleurait. Tobie s'assit à côté de lui. Il n'osait pas lui parler. Les autres se tenaient à l'écart sur leurs tapis de sciure. Certains faisaient semblant de dormir pour ne pas déranger les deux amis.

– Pourquoi tu ne m'as pas dit la vérité ? renifla Tête de Lune.

Tobie avala sa salive. Il ne pouvait rien dire.

– Réponds-moi ! Elle voulait te tuer, le jour où je vous ai vus...

– Oui, souffla Tobie.

– Qu'est-ce qu'on va faire ? sanglota Tête de Lune.

– C'est trop tard, dit Tobie.

En effet, un pas venait de se faire entendre à l'entrée de l'abri des Pelés. Un pas lent et botté qui approchait. Tête de Lune avait trop souvent entendu ce pas, le soir. On aurait dit une démarche de promeneur, mais c'était celle d'un assassin.

– C'est lui, chuchota Tête de Lune. Il arrive.

L'homme sifflotait en passant au milieu des corps des Pelés. La nuit était déjà tombée. On voyait grandir la terrible silhouette.

Il s'arrêta devant Tobie et Tête de Lune. Le petit sif-flement cessa. On entendit un ricanement sourd.

– Tout cela est merveilleux...

C'était la voix de Tigre.

– Je suis un génie...

Il cessa brusquement de rire, se baissa et attrapa Tobie par les cheveux pour tourner sa face vers lui.

– Je ne sais pas ce que tu as fait à cette petite, mais elle ne t'aime pas.

Tobie se taisait. Tigre le lâcha et donna un coup de pied à Tête de Lune.

– Toi, on ne peut pas dire que tu m'auras aidé à le trouver. Je me vengerai sur ta sœur.

D'un bond, Tête de Lune sauta sur Tigre qui le frappa avec le manche de son harpon. Le petit garçon s'écroula à ses pieds.

– Que personne n'essaie de me toucher ! Le portier sait que je suis là. S'il m'arrive quelque chose, vous serez massacrés un par un.

Il revint vers Tobie et lui dit :

– Viens. Il y a tonton Mitch qui va être heureux de te voir. Et moi je vais empocher mon million.

Les Pelés n'osaient plus respirer.

Tête de Lune regardait son ami. Que restait-il à faire ?

Dans le silence de l'abri, on entendit alors un petit gloussement, puis un vrai rire. C'était Tobie.

Tigre le frappa aux genoux, mais Tobie n'arrivait pas à s'arrêter. Il reçut encore plusieurs coups. À chaque fois, il riait davantage. Il étouffait de rire.

Les Pelés étaient épouvantés. Ils croyaient que leur ami avait perdu la tête. Seul Tête de Lune comprit que quelque chose était en train de se passer. Il commença à glousser à son tour. Tigre le fit rouler par terre. Mais, à l'autre bout de l'abri, d'autres rires se firent entendre. En quelques secondes, tous les prisonniers se mirent à pouffer.

Tigre se bouchait les oreilles en éructant :

– Taisez-vous ! Je vais vous écraser !

Quand il parvint enfin à contenir son fou rire, Tobie dit :

– Je viens. Voilà. Excusez-nous… C'est nerveux.

Tigre le vit se lever. Tobie passa au milieu des autres qui séchaient leurs larmes de rire.

Tigre le suivit, contrarié, mais après quelques pas, il fit arrêter Tobie et appuya les pointes de son harpon sur son cou.

– Je peux savoir ce qui vous a fait rire ?

Tobie sourit.

– Rien. Presque rien.

– Parle !

– J'ai peur que ça ne vous amuse pas.

– Je t'ordonne de parler.

– C'est votre histoire de million, gloussa Tobie.

– Tu ne me crois pas ?

– Mais si…

– Tu penses que Mitch ne paiera pas ?

– Bien sûr qu'il ne paiera pas, mais…

– Mais quoi ?

– Mais ce n'est pas le plus drôle.

– Arrête ! hurla Tigre. Arrête de te moquer de moi !

Les pointes du harpon touchaient la gorge de Tobie.

– Quatre milliards… Vous appelez ça se moquer du monde.

– Quatre… ? s'étrangla Tigre.

– Quatre milliards, oui.

Tigre retira son harpon. Il respirait fort. Les Pelés ne comprenaient pas grand-chose, mais ils épiaient Petit

329

Arbre pour imiter ses réactions. Le mot « million » n'existe pas chez eux. Le mot « milliard » non plus. On compte jusqu'à douze et, au-delà, on dit « beaucoup ».

Tigre articula :

— La pierre de…

— Oui, la pierre de l'arbre, dit Tobie.

Tigre se tourna vers Tête de Lune. Ce dernier acquiesça fièrement alors qu'il comprenait de moins en moins.

On entendit un autre bruit de bottes. Quelqu'un arrivait. Tigre semblait nerveux.

— Tigre…, appela le nouveau venu. Maintenant, Tigre, vous devez sortir !

— Attends-moi dehors, hurla-t-il.

L'homme recula. C'était Elrom, le gardien de la porte. Celui qui détenait les clefs. Il avait laissé entrer Tigre. Il savait que c'était interdit. Il n'était jamais rassuré de savoir cette brute seule avec les Pelés.

330

Tobie sentait à nouveau les piques du harpon sur son cou.

– Tu as la pierre ? murmura Tigre.

– Oui, dit Tobie.

Tigre se retournait nerveusement. Il était inquiet de savoir son collègue si proche.

– Donne-la-moi !

– Demain à la même heure, continua Tobie. On peut s'arranger.

Tigre se frottait les cheveux. Il était en sueur. Tobie continuait tranquillement :

– Demain, je vous donnerai la pierre si vous ne dites pas que je suis là…

Tigre recula d'un pas. Les milliards défilaient dans ses yeux. Tout cet argent était en train de grignoter ce qui lui restait de cervelle. Il essaya de résister encore quelques instants, mais il finit par se laisser tenter.

– Demain, dit-il en reculant. Demain soir. Ou je te coupe en morceaux.

Les pas de Tigre s'éloignèrent. Tous les Pelés entouraient Tobie. Par quelle magie avait-il fait céder cet homme ?

– On n'a plus le choix, dit Tobie. On doit s'en aller avant demain, minuit.

Il expliqua :

– Je vais prévenir mes parents et tous les autres. On va les emmener avec nous.

– Tu as trouvé la sortie, Petit Arbre ? demanda Jalam.

Tobie sourit.

– Pour nous, je crois que j'ai trouvé la sortie, mais pour eux… je ne sais pas encore comment on va faire. Je dois d'abord parler à mon père. Pour le moment, il faut dormir et prendre des forces.

Ils s'allongèrent sur leur tapis de sciure et de copeaux. Le sommeil les emporta.

Le silence de la nuit avait envahi l'abri. Seuls les yeux de Tête de Lune brillaient encore dans la pénombre.

Quelques minutes passèrent.

La petite silhouette se redressa. Il resta un moment immobile et sauta sur ses pieds. Personne n'avait rien remarqué.

Sans un bruit, il se glissa entre les dormeurs.

Tête de Lune frissonna en arrivant dehors. La nuit était claire mais glaciale. Il prit la direction de la barricade.

Un petit garçon de dix ans qui se promène pieds nus sous la lune, dans un terrible camp de travail… Cette ombre légère paraissait irréelle.

Tête de Lune marchait d'un pas assuré. Sa sœur était la cause de tout cela. Il devait réparer cette faute. Il irait lui-même parler au vieux avec la crêpe sur la tête. Il était le plus petit, il pouvait franchir la barricade.

À quatre heures du matin, Maïa sortit du dortoir. Elle venait de passer deux heures dans son lit à observer fixement la planche au-dessus d'elle, incapable de fermer l'œil. Elle alla s'asseoir sur une marche devant la porte.

Depuis quelques jours, elle vivait au bord des larmes. Savoir Tobie vivant, le savoir si proche d'elle… Cela avait d'abord été une joie extraordinaire. Puis la joie avait bêtement fait place à une certaine inquiétude. Elle retrouvait sa responsabilité de mère, cette petite peur qui se mêle à tous les bonheurs des parents. Peur qu'il arrive quelque chose, peur que le bonheur ne s'en aille un jour.

Elle se souvenait du jour où Sim était arrivé avec ce petit paquet de langes sous son manteau. Un minuscule bébé enveloppé de toile bleue.

– Il a besoin de nous, avait dit Sim.

Maïa ne s'était posé qu'une seule question :

– Est-ce que je vais savoir les gestes qu'il faut faire ?

Elle avait maladroitement pris le petit garçon dans le creux de son coude, et à partir de cet instant tout lui était apparu si simple.

– Il s'appelle Tobie, dit Sim.

Avant même qu'il ne raconte d'où venait cet enfant, Maïa l'avait adopté.

Maintenant, assise au fond du cratère, elle avait le menton posé sur ses genoux, le regard perdu dans la nuit. Elle ne sentait pas le froid. Elle ferma les yeux quelque temps pour se rappeler les petits pieds de Tobie, quand elle les avait pris pour la première fois dans ses mains pour les réchauffer.

En rouvrant les yeux, elle découvrit un incroyable personnage. Il avait peut-être dix ans. Il était debout devant elle dans la nuit froide. Il claquait des dents et on voyait trembler ses lèvres violettes. Ses habits étaient déchirés, la peau de ses bras striée de mille petites coupures.

Maïa lui fit un sourire.

– Tu es perdu ?

– Je suis un ami de celui que vous appelez Tobie, dit Tête de Lune.

Dans la blancheur d'une demi-lune, la scène ressemblait à un tableau. Maïa joignit d'abord ses mains comme pour une prière. Elle se leva et embrassa Tête de Lune.

– Viens, mon chéri.

Elle lui fit traverser le dortoir sur la pointe des pieds et réveilla Sim. Il ouvrit les yeux et attrapa ses lunettes.

Elle voulut présenter le petit garçon, mais Sim l'arrêta.

– Je le connais, dit-il. Je suis heureux de te voir, mon petit.

Il lui serra virilement la main.

Maïa mit une couverture sur le dos de Tête de Lune. Elle l'assit sur la paillasse et lui frotta les pieds.

Tête de Lune se sentait tout flageolant de bien-être. C'était donc ça, des parents… Ça vous frotte les pieds en vous disant « mon chéri ». Heureusement qu'il ne l'avait jamais su.

– Il vous dit de vous tenir prêts, expliqua Tête de Lune. Il viendra vous chercher demain.

– Et vous ? demanda Sim.

– Il a une idée pour nous faire sortir.

Sim prit le temps de réfléchir.

– Alors, dis-lui de ne pas s'occuper de nous. Ce serait trop risqué de s'enfuir tous ensemble. Nous avons creusé un tunnel. Nous pourrons partir de notre côté, la nuit prochaine. Ce sera une belle surprise pour Jo Mitch.

Tête de Lune acquiesça.

– Je vous reverrai, alors ?

Sim le serra dans ses bras.

– Oui, mon petit. On se retrouvera.

Maïa insista pour garder encore un peu Tête de Lune, mais le point du jour approchait. Le petit garçon descendit du lit, envoya un sourire vers Sim et Maïa, et disparut.

Jalam découvrit Tête de Lune au petit matin couché devant l'abri des Pelés. Il avait les vêtements en lambeaux, la peau écorchée comme une râpe à fromage. Il n'avait même pas eu la force de se traîner jusqu'à l'intérieur.

– Qu'est-ce qui lui est arrivé ? demanda Mika en voyant Jalam entrer avec le petit garçon endormi dans les bras.

– Je ne sais pas.

Tobie se précipita vers son ami.

– Tête de Lune !

Ce dernier trouva la force d'ouvrir un œil.

Il marmonna quelque chose.

– Comment ? souffla Tobie.

– Ils sont gentils, tes parents, articula Tête de Lune.

Tobie comprit tout. Tête de Lune était allé de l'autre côté.

– Je te les prêterai, dit Tobie.

21

Les évadés de l'équinoxe

Ce fut une journée très calme des deux côtés du cratère. Les gardiens relâchaient un peu leur pression sur les prisonniers qui reçurent moins de coups et d'insultes.

La dernière nuit de l'hiver, on fêtait l'anniversaire de Jo Mitch. On prépara donc l'événement toute la journée. Les hommes de Mitch étaient obligés de célébrer ce jour comme si le souvenir de sa naissance méritait de se réjouir. Vu le mal qu'il avait à souffler droit, on ne mettait qu'une seule bougie sur son gâteau.

De toute façon, les crapauds n'ont pas vraiment d'âge.

Bizarrement, Mitch adorait partager son énorme gâteau. C'était bien la seule chose qu'il partageait. Ses hommes se seraient passés de cette générosité soudaine. Personne n'avait envie de manger un gâteau sur lequel Mitch avait soufflé, postillonné et craché pendant une demi-heure pour éteindre l'unique bougie.

Tous les ans, la dégustation du gâteau donnait lieu à des grimaces et des pincements de nez. Les hommes de

Jo Mitch mâchaient avec dégoût l'épaisse gelée qui recouvrait leur part.

Ce soir-là, le gardien qui surveillait l'école du soir était donc satisfait d'échapper à cet anniversaire. La plupart de ses collègues s'étaient proposés pour le remplacer, mais il avait généreusement écarté ces offres.

– Je me sacrifie, disait-il.

Il jeta un coup d'œil par la vitre de la salle de classe pour s'assurer que la leçon démarrait normalement. Sim Lolness se tenait derrière son bureau. Les autres étaient à leur place, très attentifs. Le petit Plum Tornett nettoyait le tableau.

Le gardien s'apprêtait donc à s'asseoir tranquillement à l'extérieur de la salle en attendant que le temps passe. Il n'avait jamais compris ce qu'il devait exactement surveiller. Était-ce cette bande de vieux fous qui risquait de s'évader ?

Il en riait tout seul.

Dans l'autre partie du cratère, le portier qui gardait le camp des Pelés ne se plaignait pas non plus d'être là. Il s'appelait Elrom. Il portait des petites lunettes rondes. Elrom avait déjà goûté le gâteau de Jo Mitch l'année précédente et il n'avait aucune envie de recommencer.

– Qui va là ?

Le gardien plissa les yeux derrière ses lunettes pour reconnaître le personnage qui s'avançait dans l'obscurité. Il n'attendait pas de visite ce soir-là.

– Ah ! C'est vous…

Le grand Tigre se trouvait devant lui. Elrom jouait nerveusement avec les branches de ses lunettes. Il avait peur de Tigre. Que pouvait-il vouloir faire cette nuit-là chez les Pelés ?

– Ouvre-moi.

– Encore ? Vous avez… l'autorisation ? balbutia le portier.

– J'ai l'autorisation de t'écrabouiller si tu discutes.

– Mais je… enfin…

Il commença à ouvrir la porte en grommelant :

– On m'a dit que…

– Ferme-la ! hurla Tigre.

Elrom referma brusquement la porte.

– Ouvre ! cria Tigre.

– Euh… je ferme ou bien j'ouvre ?

– Tu fermes ta bouche, tu ouvres la porte, gronda Tigre en prenant son harpon à deux mains.

Le gardien comprit qu'il ne devait pas insister.

Il ouvrit, laissa passer Tigre et ferma la porte derrière lui.

– Ne restez pas trop longtemps, lança-t-il à Tigre.

– Je t'ai dit de la fermer !

– C'est déjà fait, dit Elrom, en donnant un second tour de clef dans la serrure.

Tigre venait souvent rendre visite aux Pelés. La veille encore, Elrom avait dû le prier de sortir parce qu'il traînait dans l'abri. Quel mauvais coup pouvait-il préparer ?

Le gardien connaissait la cruauté de Tigre. On lui avait même parlé de l'assassinat de Nino Alamala, le célèbre peintre… Parmi les gardiens, certains murmuraient que c'était Tigre qui l'avait tué. Elrom, le soir, dessinait en secret. Depuis toujours, il admirait les œuvres de Nino.

Les visites de Tigre auprès des Pelés risquaient de mal finir.

Elrom attendit avec inquiétude le retour du soldat au harpon.

On entendait au loin le bruit de la fête. Des cris stupides, des rires, des pieds qui frappent le sol… Un vrai vacarme.

On croyait entendre une mouche voler. C'était une expression qu'utilisait un des amis d'Elrom, un tanneur de bourdon. Dans ce genre de métier, on connaît bien la pétarade que font les mouches en volant.

Elrom essayait d'imaginer le genre d'ambiance qu'il y avait là-haut, les cadeaux, les applaudissements mous et la grande banderole sur laquelle on devait avoir inscrit : « Bon anniversaire Jobar K. Amstramgravomitch ! » C'était le nom complet de Mitch, celui qu'on utilisait dans les grandes occasions, mais le gros tyran n'arrivait à prononcer que la première et la dernière syllabe. Il n'y avait pas la place pour vingt-trois lettres dans la petite boîte creuse de son crâne.

On ne l'avait donc jamais appelé que Jo Mitch.

Quand, au bout d'une heure, le gardien Elrom réalisa que Tigre n'était pas revenu, il décida d'aller se rendre compte par lui-même. Il attrapa une torche, ouvrit la porte, puis la ferma de l'intérieur et mit la clef dans sa poche.

340

La lueur de sa torche s'enfonçait dans le cratère. On entendait Elrom ronchonner dans sa barbe. Il n'était pas là pour garder les autres gardiens. Comment Tigre avait-il eu le droit de quitter la fête de l'anniversaire ?

Elrom était maintenant à l'entrée de l'abri où dormaient les Pelés. Il passa la torche dans sa main gauche pour poser la droite sur le couteau qu'il avait à la ceinture. À vrai dire, les Pelés ne lui faisaient pas peur, mais Tigre beaucoup plus. Il avait même un pressentiment désagréable.

– Tigre ! cria-t-il.

Personne ne répondit.

Il fit un pas de plus vers l'ouverture étroite.

– Vous êtes là ?

Il avança la torche, s'arrêta, remit ses lunettes sur son nez et cessa de respirer.

Il entra.

– Ooooh…

Le cri qu'il avait voulu pousser s'était brisé en une faible plainte au bout de ses lèvres. Son visage s'était instantanément couvert de gouttes de sueur et ses yeux hallucinés devenaient progressivement plus larges que les carreaux de ses lunettes.

Elrom faillit tomber comme une feuille morte.

Ce qu'il avait devant lui était épouvantable. Les corps des Pelés étaient entassés au milieu de la pièce et baignaient dans une mare rouge. Derrière eux, de dos, on voyait la silhouette de Tigre. Il était assis sur une caisse et essuyait son harpon.

Elrom marcha en chancelant vers lui.

Il tenait son écharpe sur sa bouche pour ne pas se sentir mal.

– Qu'est-ce que vous avez fait ?

Tigre se retourna.

Mais ce n'était pas Tigre.

C'était un visage beaucoup plus sympathique.

Elrom reçut un coup puissant sur le crâne. Un coup qui le fit s'effondrer et l'emmena très loin de là, dans les étoiles.

– Merci, Jalam, dit Tobie en sortant de l'ombre.

Il tenait encore la poutre avec laquelle il avait frappé. Il regarda le brave Elrom.

– Je regrette pour lui. Ce n'est pas le plus méchant…

Jalam acquiesça. Il avait joué avec un certain plaisir le rôle de Tigre. Ils se tournèrent tous les deux vers l'empilement des Pelés.

– Vous venez ?

Un premier corps s'anima sur le dessus et se laissa glisser. Les uns après les autres, les Pelés se mirent à bouger. En quelques instants, les cadavres avaient repris vie. Ils se rassemblèrent debout autour de Tobie.

Son idée avait marché. Il fouilla les poches d'Elrom et en sortit la clef. Avec l'aide de trois hommes, il roula le gardien assommé vers Tigre, lui aussi sans connaissance.

Tigre s'était fait piéger de la même manière par ce spectacle de cauchemar. Il avait pris pour du sang la fameuse soupe rouge du cantinier. Tous les Pelés avaient gardé leur ration de la veille pour s'en badigeonner.

Tobie n'avait eu qu'à jaillir derrière Tigre épouvanté.

Jalam s'était d'abord fait prier pour prendre le rôle de Tigre. Il hésitait à mettre le manteau du soldat. Il n'aimait pas l'idée de faire semblant d'être un autre.

— Mais je ne suis pas lui…

— Vous n'êtes pas lui, mais vous faites comme si vous étiez lui.

— Ce n'est pas vrai, Petit Arbre, puisque je suis moi, je ne peux pas être lui.

— Vous restez vous, mais vous faites croire que vous êtes lui.

— Alors je fais ce qui n'est pas vrai.

— Oui ! avait conclu Tobie en se mettant en colère. Vous faites ce qui n'est pas vrai pour sauver notre vie à tous. Il y a des moments où l'on se fiche de la vérité, Jalam !

Jalam s'était laissé convaincre alors que Tobie regrettait déjà ce qu'il avait dit. Il ne se fichait pas de la vérité.

Maintenant, le vieux Jalam gardait le manteau de Tigre. Il se pavanait dans la pièce comme un acteur vedette. Il faisait toutes sortes de grimaces, jouant les méchants, imitant l'accent de Tigre pour effrayer ses amis.

– On s'en va ! dit Tobie.

La grande troupe des Pelés se mit en file. Ils sortirent tous de leur abri et longèrent le bord du cratère. Ils étaient plus silencieux qu'un courant d'air.

Tobie ouvrit la porte avec la clef d'Elrom. C'était la seconde fois qu'il cherchait à s'évader de ce cratère.

La première fois, il avait treize ans. À l'époque, le cratère n'était pas plus profond que quelques trous de pic-vert. Maintenant, le gouffre éventrait l'arbre, le rongeait jusqu'au cœur. Grâce à la lune dont on devinait l'éclat à travers les branches, Tobie contemplait l'étendue des dégâts.

– Tu connais la sortie ? demanda Mika qui tenait par le bras le grand Liev.

– Oui, je la connais, répondit Tobie.

Quelques années plus tôt, Tobie s'était enfui avec Mano Asseldor. Déjà en ce temps-là, il fuyait la barbarie de Jo Mitch. Il se dirigea donc vers l'endroit de la clôture qui lui avait porté chance la première fois.

Liev était souriant. Il avait tout compris. Il n'avait aucun besoin de ses oreilles ou de ses yeux pour sentir le vent de la liberté. La liberté a une odeur, elle a un goût. La liberté, on la sent dans son corps.

Mika sentait la main de Liev qui pressait son poignet.

On vit alors Tête de Lune surgir à l'avant de la colonne. Il avait remonté la file des Pelés, suivi de Jalam qui faisait toujours son Tigre. Le petit Tête de Lune marchait vite pour rester à la hauteur de Tobie et lui parler.

— Je ne pars pas sans ma sœur.

— Quoi ?

— Allez-y sans moi, insista Tête de Lune, essoufflé. Je reste ici pour délivrer ma sœur.

— Ne dis pas de bêtise, dit Tobie sans ralentir le pas. Tu feras ce que je t'ordonne de faire. Moi, je te dis de venir avec nous.

Jalam appuya du regard la phrase de Tobie.

— Je reste ! cria Tête de Lune en pleurant.

Tobie avait le cœur blessé par ce chagrin, mais cette fois il avait le devoir de se conduire en grand frère.

— Ce n'est pas toi qui décides, Tête de Lune. Il n'y a plus personne à délivrer ici. Ta sœur n'est pas prisonnière. Elle m'a dénoncé. Elle est du côté des ennemis.

La voix dure de Tobie résonna dans la tête du petit garçon. Il s'arrêta et baissa les yeux. Tobie ne se retourna pas. Jalam suivit discrètement Tête de Lune qui faisait mine de rejoindre les derniers Pelés.

Ils arrivèrent à la clôture. Le trou n'avait été bouché que par un léger branchage. En quelques minutes, ils libérèrent le passage. Ce n'était pas une évasion, c'était une promenade au clair de lune.

Tobie se posta là, et regarda ses amis pelés franchir un à un la clôture. Il savait que l'aventure serait encore longue, mais il profitait de cette victoire tranquille.

Tobie pensait à ses parents qui avaient promis de s'évader en même temps. Peut-être étaient-ils déjà devant eux…

Le dernier Pelé qui se présenta dans la brèche avait un manteau sur le dos et portait un petit garçon dans les bras. C'était le vieux Jalam. Il était tout rouge et n'osait regarder Tobie dans les yeux.

– J'ai… J'ai tapé avec le poing… J'ai vu qu'il essayait de partir et j'ai tapé avec le poing.

Tête de Lune était évanoui, la tête sur l'épaule de Jalam. Tobie regarda le vieux guide avec un petit sourire.

– Vous avez fait ça ? demanda Tobie.

Jalam ne croyait pas lui-même à ce qu'il avait été capable de faire.

– Ma main est partie toute seule.

– C'est votre costume, expliqua Tobie. Vous êtes encore dans le rôle.

– Tu crois ?

346

– Sans vous, ce petit risquait d'être pris par ces cra-
pules. Vous avez bien fait.

– Je ne voulais pas taper…,
dit Jalam, en reniflant.

Il caressait le front de Tête
de Lune.

Les Pelés étaient libres.

Une seconde plus tard, le gardien de l'école du soir
se leva pour aller contrôler que tout allait bien et que
la classe était calme. Il venait de passer une heure assis
contre la seule porte de la salle. Il fit donc en s'étirant
les quelques pas qui le séparaient de la fenêtre.

Calme ? Oui, la classe était calme.

Parfaitement.

Elle était même si calme qu'il n'y avait plus personne.

Le gardien ne bougea pas. Il fixait des yeux la grande
salle vide, sans même se rendre compte qu'il était en
train de grignoter son chapeau. Il était perdu. Son affo-
lement se traduisait par une sorte de paralysie. Seules
ses dents étaient en activité, et ses yeux roulaient en
tous sens.

Après quelques minutes et un demi-chapeau, il se
décida à réagir. Il ouvrit la porte en priant pour que,
par un quelconque miracle, les trente vieillards soient
à nouveau à leur place.

Mais il n'y avait toujours pas la moindre fraction de
cheveux blancs de vieillard.

Dans le tunnel, la progression se faisait très lentement. Sim avait placé Plum Tornett en premier. Le conseiller Rolden le suivait. Et le professeur venait immédiatement après eux. Maïa avait refusé de passer devant Sim. Elle avait eu trop souvent peur de perdre son mari et ne voulait plus le quitter des yeux.

Tous les autres suivaient.

Zef Clarac fermait cette colonne de vieillards héroïques qui, en additionnant tous les âges, comptait bien deux mille années de vie. Si on avait pu détailler la somme des existences qui rampaient dans le tunnel, il n'y aurait pas eu la place pour tous les événements, les rires, les colères, les chagrins, les regrets, les joies, les amours et les grosses bêtises qui avaient rempli toutes ces vies.

Ils avançaient à quatre pattes, sans un bruit. Parfois, Sim entendait la respiration du conseiller Rolden. Le vieux monsieur l'avait serré longuement dans ses bras avant de s'engager dans le tunnel.

— Je n'y croyais plus, avait dit Rolden. Maintenant, tout est possible. Il y aura peut-être un peu de liberté autour de mes vieux jours.

Sim lui avait souri.

— À cent ans, les compteurs repartent de zéro. Tu es le plus jeune d'entre nous…

Mais Sim s'inquiétait chaque fois qu'il sentait le vieux Rolden freiner devant lui. Cette fois, ce dernier essaya de se retourner pour parler à Sim.

— Il y a quelque chose qui glisse sur mon dos.

– Ce n'est rien, dit Sim. Continue.

– Je ne peux pas, dit Rolden. Le plafond descend sur mon dos.

– Ne t'inquiète pas, répéta le professeur. Avance, mon vieux. Il faut avancer.

Depuis le début, c'était la seule angoisse de Sim. Il ne fallait pas qu'Albert Rolden soit pris de panique. Les nuits précédentes, le conseiller avait eu des crises pendant lesquelles il croyait se battre contre des teignes. Chaque fois, Maïa lui avait passé de l'eau sur le visage et il avait pu retrouver son calme.

Parmi les derniers de la file, quelqu'un demanda :

– Ça n'avance plus ?

– Non, chuchota un autre, on pense que c'est Rolden qui perd la tête.

– Rolden ne perd jamais la tête, dit Lou Tann, furieux.

Loin devant, le professeur Lolness insistait :

– Tu n'as qu'à suivre Plum Tornett qui est devant toi… Fais-moi confiance, vieux.

– Je te fais parfaitement confiance, dit Rolden, mais je te répète que j'ai le plafond sur le dos.

C'est encore Maïa qui comprit la première.

– Sim, chuchota-t-elle, est-ce que tu peux écouter ce que te dit Albert ? Il a peut-être vraiment le plafond qui lui tombe dessus !

En un instant tout se remit en place dans la tête de Sim. Il réalisa l'endroit précis où ils étaient. Albert Rolden ne perdait pas la tête. Il avait bien raison. Un craquement rompit le silence.

– Reculez ! hurla Sim. Reculez tous !

Le professeur attrapa Rolden par les pieds et le tira vivement. Le tunnel s'effondra devant eux dans un fracas de planches cassées.

Une énorme masse vint boucher le passage. Une sorte de limace rose qui s'agitait sur le dos en hurlant. Un cauchemar. Sim avait pris Rolden dans ses bras et Maïa les aidait à repartir en arrière.

– Et Plum ? cria Vigo Tornett, juste derrière. Où est passé Plum Tornett ?

Sim n'avait pas la force de répondre. Dans ses bras, le conseiller poussait des petits gémissements désespérés :

– Je vous en supplie… Je vous en supplie… Ne me dites pas qu'on retourne là-bas… Je ne veux plus…

La limace rose qui s'agitait encore, au fond du tunnel, c'était Mitch.

Jo Mitch avait traversé le plancher de ses cabinets.

Au milieu de son anniversaire, il s'était dirigé de toute urgence, en titubant, vers cette petite pièce sous laquelle passait le tunnel des fugitifs. Il avait eu le temps de dégrafer son pantalon et le sol s'était effondré d'un seul coup sous ses pieds.

Quelques mois auparavant, Clarac et Tann, qui s'étaient chargés de remettre en place les lattes du parquet, n'avaient pas consolidé leur réparation. Ils s'étaient aussitôt remis à creuser dans une autre direction sans penser que ce passage était fragilisé.

Quand tous les vieux prisonniers sortirent par la trappe du bureau, les uns après les autres, l'oreille basse et poussiéreuse, il y avait cinquante soldats qui les attendaient.

Sim et Rolden parurent les derniers. Maïa remarqua le regard voilé de Sim. Il ne pourrait jamais se pardonner cet échec. Elle voulut lui prendre la main, mais on les sépara violemment.

Jo Mitch entra en hurlant, porté sur un brancard par huit hommes exténués. Quelqu'un se tourna vers lui, blafard.

– J'ai compté… il en manque un.

Un des yeux de Mitch était fermé à cause d'une planche qu'il avait reçue en tombant. Il ferma l'autre et beugla de toutes ses forces.

– C'est Plum Tornett…, précisa le gardien.

Le beuglement de Mitch se transforma en rugissement :

– Ploouuuum !

Limeur et Torn entrèrent discrètement. Ils arrivaient du fond du cratère. Ils étaient d'une pâleur lunaire. Chacun des deux essayait de se cacher derrière l'autre pour ne pas avoir à parler.

– Euh…, dit enfin Limeur. Il en manque un peu plus.

Jo Mitch le fixa de son gros œil exorbité.

– Les Pelés se sont échappés. Tous… les… Pelés…

Torn fit entrer un homme. On reconnaissait Tigre sous le grand bandage qui couvrait sa tête.

– C'est Tobie…, dit Tigre. Tobie Lolness est revenu. Il les a tous emmenés.

Jo Mitch tomba du brancard.

Les parents Lolness se regardaient.

Le prénom de Tobie se dessina comme une bulle sur les lèvres de Maïa et vola lentement jusqu'à Sim qui le reçut les yeux fermés.

Un peu plus bas dans les branches, Plum Tornett courait à l'air libre dans la forêt de mousse. Il était seul, choqué, désorienté…

Mais pour la première fois depuis si longtemps, dans le halètement de sa respiration, on l'entendait parler.

22

Vers les Basses-Branches

Tobie et sa troupe de Pelés s'étaient arrêtés après un jour et deux nuits. Peut-être auraient-ils continué leur marche forcée si le brouillard ne s'était levé au milieu de la seconde nuit. Ils se serrèrent tous entre les hampes d'un bosquet de lichen.

Les habitants des herbes retrouvaient enfin le sommeil perché qui leur avait tant manqué dans le cratère. Ils aimaient sentir l'air passer sous eux. Ils aimaient le rebond des feuilles dans leur dos.

Tobie parvint à fermer l'œil quelques heures. Il se leva de bonne heure et fit signe à Mika.

– Je crois savoir où trouver de la nourriture pour ce petit monde qui dort. Viens avec moi.

Mika essayait de deviner l'heure à travers la brume.

– On emmène Liev, dit-il.

Ils partirent tous les trois. Liev marchait derrière Mika et s'accrochait à son épaule. L'ombre du lichen était glaciale. La neige résistait encore aux premiers jours de printemps.

Tobie savait qu'il ne pourrait pas accompagner long-temps les Pelés. Il n'attendait que le moment où il irait retrouver Elisha. Il la croyait encore tout là-haut dans le nid de Léo Blue. Il voulait d'abord conduire ses amis en lieu sûr avant de reprendre seul sa course à travers l'arbre.

Mika venait de s'arrêter. Il avait senti que Liev lâchait son épaule. Tobie se retourna en même temps que lui. Le brouillard les entourait d'un mur coton-neux.

Liev avait disparu.

Mika commença à s'agiter en tous sens.

– Liev !

Il savait qu'il était inutile de crier. Le plus grand danger pour son ami était celui de se perdre. Quand on ne voit pas son chemin et qu'on ne peut entendre les appels, une minute d'inattention suffit. On est égaré à jamais. Déjà, un soir, dans les herbes, Mika avait cru perdre Liev. Par bonheur, il l'avait retrouvé calmement assis dans une crevasse boueuse.

Il s'était dit :

– Nous n'aurons pas toujours cette chance.

Tobie n'arrivait pas à comprendre ce qui se passait. Il tournait sur lui-même en cherchant Liev au milieu de la brume. C'est alors qu'il vit Mika s'élever dans les airs comme aspiré par un tourbillon. Tobie se jeta vers lui à la dernière seconde et s'accrocha à ses jambes avec ses bras. Il décolla du sol, mais réussit à agripper des deux pieds une boucle de mousse bien fixée à l'écorce. L'as-cension s'arrêta d'un coup sec.

– On me soulève avec une corde, cria Mika. Elle me prend à la taille !

– Coupe cette corde !

Les pieds de Tobie étaient contractés autour de la mousse. Il sentait qu'il risquait de tout lâcher. Mika ne parvenait pas à sectionner le nœud coulissant qui l'entourait. Il leva les yeux et vit un homme qui descendait à grande vitesse le long de la corde. Il eut juste le temps de le voir brandir une hache, couper le câble, et tomber avec lui sur le sol.

Tobie s'écroula en même temps et se cogna la tête contre l'écorce. En se relevant, il entendit :

– Je le tiens. Ne t'inquiète pas.

Tobie s'apprêtait à se battre à mains nues. Il avança dans l'épaisse brume vers l'agresseur de Mika.

– Qu'est-ce que tu fais ? hurla l'homme en voyant Tobie se jeter sur lui.

Tobie se laissa rouler sur le côté. Il venait de reconnaître un voltigeur.

– Châgne ! cria-t-il.

– Nous te suivons depuis ce matin. Je sais que ces deux Pelés te tiennent prisonnier.

– Je ne suis prisonnier de personne ! Lâche cet homme !

– Torfou doit avoir l'autre ! dit Châgne qui ne comprenait plus rien.

– Lâche cet homme, Châgne. C'est un ami.

Châgne ne pouvait se résoudre à libérer le jeune Pelé.

– Lâche, répéta doucement Tobie en touchant l'épaule du bûcheron.

Il laissa partir Mika. Tobie expliqua :

– Il n'y a rien à craindre des Pelés. Il faut que tout l'arbre admette enfin cela.

– Où est Liev ? demanda Mika.

Tobie interrogea Châgne du regard.

– C'est Torfou qui le tient.

Mika fit un sourire en frottant son bras que la corde avait cisaillé en profondeur.

– Ça m'étonnerait…

On retrouva en effet Liev attendant patiemment au sommet de la tige de lichen. Il était assis sur Torfou dont on entendait les geignements.

Il fallut du temps pour faire comprendre à Liev qu'il pouvait le laisser libre.

Châgne et Torfou regardaient Tobie et ses deux amis avec fascination. Ils n'avaient jamais vu de Pelés de si près.

– Qui es-tu vraiment ? demanda enfin Châgne à Tobie.

Ce dernier le dévisagea. Pouvait-il dire la vérité à ces deux voltigeurs ? Il repensa aux longues semaines de travail qu'ils avaient passées ensemble dans les forêts de lichen. Il se rappela aussi à quel point il avait besoin d'eux, et de toutes les bonnes volontés qui restaient dans les branches.

– Je suis Tobie Lolness.

Châgne et Torfou furent aussi surpris que si Tobie avait dit : « Je suis la reine des abeilles. »

Tobie Lolness était une légende. Sans le savoir, les voltigeurs avaient ainsi vécu tout l'hiver auprès du plus fameux fugitif de tous les temps.

Ils se regardèrent en silence.

— S'ils découvrent que tu es là…, soupira Torfou.

— On te croit mort, dit Châgne.

— Si Léo Blue savait…

Tobie les interrompit :

— Il ne le saura pas.

Châgne fit une grimace.

— Méfie-toi de lui. On dit qu'il devient fou depuis que sa fiancée s'est échappée.

Tobie sentit la brume l'envelopper.

— Sa…

— Sa fiancée, répéta Châgne. Elle s'est échappée.

Tobie resta silencieux un long moment. Mika le regardait. Il était le seul à deviner ce qui se passait en lui.

— Je vais vous demander quelque chose, dit enfin Tobie aux bûcherons. Un immense service. Amenez ces hommes à l'endroit que je vais vous indiquer. C'est une maison au fond des bois où vivent deux familles.

Dites-leur que je vous ai envoyés et qu'ils ne risquent rien.

Châgne et Torfou échangèrent un regard. Ils faisaient confiance à Tobie.

Celui-ci traça sur l'écorce le chemin qui menait à la maison des Olmech et des Asseldor.

– Il n'y a pas de maison dans ce coin, dit Torfou. C'est une forêt inaccessible.

– Croyez-moi. Il y a une maison à cet endroit précis.

Châgne agita la tête.

– Dans ces bois, tout le monde sait qu'il n'y a rien.

– Arrêtez de répéter ce que tout le monde sait. Allez voir vous-même !

Tobie fit un geste vers Mika.

– Mika, emmène avec toi tous les autres.

– Les autres ? dit Châgne en écarquillant les yeux.

– Oui, lança Tobie en s'éloignant. Je vous ai prévenus que c'était un immense service !

– Tobie ! cria l'un des bûcherons qui voulait lui parler de la trahison de Nils Amen. Tobie, attends !

– Adieu ! cria Tobie au moment de disparaître.

Le soir même, Châgne approcha tout seul de la maison des bois. Il ne pouvait croire que des gens vivaient dans ces branches inaccessibles.

Milo et Lex le regardèrent venir. Comment cet étranger était-il arrivé jusque-là ?

Châgne leva amicalement la main. Les sœurs Asseldor sortirent de la maison avec leur mère et la petite Neige. Mme Asseldor redoutait une mauvaise nouvelle au sujet de son fils Mô qu'elle croyait encore aux mains des soldats des Basses-Branches.

— Je viens de la part de Tobie Lolness.

Maï lâcha le plateau qu'elle tenait et courut vers lui.

— Où est-il ? cria-t-elle. Où est Tobie Lolness ? Je dois lui parler…

— Il est parti.

— Où ? Vers où est-il parti ?

Milo la prit par l'épaule.

— Que faites-vous là ? demanda-t-il à Châgne.

— Je voulais vous poser la même question.

Milo ne répondit pas. Lex essuyait ses mains sur son gilet de toile.

— J'ai travaillé comme voltigeur avec Tobie, dit Châgne. Il vous demande de vous occuper de ses amis.

— Ses amis ?

— Ils attendent un peu plus bas. Je peux les appeler.

Châgne regarda Maï qui pleurait doucement. La mère Asseldor vint vers elle pour la serrer dans ses bras.

— Vous êtes au courant de l'affaire Nils Amen ? demanda Milo.

— Oui. Il collaborait avec Léo Blue. Il mérite son châtiment.

Maï s'échappa des bras de Mme Asseldor.

— C'est faux ! hurla-t-elle. Je sais que c'est faux. Seul Tobie peut le dire. Il faut aller chercher Tobie Lolness. Nils va être tué pour un crime qu'il n'a pas commis. Il n'a jamais été complice de Léo Blue.

Châgne était touché par cette jeune femme. Il la regardait attentivement. Il aurait aimé l'aider.

– Tobie est parti ce matin. Il a déjà une journée d'avance. Impossible de le rattraper. Vous le connaissez. Il descend entre les branches à la vitesse d'un flocon de neige.

Mia partageait la souffrance de sa sœur. Elle n'avait pas eu besoin de confidences pour savoir que Maï aimait Nils. L'annonce de l'emprisonnement de Nils Amen par les bûcherons avait mis au grand jour ce sentiment secret.

Maï n'était pas fiancée à Nils, elle ne lui avait même pas déclaré son amour, mais elle se sentait malgré tout submergée par un désespoir de veuve.

Comme sa petite sœur, des années plus tôt, elle s'effondra de chagrin.

– Qui est-ce qui m'a donné des filles pareilles ? demandait le père Asseldor.

– C'est moi…, répondit sa femme qui était secrètement la plus romantique de toutes.

Châgne siffla en mettant deux doigts entre ses dents. Un cri lointain lui répondit.

Voyant approcher la petite foule des Pelés, Milo crut devenir fou.

– Mais… Qui sont ces gens… ?

– Les amis dont je vous ai parlé.

– Les… Vous êtes fou ? murmura Milo. Vous croyez qu'on peut s'occuper de…

– C'est toi qui es fou, Milo, hurla une grosse voix derrière lui. Est-ce qu'un Asseldor a déjà refusé l'hospitalité à quiconque ?

Le père Asseldor apparut. Se laissant glisser du toit, Neige rejoignit les bras de son grand-père.

– Dites-leur d'aller derrière la maison, ajouta-t-il. Ils nous aideront à construire leur campement.

Les Pelés, menés par Torfou, contournèrent la maison des bois. Châgne et Torfou dormirent ce soir-là dans le grenier. Ils entendirent une partie de la nuit les chansons douces des Pelés.

– C'est vrai. Ils ne sont pas comme je croyais, murmura Torfou à Châgne.

– Ils chantent bien, répondit Châgne.

Le lendemain, au moment où les voltigeurs se préparaient à quitter la maison, on découvrit que Maï s'était enfuie.

– Elle va revenir, dit Milo.

Mais Mia connaissait sa sœur. Elle savait qu'elle était partie à la recherche de Tobie. Lui seul pouvait sauver les jours de Nils Amen.

Le père Asseldor alla s'asseoir sur une digue d'écorce qui protégeait la maison des ruisseaux de neige fondue. Deux de ses enfants étaient dans la nature, quelque part... Il sentit une grande fatigue le submerger.

À quelques pas de là, Mme Asseldor regardait Milo, son fils aîné. Il tenait sa tête entre ses mains. De tous ses enfants, il était le seul à ne pas avoir traversé d'orage. Ou plutôt le seul à ne pas l'avoir montré. Le seul, aussi, à avoir enduré toutes les tempêtes des autres. Mia, Mano, Mô, et maintenant Maï...

On disait que Milo était un garçon sans problème. On en oubliait un peu de s'occuper de lui.

Mme Asseldor vint s'asseoir à côté de son fils. Elle prit Milo tendrement par les cheveux, comme elle faisait quand il était petit, et le serra contre elle.

La jeune Maï ne perdit pas de temps. Elle s'était promis de rejoindre Tobie et connaissait les endroits où elle avait une chance de le trouver. Les maisons des Basses-Branches, et, surtout, le lac... Elle maîtrisait la région aussi bien que Tobie.

Les insectes qui voyaient passer cette petite flamme rousse, habillée de bleu, galopant sur l'écorce noire, devaient croire à une hallucination. La passion la rendait encore plus belle. Elle aurait fait rougir une fourmi noire.

Elle arriva dès le lendemain à proximité de Seldor. Maï n'ignorait pas que, depuis leur départ de la ferme, les Asseldor n'étaient pas les bienvenus dans la région. Elle se cacha donc quelques heures pour dormir.

En reprenant sa descente au crépuscule, elle pensait à son Nils. Que savait-elle de lui ? Toute leur histoire était une conversation muette de quelques semaines. Des silences, des mots insignifiants, leurs vêtements qui se touchaient par accident. Rien de plus. Et voilà qu'elle risquait sa vie pour lui…

– Mon Nils…

Elle savait juste qu'il était innocent de son crime. Elle l'avait entendu parler à Tobie de ces visites dans le nid.

Maï s'arrêta et respira un peu. Elle mit ses mains sur ses hanches pour laisser passer un point de côté.

– Je ne vous attendais plus… Vous êtes en retard au rendez-vous.

La voix venait de derrière un squelette de feuille morte. C'était une voix lugubre, une voix que Maï avait déjà entendue.

L'homme apparut. Elle mit un peu de temps à le reconnaître.

C'était Garric, le chef de la garnison de Seldor. L'auteur des lettres. L'amoureux éconduit.

Il avait sur le visage un horrible sourire. Maï l'avait humilié en s'enfuyant. Il rêvait depuis longtemps de l'heure de sa vengeance.

Maï comprit tout cela en une seconde. Elle se retourna et se mit à courir. Sa douleur au côté s'était réveillée, mais elle donnait tout ce qui lui restait de force. Elle répétait le nom de Nils comme une formule magique qui pouvait la faire disparaître, s'envoler, s'évaporer.

– Nils !

Mais Maï sentait presque l'odeur de Garric, juste derrière elle. À chaque pas qu'elle faisait, cette présence se rapprochait. Maï implorait l'arbre et le ciel. Ses larmes l'aveuglaient. Ce n'était pas sa vie qu'elle tentait de sauver. C'était celle de Nils. Elle avait une mission. Si sa vie s'arrêtait là, celle de Nils s'arrêterait avec elle.

Garric haletait juste derrière.

Quand elle sentit les mains de l'homme s'accrocher à sa robe, elle poussa un long cri qui fit trembler les cascades de lichen autour d'elle. Elle se laissa tomber au sol. La main de Garric attrapa sa gorge.

– On aurait pu être heureux, dit Garric. On aurait…

Un hoquet acheva sa phrase. Son corps s'affaissa sur Maï.

Un aiguillon venait de traverser le dos de Garric. Un aiguillon de frelon. Maï sentit même la pointe venir effleurer son propre ventre et s'arrêter.

Elle fit basculer le corps à côté d'elle. Elle s'effondra, les bras dans la neige.

Un homme élégant aux vêtements de couleur se tenait là. Maï ne connaissait pas Arbaïan. Elle était encore toute suffocante sur l'écorce trempée.

Arbaïan retira son gant et lui tendit la main.

Depuis la veille, il suivait Garric. Apprenant que cet imbécile avait laissé s'enfuir Elisha, Léo avait chargé Arbaïan de le punir.

Maï attrapa la main de l'homme. C'était une main ferme et franche. Il l'aida à se relever.

– Merci, dit Maï.

– J'aurais dû agir plus tôt. Je suis désolé, mademoiselle.

Arbaïan la dévisageait. Maï lui fit un sourire fatigué.

Elle se sentait en sécurité. Il y avait une grande bonté au fond de cet homme. Il pouvait peut-être l'aider à trouver Tobie.

Arbaïan recula respectueusement, avec ses habituelles bonnes manières, puis il se retourna pour s'en aller.

Maï prononça alors un mot de trop. Un seul mot qui allait changer le cours de l'histoire.

– Attendez !

Arbaïan s'immobilisa. Il revint tranquillement vers elle et la contempla de ses yeux bleus. Maï s'approcha encore de lui. Oui, elle avait confiance dans ce regard.

– Je cherche quelqu'un, expliqua-t-elle. Vous pouvez m'aider…

– Je ne sais pas, dit Arbaïan.

Maï referma son manteau en croisant les bras. Des cheveux humides tombaient devant ses yeux.

– Je cherche Tobie Lolness.

Arbaïan ne bougea pas. Ce nom, cela faisait long-temps qu'il ne l'avait pas entendu. Ce nom intéresse-rait Léo Blue.

– Tobie Lolness ? souffla-t-il avec beaucoup de dou-ceur.

– Il doit être par ici. Dans les Basses-Branches.

– Peut-être, dit Minos Arbaïan.

Maï avait besoin de parler. Cet homme lui avait sauvé la vie.

– Il cherche à rejoindre celle qu'il aime… Il m'a parlé d'un lac dans les Basses-Branches.

Arbaïan avait l'air calme et distant, mais son cœur battait vite.

– Celle qu'il aime ? Est-ce vous, par hasard, made-moiselle ?

– Non…, dit-elle en souriant. Elle s'appelle Elisha Lee.

Maï venait de donner toutes les clefs à l'ennemi.

– Je ne connais pas votre Tobie Lolness, dit Arbaïan sans trembler. Et je ne vois pas de lac dans notre arbre. Bonne chance à vous, mademoiselle…

Il s'en alla, une étrange amertume dans la gorge.

Léo Blue l'attendait à une heure de là. Il était emmi-touflé dans un châle d'étoffe noire, près d'un tapis de braise. Il ne regarda même pas son conseiller qui venait.

– C'est fait, dit Arbaïan.

Léo avait les yeux dans le feu.

– Garric est mort, continua Arbaïan.

Il s'accroupit de l'autre côté du foyer. Il hésitait.

– J'ai quelque chose d'autre à vous dire, Léo Blue.

Cette fois, Léo entendit l'émotion dans la voix d'Arbaïan. Il se tourna et lui dit :

– Parle.

Mais Arbaïan n'avait plus envie de parler. Il ne savait brusquement plus de quel côté se trouvait la vérité.

– Parle, répéta Léo.

Et Minos Arbaïan parla.

Il sentit une fois de plus que chaque mot l'éloignait de ce qu'il était vraiment.

De l'autre côté du feu, le venin de la haine et de la fureur montait dans les veines de Léo Blue.

Elisha et Tobie.

Elisha et Tobie.

Ils s'aimaient.

Une bourrasque traversa encore une fois le corps de Léo.

Ce vent glacial vint faire frissonner Arbaïan. Et il éteignit presque les flammes en passant.

Seul, dans la nuit, Léo partit vers le lac à la rencontre de Tobie.

23

Duel sous la lune

Mô Asseldor tendit un bol à Elisha.

La lumière plaquait ses rayons tièdes sur le sol de la maison aux couleurs.

Le printemps !

Il y avait dans les branches, aux premiers beaux jours, le vacarme d'un orchestre qui s'accorde. Enivré du parfum mielleux des bourgeons, on entendait le sifflement des hirondelles et la note grave du travail de la sève. L'écorce craquait au soleil. L'eau de la neige s'écoulait en ruisseaux autour de la maison.

Elisha prit le bol entre les mains. À sa surface flottait une poudre d'argent. Isha avait elle-même indiqué son remède et, en quelques jours, cette fine poussière de fougère avait commencé à la sauver.

Délicatement, Elisha appuya le rebord du bol sur les lèvres de sa mère. Isha but la tisane par petites gorgées. En buvant, elle ne quittait pas Elisha des yeux. Elle la trouvait changée, plus tendre et plus forte à la fois.

– C'est fini, répétait Elisha. On va vers la belle saison.

Isha se tournait parfois vers Mô Asseldor.

– Il reprend des forces, le petit.

Ces mots de la belle Isha les faisaient rire, parce que c'était elle que l'on voyait revivre heure après heure.

Mô jouait à l'homme de la maison. Il rebouchait les trous de la vieille porte que les derniers hivers avaient grignotée. Il lavait les carrés de tissu. Mô sortait de ces grandes lessives les bras fatigués et multicolores.

Isha s'inquiétait parfois du beau temps revenu. Elle avait toujours la visite d'un régiment de soldats à cette période de l'année. Ils venaient dans les Basses-Branches, à la fonte des neiges, pour inspecter les ruines des maisons.

L'année précédente, ils s'étaient même installés là toute une nuit. Isha avait passé de longues heures cachée dans la réserve de bois. À chaque rondin qu'on prenait, le tas baissait et elle craignait d'être découverte. Par chance, ils étaient repartis juste avant la dernière bûche.

Mô gardait donc toujours un œil sur le lointain. Il savait qu'on pouvait venir les chercher au plus profond des Basses-Branches. Quand il aperçut en contrebas de la maison une silhouette qui grimpait péniblement la côte, il plongea sur le sol et rampa jusqu'à Elisha.

– Les voilà !

À eux deux, ils aidèrent Isha Lee à se traîner derrière le dernier paravent de tissu bleu. Ils se blottirent là, entre la toile et la paroi de bois.

– Abandonnez-moi, chuchota Isha. Vous pouvez encore quitter la maison…

Elisha et Mô ne bougèrent pas.

La porte grinça. Un pas se fit entendre, un pas traînant et instable. Isha crut reconnaître le boiteux de la grande frontière, un soldat qui venait parfois se saouler dans la maison qu'il pensait abandonnée.

Le pas s'était arrêté. Une note sourde résonna alors. Elisha crut que c'était une chanson, un air triste qu'elle avait déjà entendu quelque part. Mais sa mère avait reconnu cet air avant elle, cette petite musique que chacun connaît, quelle que soit la branche ou l'époque qui l'a vu naître. La seule chanson que l'on fredonne au premier jour de sa vie, et jusqu'au dernier. Un sanglot. Un sanglot étouffé.

Elisha sortit doucement de son écran de toile. Elle découvrit celui qui pleurait dans sa manche, assis au milieu de la pièce. Elle alla vers lui.

– C'est toi, Plum Tornett… C'est toi…

Plum ne sursauta pas. Ses pleurs redoublèrent en entendant la voix d'Elisha. Il se serra contre elle.

Isha apparut alors au bras de Mô. Aucun d'eux ne savait d'où venait Plum Tornett, ni comment il avait survécu, mais ils l'accueillirent comme un roi.

Depuis des jours, Plum s'était nourri de larves sauvages qu'il mouchait à la main. Il avait mâché de l'écorce et sucé de la neige. Il ne semblait pas trop affaibli, mais son expression était plus égarée que jamais. Il s'était retrouvé seul en pleine nuit, à la sortie du tunnel, quand tous les autres avaient été arrêtés par l'effondrement. Il avait ensuite dévalé les branches sans savoir où il allait. Ses pas l'avaient naturellement conduit dans les Basses-Branches.

Cherchant la maison qu'il partageait avec son oncle, il la trouva entièrement brûlée, avec sur le sol des restes de larves calcinées.

Les hommes de Jo Mitch et ceux de Léo Blue détruisaient tout sur leur passage.

Alors Plum s'était souvenu de la jeune Elisha. Elle avait toujours été attentive. Il était reconnaissant de cela. Peut-être y avait-il un espoir pour lui du côté d'Elisha et de sa mère. Il alla donc en claudiquant jusqu'à chez elles. Découvrant la maison déserte, il s'écroula.

L'apparition d'Elisha, d'Isha et de Mô Asseldor était maintenant un grand apaisement.

– Tu vas rester avec nous, dit la jeune fille.

Elle devinait depuis toujours qu'il y avait une blessure au milieu de la vie de Plum Tornett. Vigo Tornett,

son oncle, disait toujours que Plum avait été un enfant et un jeune homme gai et bavard. La parole l'avait quitté brutalement. Tout à coup, il s'était retrouvé muet et hanté par la peur.

Plum accepta les crêpes que lui donna Mô Asseldor. Il les avala très vite, le regard inquiet, comme si quelqu'un risquait de les manger par l'autre bout.

Le soir venu, Isha contemplait les trois jeunes gens devant le feu. La fière Elisha avait repeint à l'encre de chenille le trait bleu sous ses pieds. Elle regardait les flammes, songeuse. Mô et Plum dormaient l'un contre l'autre. Il n'y avait jamais eu autant d'habitants dans cette maison.

Isha repensa alors au jour où elle était arrivée sur cette branche, quinze ans plus tôt. Elle était seule au monde.

En ce temps-là, elle croyait qu'il n'y aurait plus jamais de lumière dans sa vie. Elle n'avait plus personne. Partie des herbes, remplie d'espoir et d'amour, accrochée au bras de son Papillon, elle avait tout perdu en chemin. Le malheur s'était abattu sur elle.

Elle s'était réfugiée dans ce trou d'écorce qui deviendrait la maison aux couleurs, parmi les premières fourches, juste au-dessus de la grande frontière. Elle s'était tapie là, à bout de force. Tout lui faisait peur. Le vent tordait les branches. Même le bruit de la nuit n'était pas le même que dans sa prairie.

C'était une semaine avant la naissance : sept jours et sept nuits avant Elisha.

Elle resta dans ce trou à épier les grincements de l'arbre, à répéter le nom de son amour.

Sentant venir l'heure de la naissance, elle s'était trouvée terriblement abandonnée. Elle avait si souvent rêvé de la main de Papillon qui tiendrait la sienne à ce moment-là.

Il y a des solitudes qui donnent envie de disparaître soi-même.

Mais il avait suffi qu'elle prenne ce bébé dans ses bras pour comprendre qu'elle s'était trompée. Elle réalisa que, depuis neuf mois, elle n'avait jamais été seule. Au moment où elle avait trouvé la force de quitter les herbes avec son amoureux, et surtout quand elle avait vu mourir Papillon devant elle, Elisha était déjà là et ne la quitterait plus.

Les quatre habitants de la maison aux couleurs restèrent ensemble toute la nuit. Ils étaient serrés les uns contre les autres, d'un seul côté des flammes. Ils avaient oublié tout danger.

Mô pensait à sa famille.

Plum chassait ses éternels démons en balançant lentement la tête d'avant en arrière.

Elisha méditait ses projets. Elle savait qu'elle partirait le lendemain à la recherche de Tobie mais ne voulait pas encore en parler à sa mère. Tobie se cachait quelque part dans les branches. Il fallait le retrouver.

Elle commencerait sûrement par leur lac.

Quant à Isha, elle tenait dans sa main fermée le petit portrait de Papillon.

En lui donnant ce cadre rond, Papillon avait expliqué à Isha que c'était l'œuvre d'un grand peintre. Un certain Alamala. Isha bénissait cet homme dont les pinceaux avaient fixé pour elle le visage de l'amour.

Aujourd'hui, Isha avait décidé de tout raconter à Elisha. Elle allait lui parler de son père. Elle préparait dans la nuit les mots qu'elle lui dirait au petit matin. Ces mots qui recollent les morceaux du passé et qui mettent des visages sur les ombres.

Quand les autres s'endormirent, elle veillait toujours.

Non loin de là, un petit bonhomme chaussé de planches descendait les branches enneigées. À peine éclairé par la lune, il glissait à une vitesse extraordinaire, dérapait en bas des rameaux, repartait de plus belle sur les pentes d'écorce.

Tobie filait vers Elisha. Ses planches laissaient deux traces parallèles dont le dessin s'interrompait parfois quand il sautait au-dessus d'un obstacle ou d'une plaque de bois nu. La neige était mauvaise, mais les forêts de lichen des Basses-Branches avaient maintenu une couche suffisante. Il lui fallait passer dans l'ombre entre les brins de mousse puis ressortir au hasard d'un rayon de lune.

Parfois un bourgeon neigeux apparaissait sur son chemin avant qu'il ne le voie. Il s'en servait de tremplin, et croyait s'envoler. À chaque fois, il retombait sur ses planches, ne ralentissait même pas. Sa silhouette bleutée disparaissait dans un voile de neige.

Quand il s'arrêta enfin, le jour allait se lever. Il était épuisé. À chaque expiration, il soufflait une vapeur qui semblait violette dans la lumière du matin.

Tobie n'était plus loin du lac. Il était sûr qu'Elisha serait là. Il sentait ses yeux qui le piquaient. Déjà, le parfum de l'aube lui était familier. Il se rappelait le jour de leur rencontre. Cette petite fille solide et brune comme le bois de l'arbre, qui l'avait regardé se baigner. Il pouvait encore entendre ses premiers mots :

– C'est beau, avait-elle dit en regardant le lac.

Elisha lui avait appris à regarder le monde.

Il frappa la neige qui était sur ses planches. Il lui fallait descendre encore quelques minutes, et il verrait leur lac.

Tobie allait s'élancer quand il entendit un battement d'aile qui fouettait l'air derrière lui. Il se retourna et se jeta dans la neige pour éviter l'objet. Mais un second boomerang suivit au ras du sol et Tobie dut se laisser rouler d'un millimètre sur le côté. La lame tranchante vint frôler l'arrière de sa tête. Tobie se releva d'un coup.

Léo se dressait sous la lune, à cinquante pas au-dessus.

Il attrapa ses deux armes qui revenaient à lui, et fixa Tobie du regard. Un peu plus et il lui fendait le crâne.

Tobie passa la main sur la petite coupure dans ses cheveux. Il saignait. Il sauta dans la pente et se remit à glisser. Il n'avait que ses mains pour se battre. Il ne pouvait affronter Léo à découvert.

Les deux boomerangs, lancés en même temps des deux mains, le suivirent à toute vitesse. Tobie vit venir le moment où ils allaient se croiser. Leurs lames brillaient. Il dérapa et s'arrêta net. Les boomerangs passèrent juste devant lui en se frottant l'un à l'autre.

Tobie reprit la descente. Il avait entendu le bruit des armes qui rentraient dans leurs fourreaux. Mais Léo s'était lancé à sa poursuite. En se retournant, Tobie aperçut son ennemi courant dans le lit d'un ruisseau qui suivait la piste enneigée. Tobie se pencha en avant pour augmenter sa vitesse. Léo avait l'air de voler sur l'eau du ruisseau. Ils approchaient de la falaise qui entourait le lac.

La neige devenait plus rare. Les planches de Tobie raclaient l'écorce humide.

Il s'arrêta au bord du précipice.

Derrière lui, Léo ne l'avait pas perdu de vue. Tobie retira ses planches d'un coup de pied et se mit à dévaler un sentier abrupt entre des buissons de mousse. Il voyait le lac mauve sur lequel flottaient d'immenses glaçons. De l'autre côté, la chute d'eau ressemblait à un torrent à cause de la fonte des neiges.

Léo avait vu Tobie disparaître derrière la mousse. Il

descendit à son tour vers le lac. Il n'était pas fatigué. Il sentait tout son corps concentré vers un seul but. Écraser celui qui l'avait trahi, celui dont la famille avait fait alliance avec les Pelés.

Léo allait venger son père assassiné par ces Pelés. Et maintenant qu'il savait ce qui unissait Tobie et Elisha, sa colère se transformait en rage. Pour lui, Tobie était déjà un homme mort.

Léo poussa un grand cri qui résonna entre les falaises. L'écho lui revint, tournoyant comme ses boomerangs. Effrayée, la lune se réfugia derrière un nuage couleur de cendre. En quelques enjambées, Léo arriva au milieu de la pente. Il ne voyait plus Tobie. Il se mit à pivoter sur lui-même, les mains posées sur ses armes.

Tobie bondit sur Léo à la vitesse du vent. Il l'encercla de ses bras et balaya d'un coup de pied l'arrière de ses genoux. Leurs deux corps s'effondrèrent. Ils partirent en roulant vers le lac.

Juste au-dessus, une jeune femme regardait ce terrible combat.

C'était Maï Asseldor. Elle avait les vêtements en lambeaux, des engelures sur les deux mains, elle n'avait pas la force de faire un geste ou de crier. Face à la violence de l'affrontement, elle avait juste la certitude que l'un des combattants ne se relèverait pas.

La chaleur du feu avait engourdi le corps d'Elisha, mais elle reconnut la main qui se posait sur ses cheveux. C'était sa mère.

Elisha avait dû s'endormir la tête sur ses genoux. Isha lui caressait les cheveux. On devinait un geste rare, oublié, et chaque mouvement de la main paraissait le premier.

Elisha comprit la gravité de ce moment. Les deux garçons dormaient. Une lumière rose se levait dehors. Elisha sentit un souffle chaud sur son oreille.

– Je ne t'ai jamais parlé de ton père, murmura Isha.

Elisha ne répondit pas.

Sa mère commença à tout raconter.

Elle parla de la vie des herbes, de l'arrivée de Papillon, elle parla de la fuite…

Elisha écoutait. Elle croyait retrouver dans son corps le balancement de ce long voyage qu'elle avait fait vers l'arbre, dans le ventre de sa mère. Une fois de plus, le rire de son père lui revint. Elle savait qu'elle l'avait entendu, ce rire. Elle savait qu'elle ne l'avait pas rêvé.

– Ton père avait eu une autre vie avant nous. Il voulait nous ramener vers elle. Il avait perdu sa femme deux années plus tôt. Il en parlait si peu…

Elisha écoutait ces paroles, les yeux fermés. Elle respirait mieux. Quelque chose se dénouait au fond d'elle. C'était comme si on ouvrait les volets en grand sur sa vie. Tout s'éclairait de l'intérieur.

Entendant le récit de la mort de son père alors qu'il arrivait dans les branches de l'arbre, Elisha se mit à pleurer… Mais elle sentait comme sa tristesse était douce. Un père mort est toujours un père. Elle pouvait l'aimer, l'admirer. Elle pouvait enfin le pleurer.

– Il s'est battu, dit Isha. Les flèches lui tombaient dessus et il continuait à avancer. Je n'ai jamais su d'où venaient ces flèches.

Elisha se serra un peu plus contre sa mère.

– Qui pouvait continuer à s'attaquer à cet homme déjà traversé de plusieurs flèches ? Il m'a suppliée de m'enfuir. J'ai obéi à cause de toi, Elisha. C'est toi qui m'as sauvée. Toi que je portais dans mon ventre.

Elisha ouvrit les yeux. Sa mère tenait dans la main un petit objet ovale.

– Je vais te montrer son visage.

La main d'Isha s'ouvrit sur le portrait de Papillon.

Elisha le regarda et sentit un nouveau souffle de vent frais la traverser. Le visage était presque vivant. Papillon ne souriait pas vraiment mais il avait l'air heureux.

Derrière sa fine couche de vernis, il regardait Elisha.

Entre les vivants et les morts, il n'y a souvent pas beaucoup plus que cette vitre fragile que le chagrin couvre de buée.

Une main surgit de derrière les deux femmes et arracha le portrait. Un hurlement avait accompagné ce geste fou.

24

Les mots du muet

Plum était prostré au fond de la maison aux couleurs. Il serrait dans ses deux mains fermées le portrait du père d'Elisha.

Et il parlait.

Elisha écoutait ce bourdonnement mystérieux.

Plum parlait.

Ce n'était pas des phrases, mais on reconnaissait quelques syllabes articulées. On reconnaissait surtout le ton qu'il prenait. Il avait l'air de se défendre. Il bredouillait en montrant ses poings fermés.

Après la surprise et l'émotion, Elisha et sa mère s'étaient approchées de lui. Mô, réveillé en sursaut par les cris, parlait maintenant à Plum :

– Calme-toi... Plum, écoute-moi...

Quand on avançait la main vers lui, il répétait deux mots qui ressemblaient à :

– Patué... Patué... Patuéé...

Elisha fit signe à Mô de la laisser avec Plum.

– Pa-tué…, répéta Plum.

Elle tenta de traduire :

– Pas… tué ?

– Pas tué, répondit Plum en hochant fébrilement la tête.

– Pas tué qui ?

– Pas tué lui !

Et il brandit ses mains refermées autour du portrait.

– Tu ne l'as pas tué ? demanda Elisha.

– Pas tué, dit Plum en balançant la tête.

– Je te crois, dit Elisha. Je te crois, Plum. Je sais que tu ne l'as pas tué.

Isha et Mô écoutaient. Ils regardaient Elisha qui avait réussi à poser ses doigts sur le poignet de Plum. Elle dit doucement :

– Plum n'a pas tué.

Et Plum se mit à respirer plus tranquillement.

– Plum n'a pas tué, répétait Elisha. Plum n'a pas tué.

Et elle demanda sur le même ton :

– Plum a vu ?

Aussitôt, il tourna les yeux vers ceux d'Elisha et il articula :

– Plum a vu.

Isha sentit un frisson la parcourir. Plum se remit à dire :

– Pas tué… Pas tué…

Elisha laissa passer un long moment. Plum savait. Plum avait vu. Plum avait été témoin de la mort de Papillon. Cette violence qui avait foudroyé la vie de

Plum, qui lui avait même retiré la parole, était peut-être la même que celle qui avait brisé la vie d'Elisha et de sa mère.

Elle demanda :

– Qui a tué ?

Mais Plum se recroquevilla encore plus et cacha ses yeux dans ses bras.

– Pas tué... gémissait-il.

– Plum n'a pas tué, répéta Elisha. Je sais que Plum n'a pas tué. Mais qui a tué ?

Il agitait la tête. Il ne voulait pas répondre. Elisha n'insista pas. Elle le laissa dans son coin et fit un pas pour rejoindre Isha et Mô. Elle s'arrêta. Plum chuchotait quelque chose.

Elisha revint vers lui en tendant l'oreille. Il répétait deux mots indistincts qui sonnaient comme du papier froissé. Elle se pencha tout près de lui et entendit :

– JO MITCH.

Elisha resta là, muette.

Il répéta ces mots jusqu'à ce qu'ils se transforment en un tranquille ronflement. Plum Tornett s'était endormi.

Jo Mitch était l'assassin du père d'Elisha.

Elisha écarta doucement les mains de Plum. Elle y ramassa le petit portrait dont le cadre s'était brisé. La vitre de résine s'était transformée en une fine poussière qui glissait entre les doigts. Il n'y avait plus qu'une feuille de papier très fine qu'Elisha prit dans sa main.

Elle regarda longuement le portrait de son père, puis le retourna. On lisait au dos une inscription en lettres capitales, que le boîtier avait toujours empêché de lire. Ces mots se dessinèrent sur les lèvres d'Elisha.

« Portrait d'El Blue, par Nino Alamala. »

Elisha se tourna vers sa mère.

– Qui a choisi mon nom ? demanda-t-elle.
– C'est ton père. Il voulait que tu t'appelles Elisha.

Elisha.

El-Isha.

El et Isha.

La lumière du jour glissait sous la porte jusqu'à ses pieds. Elle se leva. Isha regardait sa fille si pâle malgré la pénombre.

La porte s'ouvrit brutalement poussée par un corps qui tomba d'épuisement au milieu de la pièce.

Il fallut quelques secondes à Mô, ébloui par l'éclat du matin, pour reconnaître sa sœur, Maï. Avant même qu'il ne la prenne dans ses bras, elle avait pu dire :

– Tobie et Léo... Au grand lac... Ils... Ils vont s'entretuer...

Elisha bondit au-dessus du feu, passa la porte et disparut dans la lumière.

Elle courait vers le lac. Elle ne sentait plus ses jambes sous elle.

Elle courait vers le lac.

El Blue. Son père s'appelait El Blue.

Dans l'élan de sa course, elle sentait les larmes dessiner un trait horizontal au coin de ses yeux, jusqu'à ses cheveux. Tobie et Léo. Ces deux noms s'entrechoquaient en elle.

Quand elle déboucha au-dessus du lac, elle les vit. Ils dérivaient sur un îlot de glace au milieu de l'eau.

Ils se battaient toujours.

Elisha hurla leurs noms, mais ils ne l'entendaient pas. Le morceau de glace avançait vers la chute d'eau. Elisha se mit à courir en longeant le haut de la falaise.

Les cataractes d'eau couvraient sa voix. Tobie et Léo étaient à nouveau tombés au sol. On voyait leurs corps rouler sur la glace et y laisser des traînées de sang. Elisha hurlait de plus belle :

– Tobie ! Léo !

Elisha était toujours tout en haut, au sommet de la falaise. Elle filait vers la chute d'eau. Elle y arriva, épuisée, la voix brisée. Elle commença à avancer dans l'eau, là où cette eau se prépare à se précipiter dans le vide. Elle luttait contre le courant, approchant au plus près du bord pour tenter de les voir.

On n'entendait même plus sa voix. Plus un son ne sortait de sa bouche. Elle voyait les corps des deux garçons très bas, en dessous d'elle, à la verticale de la cascade. Ces corps qui ne bougeaient presque plus dans la blancheur du lac.

Elle fit alors trois ou quatre pas pour remonter le courant.

Puis, elle s'élança en avant et se jeta dans le vide.

On vit son petit corps tourner sur lui-même au ralenti dans la chute d'eau et descendre interminablement vers le lac.

En bas, l'un des garçons s'était relevé et regardait l'autre.

Il se baissa pour ramasser un énorme bloc de glace hérissé.

Le corps d'Elisha tomba dans l'eau sans un bruit, à quelques pas du morceau de glaçon, et disparut dans les ténèbres violettes du lac.

Tobie tenait le bloc de glace au-dessus de Léo Blue.

Léo gisait au sol, les bras en croix, le visage couvert de neige et de sang.

Tobie revoyait tous ces moments qui allaient disparaître avec ce geste. Il revoyait le petit Léo avec lequel il avait tant partagé. Il se rappelait cette amitié qui avait même mélangé leurs noms. On les appelait Tobéléo. Ils ne se quittaient jamais.

Tobie saignait du nez. Il essuya sa joue sur son épaule, les bras chargés de ce bloc meurtrier. Il savait qu'il allait faire ce geste.

Léo n'avait plus la force de bouger.

– Un jour, dit Léo, je t'ai sauvé la vie…

Tobie sentait ses bras qui fatiguaient.

– Un jour, continua Léo, il y a très longtemps, j'étais avec les chasseurs dans la nuit. Je savais que tu étais là, dans un trou. J'ai éteint ma torche, Tobie. Je t'ai sauvé la vie. Tu te rappelles ? Je… Je ne te demande rien… Je te demande juste de te rappeler…

Tobie se souvenait de ce jour. Mais il ne manifesta rien. Le sang coulait dans son cou. Il devait briser ce morceau de glace sur Léo.

Il fallait qu'il trouve la force de jeter ce morceau de glace.

Une tête sortit de l'eau froide juste à côté. Aucun des deux adversaires ne la remarqua. Elisha fit quelques brasses pour se rapprocher de l'îlot. Ses mains s'accrochèrent à la glace. Elle se hissa sur le bord, le corps tremblant, les lèvres articulant des mots inaudibles. Elle s'arrêta un instant et rampa sur la glace. Tobie lui tournait le dos. Léo était aveuglé par le sang.

Les bras de Tobie s'élevèrent un peu plus pour prendre de l'élan. Léo ferma les yeux.

Elisha passa ses bras autour des chevilles de Tobie, et tira de toutes ses forces. Il bascula d'un coup et sentit le bloc de glace lui échapper.

Le corps de Tobie s'affala. La glace vint exploser à quelques doigts du visage de Léo. Elisha parvint à se mettre à genoux dans ses vêtements trempés. Elle regardait Tobie. Elle sentait le froid pénétrer sous sa peau.

– Elisha…

Tobie venait de se redresser.

– Elisha…, répéta Tobie.

Elle était là.

Elle était là devant lui.

Elisha rassembla ses forces pour parler. Elle prit une grande inspiration, et s'effondra sur la glace.

Tobie se traîna jusqu'à elle. Leur glaçon venait de s'échouer sur la plage du lac.

– Elisha… Elisha…

Il la prit dans ses bras. Le corps de la jeune fille ne bougeait plus. Tobie la serra plus fort.

– Elisha…

Sa voix était faible. On n'entendait pas ce qu'il disait. Il parla longtemps tout près de son visage. Il parla comme il n'avait jamais parlé. On devinait seulement parfois sur les lèvres de Tobie des mots comme « jamais », « éternel », et tous les mots qui riment avec « toujours ». On entendait aussi :

– S'il te plaît…

Mais Elisha paraissait trop paisible et son corps ne tremblait même plus. Seul son parfum virevoltait encore autour d'elle et chatouillait de ses ailes le nez de Tobie. Il y laissait un peu de pollen ou d'épice. C'était un parfum encore bien vivant, un parfum qui mouille les yeux.

Tobie, la gorge nouée, se tut et posa sa joue contre celle d'Elisha.

Elisha ouvrit alors les yeux et poussa un cri.

Elle roula avec Tobie, et le boomerang se planta juste à côté d'eux.

Léo s'était relevé et tenait sa seconde arme dans la main droite.

Sur la plage, Arbaïan venait de surgir.

Quand Léo baissa les yeux vers Elisha, il vit la lueur bleue sous ses pieds.

Une Pelée. Elisha était une Pelée.

– Tu fais partie de ces assassins ?

– Les Pelés n'ont jamais tué personne.

– Tais-toi…

– Écoute-moi, Léo Blue. Écoute-moi, sanglota Elisha. Ton père…

– Ne parle pas de mon père…

– Ton père a été tué par Jo Mitch.

– Menteuse !

Une voix se fit entendre dans le dos de Léo :

– Écoutez-la…

C'était Minos Arbaïan. Il avait entendu les mots d'Elisha.

– Jo Mitch a tué ton père, répéta Elisha.

Cette fois, le boomerang faillit partir.

– Arrêtez ! hurla Arbaïan.

Il parlait à son patron d'une voix blanche.

– C'est moi qui ai envoyé El Blue vers la prairie, dit-il. On m'avait parlé d'un champ de fleurs, le paradis des papillons, très loin d'ici. J'avais peur d'y aller. Votre père, Léo Blue… Votre père m'a proposé de tenter l'aventure à ma place. Je lui ai confié mon matériel. Il est parti seul. Je ne l'ai pas revu vivant.

Tobie et Elisha étaient toujours sur la glace.

– Qu'est-ce que ça prouve ? murmura Léo.

Arbaïan continua :

– Je me souviens que son corps a été retrouvé par un jeune garde-frontière qui commençait à élever des charançons. Vous le connaissez. Il s'appelait Jo Mitch.

– Tu mens aussi !

Arbaïan semblait bouleversé.

– Ton père était un ami des Pelés, dit Elisha. Ton père était un ami des Pelés !

Elisha parlait toujours en pleurant :

– Quand il est mort, El Blue était accompagné d'une femme qui venait des herbes. Il l'aimait !

Léo brandit à nouveau son boomerang.

– Ne salis pas le nom de mon père.

– Laisse-moi parler. Tu nous tueras après si tu veux.

Elle reprit son souffle et dit :

– Quand El Blue a traversé la grande frontière, il n'était pas seul. Il y avait une femme pelée avec lui.

– Tais-toi, Elisha.

– Cette femme était ma mère. Elle m'attendait.

Cette fois, Léo tomba à genoux. Lentement, sa tête descendit vers la glace.

Il posa son front sur le sol.

Arbaïan n'avait pas bougé. Il regardait Elisha.

391

C'était donc la fille d'El Blue.

La demi-sœur de Léo.

Elisha ferma les yeux.

Tobie la prit dans ses bras, il l'emmena avec lui.

Ils longèrent la plage et disparurent dans la forêt de mousse.

Arbaïan était venu poser sa main sur l'épaule de Léo.

– Venez.

La loyauté d'Arbaïan bouleversa Léo. Il se tourna vers lui.

– Je veux te demander un dernier service.

– Dites-moi ce que vous attendez de moi.

– J'ai envoyé deux hommes vers les herbes, hier. Ils sont déjà en route. Trouve-les. Je t'en supplie. Et empêche-les de faire ce que je leur ai demandé.

Les yeux bleus d'Arbaïan ne quittaient pas Léo.

– Que leur avez-vous demandé ?

Léo posa à nouveau son front dans l'eau et la neige mêlées, et il dit :

– Ils vont mettre le feu à la prairie.

Tobie se retourna pour contempler le lac. Il n'osait pas réveiller Elisha dont il sentait à peine le poids dans ses bras. Il vit Léo. De là-haut, on aurait dit une petite croix qui barrait la plage. L'eau du lac venait laver le sang sur la glace et caresser ses cheveux. Arbaïan avait disparu.

Léo était seul.

Tobie lui tourna le dos. Il n'arrivait même pas à baisser les yeux sur Elisha dont la tête appuyait sur son cœur. Il avançait vers la maison aux couleurs.

Si elle avait été consciente, jamais Elisha ne se serait laissé emporter comme une enfant dans des bras. Elle avait trop de fierté. Tobie le savait et souriait de cette liberté qu'il prenait.

Pendant ce court trajet entre le lac et la maison, il ne pensa pas aux batailles qu'il lui restait à mener. Il regardait, au-delà, un horizon plus lointain. Il regardait la vie qui était en embuscade au bout du combat… Une vie qu'il voulait passer à observer la course du soleil, à regarder monter la pâte à pain, à se promener à deux ou trois en se tenant par le bras.

Une vie douce où la plus grande aventure est de partir en pleine nuit relâcher un moucheron qui s'est pris dans une toile. Un voisin vous réveille. Des lampes entourent la toile. On entend un bourdonnement triste. Et quand le moucheron s'envole enfin, on crie « hourra ! », on s'invite à boire un verre, on réveille la maison.

Une vie douce qui suffirait désormais à Tobie. Une vie avec ce qu'il faut d'ennuis, de bonnes nouvelles, de petits malheurs : « Une branche est tombée du côté du couchant », « La belle Nini a eu des triplés, tu sais », « Les cigales ont du retard », « Il ne neigera pas cette nuit »…

Tobie savait que dans cette longue lutte qu'il menait depuis tant d'années il ne cherchait rien d'autre. Rien d'autre que ces petits riens.

Ce jour-là, avec Elisha dans ses bras, il n'avait jamais autant espéré la victoire. Il n'avait jamais été aussi sûr d'être au premier matin d'un nouveau monde.

25

Le Petit Printemps

Nils Amen avait posé sa tête sur la bûche.

Le gros Solken tenait la hache à la main. Sa veste de bûcheron était trempée de sueur.

– Tu vas tuer un innocent, lui dit Nils, les mains attachées dans le dos.

Solken avait accepté cette mission : exécuter le traître.

Il l'avait emmené le soir, à la brune, au fond d'un bosquet de lichen, loin des clairières où jouaient les enfants en pyjama, loin des maisons où bouillonnait la vie, où l'on bordait les draps pour la nuit.

Solken tentait de chasser sa peur.

Tuer Nils Amen, le petit prince des bûcherons, le fils de Norz et Lili. Il essayait de ne pas trembler, mais il sentait sa main humide sur le manche de la hache.

Solken était le sage, l'ancien. Cette terrifiante besogne lui revenait.

Châgne et Torfou, les voltigeurs, avaient réussi à retarder le châtiment. Ils parlaient d'une jeune amoureuse qui devait revenir avec des preuves. Mais la jeune fille n'était pas revenue. Elle était sûrement aussi du côté des traîtres. On ne pouvait plus attendre.

Solken prit sa hache à deux mains.

À quelques enjambées de là, Norz Amen était en train de devenir fou.

Il courait en hurlant :

– Solken ! Solken ! Arrête !

Mais Solken restait introuvable.

Tobie venait d'arriver. Nils Amen était innocent.

– Solken ! gémissait Norz en se taillant un chemin dans la mousse. Où es-tu ? Réponds-moi !

Solken essaya de rassembler ses forces. Il venait d'entendre au loin la voix de Norz qui l'appelait. Le

père de Nils devait délirer de désespoir. Il fallait en finir avant qu'il ne les trouve. Ne pas infliger ce spectacle à un père.

Solken leva la hache au-dessus de la gorge de Nils. Celui-ci n'avait pas l'air d'avoir peur.

– Maï…

Nils prononça ce prénom. La lame éclatante était en suspens au-dessus de lui.

Alors, un appel fendit l'air. C'était Norz. Il venait de jaillir devant eux.

– Arrête ! cria-t-il.

La hache était déjà partie. Solken fit tout pour l'arrêter, mais elle ne dévia pas d'un pouce. Solken ferma les yeux. Elle vint fendre le bois de la bûche.

– Il n'a rien fait, suppliait Norz. J'ai la preuve qu'il n'a rien fait. Solken !

Solken n'arrivait pas à rouvrir les yeux.

– Je vous l'avais dit, chuchota quelqu'un à ses pieds. Je suis innocent.

Sursautant à l'appel de son père, Nils avait réussi à glisser sa tête sur le côté au dernier moment. Il avait senti le souffle de la lame sur ses cheveux.

Il était vivant.

En quelques jours l'arbre changea entièrement d'aspect.

Les premières feuilles ont la peau tendrement fripée, la peau des nouveau-nés et des vieillards.

Les bourgeons se mirent à exploser un à un. Le printemps repeignait les branches en vert. Une fois de plus, l'arbre se releva des assauts de l'hiver. Il secoua ses derniers restes de neige.

Mais, cette fois-ci, un peu d'espoir se mit à scintiller avec le printemps. L'éclosion la plus spectaculaire avait lieu dans l'esprit du peuple des branches. Le retour de Tobie, la preuve de l'innocence des Pelés et de la famille Lolness, le renoncement de Léo Blue, toutes ces nouvelles parcoururent l'arbre au grand galop. La terrible machination de Jo Mitch révolta les cœurs.

Cette révolution qu'on a appelée le Petit Printemps commença par gagner les bûcherons.

Quand Norz Amen, décomposé par la honte d'avoir injustement accusé son fils, voulut prendre Nils dans ses bras, ce dernier fit un pas en arrière.

Norz, les bras tendus, regardait Nils. Il laissa tomber ses grosses mains le long de son corps.

Son fils lui refusait le pardon, et Norz se savait impardonnable.

– Je comprends, dit le père, je peux comprendre, mon fils...

Il recula, cachant maladroitement son émotion, et s'en alla vers les bois.

Non loin de là, près d'un plateau de lichen rampant, il croisa une jeune femme. Il la reconnut et détourna la tête pour ne pas lui montrer ses yeux rougis.

La jeune femme le regardait. C'était Maï Asseldor. Norz savait qu'elle avait sauvé la vie de son fils.

– Il lui faudra du temps, dit-elle. Mais il reviendra vers vous.

– Merci… mademoiselle…, dit Norz en se retournant à demi.

– Soyez patient. On dit que les bûcherons sont patients.

– Les bûcherons sont patients, reconnut Norz, immobile.

Et il ajouta dans sa barbe :

– Mais je suis vieux…

Entendant ces mots, Maï vint embrasser Norz Amen. Il eut juste la force de dire :

– C'est moi qui ai trahi puisque je n'ai pas fait confiance à mon propre fils…

Le grand bûcheron s'en alla.

Nils et Maï restèrent longtemps l'un en face de l'autre, des deux côtés de la clairière.

Les yeux dans les yeux, ils profitèrent de cette distance pendant de longues minutes parce qu'ils savaient qu'à l'instant où leurs mains se toucheraient, plus rien, jamais, ne les séparerait.

Jo Mitch avait autant de flair qu'une mouche bleue. Il sentait venir la mélasse à des kilomètres. Un peu de flair vaut parfois mieux que des neurones et un cœur en état de marche.

Quand des centaines de bûcherons encerclèrent le cratère et l'envahirent, ils découvrirent avec colère que Mitch n'était plus là depuis la veille.

Tobie se précipita vers le ravin des vieux savants. Tous les détenus avaient disparu. On ne trouvait plus un seul gardien dans le cratère. Tobie donnait des ordres pour continuer les recherches.

Il entendit qu'on l'appelait.

C'était Mô et Milo Asseldor. Ils remontaient du fond du précipice.

– Tobie ! Ils sont enfermés en bas. Il faut faire sauter la porte. On entend des voix à l'intérieur.

Tobie courut jusqu'au dortoir. Il s'avança devant la porte. Le bûcheron Solken était à côté de lui, avec Torfou, Châgne et quelques voltigeurs. Il y avait aussi Jalam et une dizaine de Pelés qui avaient retrouvé leurs sarbacanes et ne quittaient plus leur Petit Arbre. Seule Elisha était partie retrouver sa mère.

Tobie prit la hache des mains de Solken. Il regarda la porte. Cette mince paroi le séparait peut-être de ses parents.

Il souleva la hache et l'écrasa contre le bois. La planche se brisa en son milieu comme un rideau de théâtre.

Là, juste derrière, immobiles, se tenaient les prisonniers. Ils regardaient gravement Tobie et ses amis. Ni joie, ni soulagement sur leurs visages. Lou Tann, le vieux cordonnier, était enveloppé dans une couverture.

Zef Clarac et Vigo Tornett sortirent des rangs.

– Nous ne savions pas si quelqu'un viendrait.

– Ils sont vivants ! cria Torfou à d'autres bûcherons qui arrivaient.

Mais Zef Clarac agita la tête.

– Non. Nous ne sommes pas tous vivants.

La foule des prisonniers s'écarta. Ils laissèrent un passage au milieu d'eux.

Sur la dernière paillasse, tout au fond, Tobie vit un tissu parfaitement blanc qui recouvrait une forme allongée.

Tobie laissa glisser la hache qui resta plantée sur le bois du sol. Il avança entre ces longues figures grises. Mô le suivait avec une torche. Il sentait la force qui unissait ces prisonniers, une de ces amitiés indestructibles qui poussent dans l'ombre des camps.

Tobie approchait du lit. Il se retourna pour voir une fois de plus les regards dans lesquels dansait le flambeau de Mô.

Tobie souleva légèrement le drap blanc.

C'était le conseiller Rolden.

– Il est mort cette nuit, dit Lou Tann en hoquetant. C'était mon ami.

– Je sais, dit Tobie.

– Il aurait voulu revoir sa branche.

— Je sais, répéta Tobie.

Un petit homme soutenait Lou Tann. Les regards étaient tournés vers Tobie.

Vigo Tornett se passa la main dans la barbe.

— Mitch a emmené tes parents, mon petit. Il faut retrouver cette ordure.

Tobie s'attendait à ces mots de Tornett. Il savait que Jo Mitch ne lâcherait pas Sim et Maïa.

— Je viens avec toi, dit Vigo Tornett. Je le dois bien à mon vieux Rolden.

— Moi aussi, dit une voix, derrière Zef.

— Moi aussi ! cria un autre.

— Moi aussi !

Un vrai cri de guerre s'éleva du petit dortoir. Un cri que les bûcherons reprirent et que les Pelés prolongèrent dans des tonalités mystérieuses. L'arbre frissonna.

Seul Lou Tann resta longtemps agenouillé au pied du lit de Rolden en chuchotant :

— Vieille branche, ma vieille branche…

Avant de quitter le cratère, Tobie parcourut du regard cette plaie immense. On aurait dit l'antre d'un dragon. Il se demanda si l'arbre pourrait se relever de ce mal. Un coup de vent fit chanter un bouquet de feuilles au-dessus d'eux. Cette berceuse rassura Tobie.

Le dragon était parti. L'arbre tenait encore debout. Il chantait même.

Alors Tobie remarqua deux petites silhouettes de l'autre côté, au-dessus du précipice. L'une des deux se tenait en équilibre face au vide. L'autre, un enfant, était accroupi juste derrière.

Tobie reconnut Ilaïa et Tête de Lune.

Tête de Lune avait retrouvé sa sœur transie de froid dans un trou de la paroi.

Il vit Tobie et fit vers lui un geste rassurant.

Il s'occupait d'elle.

Une fraction de seconde, les yeux de Tobie croisèrent ceux d'Ilaïa. Il baissa la tête et partit avec toute sa troupe.

Tête de Lune passa des heures derrière sa sœur. Elle était debout, les épaules chargées de remords, contemplant le précipice. Elle se penchait en avant pour jouer avec l'équilibre. Elle voulait mourir, se sentait coupable de tout le malheur du monde.

Tête de Lune commença par lui parler, doucement, s'approchant lentement d'elle. Puis il lui chanta des airs, bouche fermée. Enfin il ne fit plus un seul bruit.

Le vent nocturne faisait vaciller le corps d'Ilaïa. Le cratère était entièrement désert, depuis longtemps. Ils étaient tous les deux, seuls au bord de ce trou. La nuit était venue le remplir comme un lac.

Quand Ilaïa s'effondra d'épuisement, il y eut une seconde où son corps hésita entre l'écorce et le précipice. Mais elle resta là-haut, du côté de la vie.

Tête de Lune la tira vers lui et ils dormirent l'un contre l'autre.

Pendant ce temps, la révolte du Petit Printemps gagnait les Cimes. Tobie menait une colonne de plus en plus nombreuse. Le peuple de l'arbre reprenait espoir. On vit des hommes et des femmes sortir de chez eux, comme des hiboux éblouis par la lumière, et se joindre au mouvement général.

Jo Mitch était en fuite. Il fallait se pincer pour le croire.

— Je vous le disais ! On n'est jamais à l'abri d'une bonne nouvelle, se réjouissait un petit monsieur en tentant d'enfiler le beau costume de sa jeunesse.

— C'est merveilleux ! répétait sa femme en reniflant. C'est merveilleux…

D'autres sortaient la nuit avec des torches. On revoyait enfin des enfants courir dans les branches.

Les gens regardaient l'arbre avec gravité. Leurs yeux s'étaient ouverts.

– Est-ce qu'il n'est pas trop tard ? demandaient certains en contemplant les rares bourgeons des Cimes.

Mais ils se faisaient rabrouer par leurs voisins :

– Retroussez-vous les manches, misérables ! Il n'est jamais trop tard.

Ce peuple qui avait creusé lui-même son malheur se découvrait une tâche extraordinaire qui l'obligeait à se remettre debout. On commença à reboucher les galeries, on grattait la mousse sur les bourgeons. Même les amoureux ne gravaient plus leurs noms sur l'écorce.

Oui, personne n'est jamais à l'abri d'une bonne nouvelle.

Des habitants des hauteurs, venus en renfort, renseignèrent Tobie sur la cavale de Jo Mitch. D'après ces témoins, il voyageait sur le dernier charançon avec quelques hommes à ses côtés. Ils détenaient toujours les deux prisonniers...

Jo Mitch était progressivement abandonné par ses partisans. Certains se cachaient sûrement dans cette foule qui suivait maintenant Tobie Lolness.

Mais Tobie savait que Mitch ne fuyait pas au hasard. Il avait un plan. Mitch tenait surtout entre ses mains la plus précieuse des monnaies d'échange : un savant à béret et son épouse.

Vigo Tornett ne quittait plus Tobie. Il avait appris avec joie que son neveu Plum s'en était sorti et qu'il était à l'abri dans une maison des Basses-Branches. Vigo retrouvait la verdeur de ses premiers printemps.

Un matin, au début d'une branchette, Tornett

remarqua deux petites vieilles qui les regardaient passer. C'était deux femmes osseuses, penchées sur leurs cannes. Vigo dit à Tobie qu'il allait les interroger.

Tobie observait de loin le brave Tornett et ses allures de charmant bandit. Il salua dignement les deux vieilles. Mais Tobie le vit tout à coup planter son coude dans les vertèbres de la première dame et lui écraser les côtes avec le genou. Tornett attrapa la seconde petite vieille, la secoua vivement et lui envoya son poing dans les dents. Il la jeta sur la première et se mit à les piétiner toutes les deux en dansant d'un pied sur l'autre.

Tobie n'avait même pas bougé.

Plusieurs bûcherons se précipitèrent pour ceinturer Vigo. Les victimes râlaient sur le sol.

Tobie s'approcha. Il les avait reconnues.

– Laissez-le, dit-il aux bûcherons. Tornett a ses raisons.

Sur l'écorce, à moitié cachés par des foulards et de larges robes de grand-mère, Limeur et Torn gémissaient. Les terribles comparses de Mitch avaient abandonné leur patron et s'étaient déguisés pour se faire oublier.

Sa violence ne l'avait même pas soulagé, mais Tornett pensait à Rolden, mort en captivité sous ses yeux. Il le savait : ni le pardon ni la vengeance ne pouvaient lui rendre son ami.

En les abandonnant là, Tornett jeta aux deux hommes quelques échantillons de leurs dents qui avaient atterri dans sa poche.

Des semaines plus tard, très près des Cimes, Tobie installa son campement sur une branche lisse entourée de jeunes feuilles couvertes de duvet.

Tobie était inquiet. Suivi de dizaines d'hommes, il avait pisté Mitch jusque dans les hauteurs. La trace de Mitch se perdait là. Tobie n'avait plus aucune idée de la direction à suivre. Il avait donc décidé de redescendre dès le lendemain vers les rameaux du nord.

Le camp s'endormait. Des petits feux parsemaient l'écorce fine. On entendait quelques Pelés chanter leurs mélodies d'ailleurs.

Tobie tentait de dormir. Il ne cessait de penser à ses parents. À leurs voix, toujours. Leurs voix qui le sortaient de ses cauchemars quand il était petit. En ce temps-là, ils n'avaient qu'à dire « c'est fini » en l'embrassant sur le front et Tobie revenait à la vie.

Maintenant, il devinait les étoiles au-dessus de lui. Cela faisait bien longtemps qu'il n'était pas monté vers les Cimes.

C'était une nuit sans lune. Comme la première, cette nuit où sa vie de fugitif avait commencé. Quand la lune n'est pas là, les étoiles dansent. Il respirait l'air sec des hauteurs, l'air de plein ciel qui avait bercé son enfance.

— C'est beau.

Tobie sentit son cœur bondir. Il roula sur le côté et se retrouva nez à nez avec Elisha.

— Qu'est-ce que tu fais là ?

Elisha ne prit pas la peine de répondre à cette question idiote.

— Je t'avais dit de rester dans les Basses-Branches, insista mollement Tobie.

Elle lui donna un grand coup d'épaule et resta allongée sur le dos contre lui.

Leurs bras se touchaient dans toute leur longueur, des épaules au bout des doigts.

— Je ne veux plus attendre, dit-elle après un grand silence.

Ils entendaient le craquement du feu.

Elisha était un peu grisée par la pureté de l'air. La bouche et les yeux ouverts, elle sentait ses doigts contre ceux de Tobie.

Ce qui était doux c'est que leur peau n'avait pas la même température. Ils sentaient leur cœur battre contre la main de l'autre.

Tobie n'osait pas bouger. Il se demandait s'il allait s'habituer. Un son de la voix d'Elisha suffisait à l'étourdir, un mouvement de son poignet le mettait sens dessus dessous.

— Moi aussi, dit-il à tout hasard.

Et il répéta avec intensité :

— Moi aussi.

Ils restèrent un moment à se taire. Même l'air ne pesait plus sur eux. Immobiles, ils apercevaient des étoiles entre les feuilles.

– C'est fou, dit Elisha.

Il n'y avait pas d'autre mot pour dire cette douceur.

Longtemps après, dans la nuit, elle lui tendit quelque chose.

– Tiens.

Tobie approcha sa main.

– On a trouvé ça sur le chemin.

Elle lui donna un objet rond et mou que Tobie reconnut malgré l'obscurité. C'était le béret de Sim Lolness.

– Il a dû le perdre en route, dit Elisha.

Tobie se mit à rire doucement.

– Le perdre ? Mon père ? Il préférerait perdre sa tête…

On l'entendit froisser le béret en tous sens. Puis Tobie s'approcha du feu. Il avait sorti de la couture un carré de papier enroulé. Il le déplia à la lumière d'un tison.

« Direction nid des Cimes. Nous allons bien… Nous… »

Tobie referma son poing sur le papier. Sim n'avait pas pu terminer d'écrire le message.

Elisha regardait Tobie. Il était déjà ailleurs.

Il se dressa dans la nuit et, d'un seul mot qui rebondit de feu en feu, il fit lever le camp.

26

Sur le fil

Jo Mitch était retranché dans l'œuf du Sud.

Le reste du nid paraissait à l'abandon. Tobie et ses amis chassèrent une grosse araignée qui s'y était installée. Ils encerclèrent l'œuf en quelques instants.

D'après les premiers hommes arrivés, il ne restait pas plus de quatre personnes dans la coquille. Jo Mitch n'avait donc qu'un seul fidèle pour garder Sim et Maïa.

Tobie, au contraire, était entouré de compagnons innombrables, mais il savait qu'un couteau posé sur la gorge de Maïa suffisait à donner tous les pouvoirs aux malfaiteurs. Le nombre de combattants ne changeait rien.

Tigre parut le premier, en haut de la passerelle.

Il tenait Maïa contre lui, en bouclier vivant.

Tobie observait sa mère. Bien droite, le visage très calme, elle regardait cette foule autour d'elle. Quand elle rencontra les yeux de Tobie, elle leva un peu le menton, portée par la joie et la fierté.

Cette image de Maïa livrée à la barbarie toucha si profondément Tobie qu'il eut du mal à répondre à son sourire. Il aurait aimé qu'Elisha soit auprès de lui. Où était-elle passée ?

Tobie s'avança d'un pas et attendit que Tigre parle.

Des nuages commençaient à se rassembler dans le ciel.

– Nous les tuerons, tous les deux ! cria Tigre. Nous les tuerons au premier geste que vous ferez contre nous !

Tobie frissonna.

– Que demandez-vous ? lança Vigo Tornett.

– Jo Mitch va vous le dire dans peu de temps…

Tigre poussa Maïa dans l'œuf. Ils disparurent.

Elisha était perdue dans la foule. Elle avait entendu de très loin les menaces de Tigre. La beauté de Maïa Lolness l'impressionnait.

Soudain, elle sentit une main prendre son épaule. Elisha eut du mal à reconnaître cet homme aux yeux creusés, qui la salua.

– Patate ?

Patate voulut entamer une révérence, mais Elisha se précipita pour le relever et le serrer dans ses bras.

Il parvint à dire au milieu de hoquets :

– Ve m'en fuis forti, n'est-fe pas ?

– Oui, Patate.

Intimidé, il n'osait pas mettre ses mains autour du corps d'Elisha, alors il écartait les bras comme si elle était poisseuse. Elisha avait posé son menton sur l'épaule de Patate.

Elle eut alors une vision qui l'empêcha d'entendre les flots d'explications que Patate commençait à donner. Elisha plissait les yeux. Elle avait vu un léger miroitement dans le ciel chargé.

Comme une étincelle.

Elle attendit quelques secondes et vit à nouveau ce petit éclat de soleil. Elle n'avait pas rêvé.

– Je reviens, dit-elle à Patate.

Elisha le repoussa un peu et traversa l'assemblée pour aller trouver Tobie. Il l'écouta, leva rapidement les yeux au ciel. Son visage s'éclaira.

Maintenant, Elisha regardait Tobie s'éloigner. Avait-elle bien fait de lui donner cette idée ?

Quelques minutes plus tard, elle vit Tobie apparaître au sommet de l'œuf qui était derrière eux. Il se leva,

412

resta un moment debout et respira un grand coup. À part Elisha, personne ne l'avait remarqué.

Il écarta les bras et fit un pas dans le vide. Elisha ferma un instant les yeux. Quand elle les rouvrit, Tobie marchait dans le ciel.

Lentement, pas à pas, les bras écartés, il marchait vers l'œuf du Sud. Le vent s'était arrêté. Un petit nuage passa au ralenti derrière lui et combla le dernier coin de ciel bleu.

Une araignée avait tendu son fil invisible entre les œufs. Un reflet du soleil l'avait révélé à Elisha. Un long fil qui reliait le sommet des deux tours. C'était le seul moyen d'atteindre par surprise les preneurs d'otages.

En bas, on attendait la demande de Jo Mitch, et les regards ne quittaient pas l'entrée de l'œuf. Personne ne vit l'équilibriste qui marchait dans le ciel.

Tobie progressait peu à peu. Son pied trouvait mystérieusement la bonne position sur le fil. Il ne pensait même pas au vide qui l'entourait. Il avait l'impression de suivre quelqu'un.

Quand un mouvement commença à agiter la foule, Elisha crut qu'on avait remarqué Tobie.

Mais c'était Jo Mitch.

Il venait de sortir de l'œuf. Il n'avait pourtant pas la tête des oisillons qui sortent de leur coquille. Il ressemblait plus que jamais à un grumeau hilare.

Mitch tenait le professeur Lolness par le col. Il avait une grosse arbalète à quatre flèches dans l'autre main. La présence de la foule le réjouissait infiniment. Il

413

savait qu'il tenait tout ce monde à sa merci. Et c'était pour lui une sorte de bonheur désespéré.

Une dernière fois, il allait pouvoir faire mal. Mitch comptait bien se dépasser. Il se promettait de ne pas gâcher le crime atroce qu'il préparait. Ce serait son chef-d'œuvre. Mieux encore que l'assassinat d'El Blue sur lequel il avait bâti son empire. À l'époque, il lui avait suffi d'accuser les Pelés et de se présenter en défenseur de l'arbre contre cette menace.

Maintenant, il voulait faire beaucoup mieux, il y a des occasions qu'on n'a pas le droit de rater.

Au moment où il allait commencer son chantage, quelqu'un sortit du premier rang de la foule.

Jo Mitch grogna et leva une de ses lourdes paupières. Qui osait ?

Elisha se mit sur la pointe des pieds pour comprendre ce qui se passait. Un homme avançait vers Mitch.

Une clameur gagna le public quand il reconnut Léo Blue.

Léo marchait tranquillement vers l'assassin de son père.

Il n'avait pas l'air fou. Il n'avait pas l'air de vouloir mourir. Pour la première fois, un éclat de joie se lisait sur son visage.

Désormais, il ne se battrait plus contre des fantômes. Son seul ennemi était devant lui.

Au bout de quelques pas, le carnage commença. Jo Mitch arma son arbalète. Il visa vaguement. Une flèche alla se planter dans la cuisse de Léo.

Le jeune Blue ne s'arrêta pas. Il continua à avancer. Une seconde flèche traversa le haut de son bras.

Elisha se mit à hurler. Mais la rumeur de la foule couvrait sa voix. Elle se débattait pour franchir le premier rang.

Le pas de Léo Blue ne ralentit même pas. Il reçut la troisième flèche dans le côté droit.

Jo Mitch commençait à enfler de colère. Des gouttes de sueur grosses comme des œufs de cafard lui dégoulinaient dans le dos.

À la porte de l'œuf, Tigre apparut en hurlant :

– Léo Blue ! Jette tes armes !

Léo obéit. Il fit un geste lent vers ses boomerangs, accrochés dans son dos, et il les jeta de part et d'autre de lui.

– Maintenant, arrête-toi ! cria Tigre.

Mais Léo s'était remis à marcher.

Mitch laissa tomber Sim Lolness sur le sol. Il fit un pas en avant et tira sa dernière flèche.

Cette fois, Léo Blue s'arrêta un bref instant, le souffle coupé. Sa jambe gauche fléchissait. On crut qu'il allait tomber au milieu de la passerelle, mais ce n'était pas une chute. C'était un pas. Un pas de plus vers l'homme qui avait détruit sa vie, vers celui qui avait fait de lui un monstre.

Jo Mitch jeta l'arbalète. Il avait les mains vides.

Il se mit à reculer.

Tout à coup, son mégot réapparut au coin de ses lèvres. Il souriait.

Mitch s'était rappelé qu'il lui restait une arme, une

dernière arme pour faire arrêter Léo Blue : l'arme absolue. Il alla jusqu'à Sim Lolness qui gisait au sol et posa son pied sur son crâne. Il fit un nouveau sourire d'escargot, un sourire ramolli et baveux. Son mégot glissait sur son menton.

Léo Blue se figea sur place.

Un seul petit mouvement et Mitch ferait exploser la tête du professeur.

Elisha avait cessé de s'agiter. Elle regardait, comme tous les autres. La pluie commença à tomber. Il y avait dans le nid un terrible silence.

Ce silence fut traversé par un sifflement tournoyant. Tout se passa en un millième de seconde.

Les boomerangs que Léo avait négligemment jetés des deux côtés surgirent en même temps à gauche et à droite. Ils venaient d'achever le tour de l'œuf et se plantèrent sans un bruit dans le crâne de Jo Mitch.

Ses yeux firent quelques tours sur eux-mêmes. Sa

bouche se mit à se tordre. Il s'affaissa sur la passerelle, comme une flaque de boue, à côté de Sim.

Léo tomba aussi, un sourire sur les lèvres.

Terrifié, Tigre se réfugia dans l'œuf. Il attrapa Maïa et la serra contre lui. Il brandit son harpon. Ils étaient seuls en plein milieu de la coquille. Sim apparut à la porte et se mit à hurler :

– Maïa !

Celle-ci cria le nom de son mari, mais les pointes du harpon allaient lui arracher la gorge.

Sim n'osait plus avancer.

Un cri.

Une ombre qui tombe du ciel.

Il y eut dans l'œuf un bruit de fruit qu'on écrase.

Maïa sentit l'arme glisser contre sa peau, et Tigre se raidir puis tomber sur le sol.

Par l'étroite ouverture du sommet de l'œuf, Tobie venait de sauter dans le vide. Il avait atterri sur l'agresseur en lui broyant les côtes. Tigre ne respirait plus.

Maïa se précipita vers son fils en tremblant. La tête de Tobie avait heurté le sol. Sim accourait.

Sim et Maïa se penchèrent en même temps au-dessus de Tobie. Il ne bougeait pas.

Maïa lui parla à l'oreille. Tobie ouvrit les yeux.

Il regarda ses parents. Ses lèvres bougeaient.

– Vous êtes beaux.

Sim, trop ému, articula simplement son nom :

– Tobie.

Allongé sur le sol, Tobie ouvrit les bras. Sim et Maïa se blottirent contre lui.

417

Elisha resta longtemps à tenir la tête de Léo Blue sous la pluie. Il était encore conscient. Il avait juste la force de lui sourire.

– C'est fini, essayait-il de dire. C'est fini.

Elisha le faisait taire.

– On va te soigner. Ma mère sait tout guérir. Tu vas vivre, Léo. Ton père voudrait que tu vives. Tu as juste perdu du temps. La vie commence, Léo. Ça commence…

Les yeux de Léo s'embuèrent, il ne sentait plus ses blessures. Quelque chose commençait peut-être. La pluie entrait dans ses vêtements.

Elisha passait ses doigts dans les cheveux de Léo.

Il articula :

– Ma petite sœur.

Quand on emmena Léo Blue pour le soigner, Elisha voulut enfin rejoindre Tobie. Pénétrant dans l'œuf, les cheveux et le visage trempés, elle le vit avec ses parents.

Maïa la reconnut au premier coup d'œil et l'appela. Elle lui tendit les mains.

Ce n'était pas des retrouvailles car c'était la première fois qu'elles se rencontraient.

Sim et Maïa laissèrent Tobie et Elisha dans l'œuf où résonnait le bruit de la pluie.

Au moment de sortir, Sim jeta un dernier coup d'œil sur le corps sans vie de Tigre. Ils franchirent la porte.

– La vie est étrange, dit Sim à Maïa en l'abritant sous une cape noire. Léo Blue a éliminé Jo Mitch, l'assassin de son père…

Maïa le prit par le bras. Ce fut elle qui termina la phrase :

– Et Tobie a tué Tigre, le meurtrier de Nino Alamala.

En un éclair elle se rappela une fois de plus cette nuit lointaine où Sim lui avait apporté le petit Tobie, enveloppé dans des langes bleus.

– Son père vient d'être tué dans sa prison, disait Sim en tendant l'enfant à Maïa. Il n'a plus personne…

Maïa l'avait pris contre son cœur. Elle caressait les cheveux de l'enfant.

– Comment s'appelle-t-il ?

Sim répondit :

– Il s'appelait Tobie Alamala. Mais on ne doit plus dire son nom.

– Alors, murmura Maïa, il faudra l'appeler Tobie Lolness.

27

L'autre

Il y eut un été et un hiver. Ce fut l'an 1.

Tout recommençait.

On oublia le nid des Cimes.

Une chouette s'y installa le printemps suivant. On entendait au crépuscule son hululement jusqu'aux Basses-Branches.

La chouette pondit cinq œufs. Elle éleva ses petits.

D'autres années passèrent. D'autres chouettes y nichèrent.

Un jour, un de ces oiseaux vit surgir un homme avec un béret. La chouette ne bougea pas. Elle protégeait ses petits qui dormaient sous elle. Parfois une petite tête ébouriffée apparaissait entre ses plumes, mais la chouette la tirait à elle, ne quittant pas des yeux le visiteur.

Ce dernier n'avait pas l'air dangereux. Il escalada péniblement une branchette abrupte qui dominait le nid.

– Et hop, dit-il en arrivant en haut, épuisé.

Il fit un petit salut de la tête vers la chouette et retira son béret.

Un jeune homme le rejoignit. C'était Tobie.

Ils s'installèrent l'un à côté de l'autre, assis sur une brindille.

– On les dérange, dit Sim Lolness en montrant l'énorme chouette en dessous d'eux.

Mais Tobie regardait ailleurs. Ses yeux étaient tournés vers le lointain, là où l'on devinait la prairie.

– Il paraît qu'il est là-bas…, dit Sim.

– Oui, Isha Lee s'occupe de lui. Comme d'un fils.

– Elle connaît la médecine de l'herbe.

– Elle l'a presque sauvé.

– Pauvre Léo, soupira Sim.

– Il va mieux. On dit aussi qu'une fille que je connais est toujours avec lui…

Sim souriait. Une fille… C'était encore la meilleure médecine du monde. Il remit son béret.

— Elle s'appelle Ilaïa, dit Tobie.

Sim se tourna vers son fils. Il le regarda longuement, voulut parler, mais renonça…

— Tu allais me dire quelque chose, papa, hasarda Tobie.

Sim semblait chercher une phrase de remplacement.

— Non… Euh… Le chasseur de papillons est resté là-bas, aussi.

Tobie acquiesça.

Arbaïan… Pendant des mois, il avait poursuivi les deux incendiaires envoyés par Léo pour brûler la prairie. Il avait ainsi parcouru ce chemin du tronc, des racines et des herbes, ce voyage qu'il n'avait pas osé faire des années auparavant, ce grand voyage qui avait coûté la vie de son ami El Blue.

Sa mission accomplie, Arbaïan était resté dans la prairie, non loin d'Isha.

— Et ce vieux fou de poète auquel tu racontais ta vie, mon fils ?

— Pol Colleen ? demanda Tobie en souriant. Il s'est remis à écrire. Il a presque fini.

— Colleen, quand on était jeune, je l'appelais « la sauterelle » ! On dirait qu'il a les oreilles dans les pattes : il écrit tout ce qu'il entend.

Le professeur avait en effet découvert, il y a bien longtemps, que les sauterelles cachaient leurs oreilles dans leurs pattes antérieures.

Tobie se laissa glisser sur la branche d'en dessous et la dévala.

Sim resta seul. Il souleva son béret pour se gratter la tête. Une nouvelle fois, il n'avait pas réussi à dire à Tobie ce qu'il voulait lui apprendre.

Il soupira. La chouette ne faisait plus attention à lui. Une légère brise se levait sur les Cimes.

Tobie réapparut.

Il tenait par la main une dame fragile et élégante. Sim Lolness se leva et l'aida à s'asseoir.

– Tu n'aurais pas dû monter, Maïa.

Elle lui tapa sur la main.

– Ne fais pas ton jeune homme, professeur.

Elle regardait la beauté du paysage.

– L'arbre va mieux, dit-elle.

Et c'était vrai que l'arbre se mettait à revivre. La forêt de lichen reculait doucement. Les Amen et les Asseldor y travaillaient ensemble.

Le cratère n'était plus qu'une cicatrice ancienne que recouvrait lentement l'écorce. La vie l'emportait.

Personne ne savait que la pierre de l'arbre reposait là, six pieds sous l'écorce. Tobie l'avait abandonnée au fond du cratère, et le bois nouveau l'enfouissait, années après années, loin de l'avidité des hommes.

– L'arbre est en vie, dit Sim. Ils ont fini par me croire. Il y a bien longtemps qu'on ne me réclame plus le secret de Balaïna...

Sim se demandait d'ailleurs ce qu'avait pu devenir ce jouet articulé par lequel tout avait commencé.

– Dis-moi, Tobie...

424

Sim se retourna. Tobie avait encore disparu.

Maïa et Sim contemplèrent les Cimes autour d'eux, dans la lumière horizontale du soir.

Toutes les extrémités des branches formaient un plateau infini qu'on avait envie de traverser à grandes enjambées.

La lune se levait et le soleil n'était pas encore couché. Cela donnait une lumière étrange.

– Tu lui as parlé ? demanda Maïa.

– Non.

– Tu veux le lui dire depuis des années, sourit-elle.

– Je ne sais pas, dit Sim. Je ne sais pas comment…

– Il connaît sûrement l'histoire de Nino et Tess Alamala. Tu dois juste lui parler. Il a le droit de savoir le nom de ses parents…

Tobie écoutait. Il était juste derrière eux. Il n'avait pas voulu les surprendre, mais en remontant lentement, en silence, il avait tout entendu.

Sur son dos, accroché à son cou, quelqu'un lui souffla :

– Maintenant, tu sais, mon Tobie. C'est ce que tu voulais…

Deux souvenirs anciens remontèrent violemment en lui.

L'hiver passé dans la grotte du lac. Cette peinture qui l'avait fait mystérieusement tenir.

Et puis cette marche sur le fil, entre les œufs, le jour de la mort de Jo Mitch. Marcher sur un fil… Il se souvenait de son impression. L'impression de suivre quelqu'un.

Le peintre et la funambule. Nino et Tess.

Ses parents.

Ils ne l'avaient jamais abandonné.

Quand Tobie revint vers Sim et Maïa, les yeux rougis, quelques instants plus tard, il portait une jeune femme sur le dos.

Ne disons pas qu'elle était jolie. Elle était mieux que cela.

Elle avait ses cheveux roulés en galettes auprès des yeux.

Sim et Maïa lui firent de la place. Tobie soufflait. Il était à bout de force.

— Et hop, dit-il en riant.

— Elle n'est pas si lourde, dit Maïa.

— Ce n'est pas elle qui est lourde, s'écria Tobie. C'est l'autre…

Elisha portait un tout petit enfant dans ses bras.

Pol Colleen,
Basses-Branches,
Noël de l'an 6

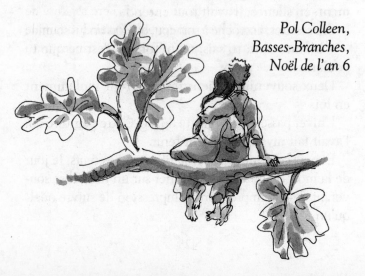

Le début des aventures
de **Tobie Lolness**

———— dans la collection ————

FOLIO
JUNIOR

I. LA VIE SUSPENDUE
n° 1528

Courant parmi les branches, épuisé, les pieds en sang, Tobie fuit, traqué par les siens… Tobie Lolness ne mesure pas plus d'un millimètre et demi. Son peuple habite le grand chêne depuis la nuit des temps. Parce que son père a refusé de livrer le secret d'une invention révolutionnaire, sa famille a été exilée, emprisonnée. Seul Tobie a pu s'échapper. Mais pour combien de temps ?

Table des matières

Timothée de Fombelle

L'auteur

Timothée de Fombelle est né en 1973. D'abord professeur de lettres en France et au Vietnam, il se tourne tôt vers la dramaturgie. En 2006 paraît son premier roman pour la jeunesse, *Tobie Lolness*. Célébré par de nombreuses récompenses, dont le prix Sorcières, le prix Tam-Tam et le prix Saint-Exupéry, ce récit illustré par François Place connaît un succès international. Par la suite, les romans se succèdent – *Céleste, ma planète, Vango, Victoria rêve* – et séduisent les lecteurs comme la critique. En 2014, pour *Le Livre de Perle*, il reçoit la Pépite du roman adolescent européen, ainsi que le prix de la Foire de Brive.

Avec *La Bulle*, Timothée de Fombelle publie son premier album, en collaboration avec l'illustratrice Éloïse Scherrer. Il imagine aussi *Georgia – Tous mes rêves chantent*, un conte musical illustré par Benjamin Chaud, et qui réunit une pléiade d'artistes : Cécile de France, Alain Chamfort, Emily Loizeau, Albin de la Simone… Il reçoit pour ce livre-disque une nouvelle Pépite à Montreuil, lors du Salon du livre et de la presse jeunesse. En 2017, il signe *Neverland*, son « premier livre pour adultes ». Traduit de par le monde, reconnu comme l'un des auteurs pour la jeunesse les plus talentueux de sa génération, Timothée de Fombelle continue par ailleurs d'écrire pour le théâtre.

Du même auteur chez Gallimard Jeunesse

Tobie Lolness
  1. La Vie suspendue
  2. Les Yeux d'Elisha

Céleste, ma planète

Vango
  1. Entre ciel et terre
  2. Un prince sans royaume

Victoria rêve

Le Livre de Perle

Céleste, ma planète
conte symphonique pour voix et orchestre
(*coffret livre + CD*)

La Bulle (*album illustré par Éloïse Scherrer*)

Georgia – Tous mes rêves chantent
(*album-CD illustré par Benjamin Chaud*)

François Place

L'illustrateur

François Place est né en 1957. Il a étudié à l'École des arts et industries graphiques (Estienne) à Paris, avant de travailler comme illustrateur, d'abord pour la publicité, puis pour l'édition jeunesse. Son premier livre comme auteur-illustrateur, *Le Livre des navigateurs*, paraît en 1988 chez Gallimard Jeunesse. Son album *Les Derniers Géants* (Casterman), son récit *Le vieux fou de dessin* (Gallimard Jeunesse) et sa série *L'Atlas des géographes d'Orbæ* (Casterman/Gallimard) lui ont valu de nombreux prix à travers le monde, et notamment le Prix Bologna Ragazzi en 2012. Il collabore aussi avec des auteurs et s'instaure entre eux une véritable relation de complicité : Érik L'Homme (*Contes d'un royaume perdu*), Timothée de Fombelle (*Tobie Lolness*, *Victoria rêve*) et Michael Morpurgo. Il est également l'auteur de *La Douane volante*, un premier roman qui a reçu, en 2010, le prix Lire du meilleur roman jeunesse, de la série *Lou Pilouface* et du conte *Le sourire de la montagne*.

Mise en pages : Maryline Gatepaille

Loi n° 49-956 du 16 juillet 1949
sur les publications destinées à la jeunesse
ISBN : 978-2-07-062946-6
Numéro d'édition : 343496
Premier dépôt légal dans la même collection : mai 2013
Dépôt légal : septembre 2018

Imprimé en Espagne par Novoprint (Barcelone)